W0030160

MICHAEL GERWIEN
# Stückerlweis

**U-BAHN-TOD** München, U-Bahnhof Marienplatz, Feierabendverkehr. Ein Mann stürzt auf die Gleise und wird von der U-Bahn überrollt. Es handelt sich um den Schuldirektor des Pasinger Gymnasiums, Gerhard Bockler. Alles deutet auf einen Unfall oder auf Selbstmord hin. Zumindest sind auf den Videoaufnahmen vom Bahnsteig zur Tatzeit keine Indizien für Mord zu entdecken. Auch Zeugen des Unfallhergangs sind nicht aufzutreiben. Niemand will etwas gesehen haben.

Am nächsten Tag gibt es ein zweites Opfer. Wieder in der U-Bahn. Wieder ein Lehrer des Pasinger Gymnasiums. Zwei U-Bahn-Tote in zwei aufeinanderfolgenden Tagen? Beide von derselben Schule? Selbstmord oder Unfall erscheinen auf einmal unwahrscheinlich. Als am darauffolgenden Tag eine Lehrerin von der U-Bahn überfahren wird, machen sich Hauptkommissar Franz Wurmdobler und Exkommissar Max Raintaler auf die Suche nach Hinweisen auf Mord.

*Michael Gerwien lebt in München. Er arbeitet dort als Autor von Krimis, Thrillern, Kurzgeschichten und Romanen.*

Bisherige Veröffentlichungen im Gmeiner-Verlag:
Brummschädel (2015)
Krautkiller (2015)
Andechser Tod (2014)
Alpentod (2014)
Jack Bänger (2014, E-Book-Only)
Wer mordet schon am Chiemsee? (2014)
Mordswiesen (2013)
Raintaler ermittelt (2013)
Isarhaie (2013)
Isarblues (2012)
Isarbrodeln (2012)
Alpengrollen (2011)

MICHAEL GERWIEN

# Stückerlweis

*Ein Fall für Exkommissar Max Raintaler*

GMEINER SPANNUNG

*Personen und Handlung sind frei erfunden.*
*Ähnlichkeiten mit lebenden oder toten Personen*
*sind rein zufällig und nicht beabsichtigt.*

Besuchen Sie uns im Internet:
www.gmeiner-verlag.de


Im Ehnried 5, 88605 Meßkirch
Telefon 07575/2095-0
info@gmeiner-verlag.de

1. Auflage 2016

Lektorat: Claudia Senghaas, Kirchardt
Herstellung: Mirjam Hecht
Umschlaggestaltung: U.O.R.G. Lutz Eberle, Stuttgart
unter Verwendung eines Fotos von: © nild / photocase.de
Druck: GGP Media GmbH, Pößneck
Printed in Germany
ISBN 978-3-8392-1835-8

Danke an meinen oiden Spezi Seppi,
Lilli und Patrick und vor allem an Claudia Senghaas

# 1

Er stolperte nach vorn, verlor das Gleichgewicht, stürzte auf die Gleise. Drei Sekunden später fuhr die angekündigte U-Bahn ein. Ein Aufschrei des Entsetzens ging durch die Wartenden. Der Fahrer sah ihn noch wild gestikulierend und winkend vor sich liegen, bremste unverzüglich, doch es war zu spät. Unbarmherzig schleifte ihn der laut quietschende Triebwagen ungefähr 30 Meter weit mit sich. Dann überrollte er ihn und zerteilte ihn dabei in kleine Stücke. Er war sofort tot.

Der U-Bahnhof Marienplatz wurde auf der Stelle abgesperrt, die zahlreichen Fahrgäste an diesem kalten regnerischen Montagabend im Mai auf viel zu wenige und daher völlig überfüllte Busse umgeleitet. Das alles geschah um 17:30 Uhr. Feierabendverkehr, Stau in den Straßen. Wer es nicht allzu weit hatte, war besser beraten, sich zu Fuß nach Hause in den wohlverdienten Feierabend aufzumachen.

# 2

»Eine Matschleiche auf Gleisen. Das hat mir heute gerade noch gefehlt«, stöhnte der kurz gewachsene übergewichtige Hauptkommissar Franz Wurmdobler, während er mit seinem durchtrainierten mittelgroßen Kollegen, Kommissar Bernd Müller, den Unfallort erreichte.

Zuerst war sein Auto in der Früh nicht angesprungen. Dann hatte er in der Kantine keinen Schweinsbraten mehr bekommen, weil er eine Minute zu spät dran war. Nach der Mittagspause hatte ihn der Chef zur Minna gemacht, weil die letzte Reisekostenabrechnung angeblich minimal nicht gestimmt hatte. Und jetzt das.

»Das dritte Mal dieses Jahr«, fuhr er fort. »Scheint immer mehr in Mode zu kommen, sich auf diese Art umzubringen.« Er schüttelte genervt und erschüttert zugleich den haarlosen Kopf.

»Sein Name war Gerhard Bockler«, erwiderte Bernd, den die Kollegen auf dem Revier wegen seiner teils überharten, nicht immer ganz legalen Verhörmethoden auch *den scharfen Bernd* nannten. »Er war der Schuldirektor vom Pasinger Gymnasium. Vielleicht ein Burn-out. Kommt bei Lehrern immer häufiger vor, wie man hört.«

»Kannst du neuerdings hellsehen?« Franz zog erstaunt die Brauen hoch.

»Nein, noch nicht. Wieso?«

»Woher weißt du dann den Namen des Opfers?«

»Eine SMS vom Revier. Ist gerade gekommen.« Bernd hielt seinem Vorgesetzten das Display seines Handys unter die Nase. »Ein Zeuge des Unfalls hat ihn offenbar gekannt und es den Kollegen telefonisch gemeldet.«

»Ist dieser Zeuge noch hier?«

»Keine Ahnung. Aber die Kollegen haben bestimmt seinen Namen und die Adresse. Es sei denn, er hat anonym angerufen.«

»Überprüfen und Aussage persönlich aufnehmen, Bernd.« Franz stieg ächzend über eine kleine Leiter, die die Kollegen von der Spurensicherung aufgestellt hatten, ins Gleisbett hinunter.

»Geht klar, Chef.« Bernd nickte, während er die Nummer des Reviers wählte. Er folgte Franz. »Wie kann man sich bloß umbringen? Total überflüssig. Man stirbt doch sowieso irgendwann von selbst.«

»Keine Ahnung. Verzweiflung? Panik? Depressionen?« Franz zuckte die Achseln. »Schlimm ist so was auf jeden Fall. Aber schauen wir erst mal, ob's wirklich ein Selbstmord war.«

»Du meinst ...« Bernd beendete den Satz nicht.

»Mord, ja. Warum nicht. Ein kleiner Stoß in den Rücken bei dieser Masse an Wartenden und schon ist es um dich geschehen. Ich habe selbst jedes Mal ein mulmiges Gefühl, wenn ich ganz vorne in der Wartereihe stehe.«

»Dann stell dich halt nicht ganz vorne hin.«

»Geht halt nicht immer, Schlaumeier.«

»Wieso nicht?«

»Manchmal schieben sie dich eben nach vorn. Aber Schluss jetzt damit. Wir haben einen Toten. Zumindest einige Teile von ihm.« Franz wischte ärgerlich mit der Hand durch die Luft. Er hatte keine Lust, vor seinem

Untergebenen als unentschlossener Depp dazustehen, wenn er zugab, dass er sich nur zu gerne wegen der Aussicht auf einen Sitzplatz in der U-Bahn nach vorne an die Bahnsteigkante drängelte, obwohl er dabei tatsächlich jedes Mal Angst davor hatte, auf die Gleise hinuntergeschubst zu werden. Sei es auch nur versehentlich.

»Servus, Heinz«, grüßte Bernd seinen Kollegen in der Ettstraße am Telefon. »Sag mal, der Zeuge in deiner SMS, ist der noch hier bei uns am Unfallort? Weißt du das?«

»Der ist heimgegangen. Aber er hat mir seine Adresse hinterlassen.«

»Perfekt, danke. Schick sie mir bitte aufs Handy, ich schau nachher noch bei ihm vorbei, okay?«

»Geht klar, Bernd.«

»Haben sich noch weitere Zeugen gemeldet?«

»Bei uns nicht.«

»Na gut. Servus.«

»Servus.«

Sie legten auf.

Franz und Bernd waren die paar Meter vom nahe gelegenen Revier in der Ettstraße zu Fuß hergeeilt. Obwohl Franz zehnmal lieber seinen wohlverdienten Feierabend angetreten hätte, als einen Toten in seinen Einzelteilen zu begutachten.

Sein alter Freund und Exkollege Max Raintaler wartete seit einer guten Viertelstunde in Monika Schindlers kleiner Kneipe auf ihn. Aber Job war nun mal Job. Mit Monika an seiner Seite, würde es Max schon nicht langweilig werden. Immerhin verband die beiden seit einer halben Ewigkeit so etwas Ähnliches wie eine Beziehung miteinander.

Dass er nicht unbedingt den angenehmsten Beruf gewählt hatte, war Franz gleich zu Anfang seiner Zeit bei der Münchner Kripo klar geworden. Sie sollten damals einen Mordfall in den höchsten Kreisen aufklären. Staatsanwaltschaft, Presse und sogar die Staatsregierung machten enormen Druck, sodass er und Max, der den Fall mit ihm gemeinsam bearbeitete, wochenlang nicht mehr als vier Stunden pro Nacht geschlafen hatten.

»Was haben wir?«, wandte er sich jetzt an den Chef der Spurensicherung.

»Nicht viel«, erwiderte Rudi Hauser. »Wir klauben immer noch die verschiedenen Körperteile des Opfers zusammen. Hat etwas von einem gruseligen Puzzle.«

»Lässt irgendetwas darauf schließen, dass er vor die U-Bahn geschubst wurde?« Franz machte ein neugieriges Gesicht.

»Bin ich Jesus?« Rudi warf entnervt die Arme in die Luft. »Frag den Fahrer. Der sitzt mit einem sauberen Schock im Leib da hinten.« Er zeigte auf die Sitzreihe nördlich von ihnen. »Ich bin froh, wenn ich seine Beine wiederfinde. Die wurden genau wie der Kopf und der rechte Arm glatt vom Rumpf abgetrennt. Kopf und Arm haben wir. Aber komischerweise sind die Beine verschwunden.«

»Alles klar, Rudi. Die Beine findet ihr sicher noch. Es wird sie ja wohl keiner mitgenommen haben. Bericht an mich morgen früh?«

»Den Bericht bekommst du, sobald er fertig ist, Franzi. Ob das morgen in der Früh ist, kann ich dir nicht sagen. Wir sind auch nur Menschen in unserer Abteilung. Für Wunder musst du dich an den da oben wenden!« Rudi zeigte mit dem Finger auf die Decke des U-Bahnhofs.

»An den Bürgermeister?« Franz grinste, obwohl die Gesamtsituation gerade alles andere als lustig war. Andererseits war es eine unbestreitbare Tatsache, dass sich das Rathaus direkt über ihnen befand. Eine solch einmalige Gelegenheit für einen passenden Spruch konnte er sich als leidenschaftlicher Witzeerzähler und privater Kneipenspaßvogel nicht entgehen lassen.

»Depp.« Rudi grinste nicht. Ihm war der Humor für heute offenbar vergangen. Verständlich. Er drehte sich brüsk zu seinen Leuten um, die sorgsam jeden Stein im Gleisbett untersuchten.

»Servus, Rudi. Nichts für ungut«, lenkte Franz ein. Er merkte, dass er zu weit gegangen war. Einem alten Profi wie Rudi musste er keinen Druck machen. Der wusste selbst gut genug, dass es bei einem Unfall aus ungeklärten Ursachen mit den Ermittlungsergebnissen eilte. »Wir machen erst mal mit dem Fahrer weiter.«

»Tut das, Franzi. Super Idee«, rief ihm Rudi über die Schulter hinweg zu.

Aus dem U-Bahnfahrer war nur sinnloses Gestammel herauszubringen. Der Notarzt, der bei ihm war, meinte, dass es vernünftiger wäre, ihn morgen zu befragen. Er müsse mit seinem Schock erst einmal ins Krankenhaus gebracht und dort eine Zeit lang beobachtet werden. Franz und Bernd ließen sich seinen Namen und das Krankenhaus, in das er gebracht werden sollte, nennen. Danach fuhren sie mit der Rolltreppe ins Obergeschoss des U-Bahnhofs hinauf. Mit etwas Glück warteten unter den Schaulustigen, die sich dort vor der Absperrung versammelt hatten, weitere Unfallzeugen auf sie.

Als sie oben ankamen, sahen sie, dass mehrere Beamte in Uniform bereits mit der Befragung der Leute begonnen hatten.

»Habt ihr etwas für uns, Erwin?«, erkundigte sich Franz bei Erwin Brunner, einem älteren knorrigen Streifenpolizisten aus der Ettstraße, den er seit vielen Jahren auch privat kannte.

»Leider bisher nichts Weltbewegendes, Franzi.« Erwin sah ihn bedauernd an. »Die Zeugen stehen teilweise immer noch unter Schock, und wie genau es zu dem Sturz des Verunglückten kam, kann uns niemand sagen. Aber wir bleiben am Ball. Falls es kein Unfall war und jemand hat das gesehen, kriegen wir es raus.«

»Oder auch nicht.«

»Oder auch nicht. So ist es. Wenn nichts Verwertbares auf den Überwachungsvideos zu erkennen ist oder ein unbekannter Zeuge sich entschlossen hat zu schweigen, bleibt er eben ein unbekannter Zeuge.«

»Logisch. Habt ihr die Videos schon überprüft?«

»Nur oberflächlich. Sie werden kopiert und gleich morgen früh zu euch ins Revier gebracht. Dann könnt ihr sie euch genauer ansehen.«

»Warum geht das nicht jetzt gleich?«

»Sie werden bereits irgendwo für euch kopiert. Aber wie gesagt, es ist wirklich nichts Brauchbares darauf zu sehen.«

»Sagst *du*.«

»Ja, sag *ich*.« Erwin nickte.

»Na gut. Hoffen wir, dass du recht hast.« Franz schüttelte unmerklich den Kopf. Wäre sein Gegenüber nicht so ein verdienter Kollege gewesen, hätte er ihm das mit den Bändern nicht so einfach durchgehen lassen. Der Streifenpolizist hätte zuerst Rücksprache mit ihm halten müssen, bevor er die Aufnahmen weggab. Immerhin oblag ihm als Hauptkommissar die Verantwortung für die Lösung des Falls und nicht Erwin und den anderen Uniformierten, die hier überall herumschwirrten.

»Hier gibt es im Moment anscheinend nichts mehr für uns zu tun«, wandte er sich an Bernd. »Lass uns morgen weitermachen, wenn wir die Videos haben, der U-Bahnfahrer wieder fit ist und die SpuSi mehr weiß.«

»Herr Kommissar! Hier! Bitte!« Ein älterer Herr, der nicht weit von ihnen an der Absperrung stand, winkte Franz mit seinem Spazierstock.

Franz ging auf ihn zu. »Was gibt's, der Herr? Kennen wir uns?«

»Ich wohne im Nebenhaus.«

»In welchem Nebenhaus?« Franz runzelte verwirrt die Stirn.

»Bei Ihnen in Sendling. Vielmehr bei uns. Wir sind uns des Öfteren im Supermarkt begegnet.«

»Stimmt. Jetzt, wo Sie es sagen. Grüß Gott.« Franz gab ihm die Hand. »Haben Sie etwas gesehen? Unten in der U-Bahn, meine ich.«

»Nein.« Der alte Mann schüttelte freundlich lächelnd den Kopf. »Was ist denn dort unten passiert?«

»Ein Unfall. Mehr wissen wir noch nicht. Sie haben also nichts gesehen?«

»Nein. Ich schau bloß, was hier los ist. War gerade im Kaufhaus beim Abendessen. Schweinsbraten mit Knödeln. Sehr günstig und gut.« Seine Augen leuchteten begeistert.

»Das freut mich.« Franz verdrehte innerlich die Augen. Nichts wie weg hier, dachte er, bevor noch mehr weitläufige Bekannte von mir auftauchen, die zu viel Zeit und nichts zu sagen haben. »Dann bis demnächst im Supermarkt.«

»Jawohl, Herr Kommissar.« Der Alte lächelte zahnlos.

»Hauptkommissar.«

»Jawohl, entschuldigen Sie.« Der ältere Herr lüpfte seinen Hut, drehte sich um und verschwand humpelnd in der Menge.

»Mannomann. Manche Zeitgenossen haben echt Nerven.« Franz schüttelte ungläubig den Kopf. »Ich brauch jetzt auf jeden Fall erst mal ein Bier bei Moni, Bernd. Unfall, Mord, Selbstmord. Manchmal kotzt mich das Ganze nur noch an. Wir schreiben bereits das dritte Jahrtausend und die Menschheit wird einfach nicht gescheiter.«

»Vielleicht im vierten Jahrtausend. Man soll die Hoffnung nie aufgeben, Franzi. Ein Bier bei Moni wäre tatsächlich nicht schlecht.« Bernd nickte. »Man bekommt es schließlich nicht jeden Tag mit zerstückelten Leichen zu tun. Ist Max auch dort?«

»Logisch.«

»Gut. Dann fahr du schon mal vor. Ich schau noch kurz bei dem Zeugen, der diesen Bockler erkannt haben will, vorbei und sorge dafür, dass die Angehörigen verständigt werden.«

»Alles klar.«

Natürlich kannte Bernd ihren gemeinsamen Exkollegen Max Raintaler und dessen hübsche dunkelhaarige

Freundin Monika auch. Obwohl Franz, was die Intensität dieser Bekanntschaft betraf, ihm gegenüber seit jeher einen Vorsprung hatte. Immerhin hatten Max und Franz bereits zusammen den Kindergarten besucht.

Auch sonst waren die beiden schon immer enger miteinander befreundet gewesen als jeder von ihnen mit Bernd. Franz und seine Frau Sandra trafen sich regelmäßig privat mit Max und Monika. Sogar im Urlaub waren sie bereits einige Male gemeinsam gewesen.

## 3 – FRÜHER

»Maria ist fett, Maria ist hässlich!«

Eine kleine Gruppe hämisch lachender Mädchen aus der 4a der Garmisch-Partenkirchener Grundschule zeigte mit den Fingern auf ihre Klassenkameradin Maria Singer, die nur wenige Meter von ihnen entfernt alleine ihr Pausenbrot aß.

»Ihr seid so gemein.« Maria wurde rot vor Scham. Dicke Krokodilstränen liefen ihr über die Wangen. »Ich sage es der Frau Brandner, wenn ihr nicht aufhört.«

»Mach doch. Die nimmt dich eh nicht ernst, du lahme Kuh.« Die zehnjährige Helga Maier, ihres Zeichens selbst ernannte Anführerin der mobbenden Clique, streckte ihr blökend die Zunge heraus.

Maria hatte es gründlich satt. Immerzu hackten die hübschen Maier-Schwestern und ihre aufgetakelten Freundinnen auf ihr herum. Sie verspotteten sie wegen ihrer Figur, ihrer roten Haare, ihrer Sommersprossen oder ihrer Kleidung. Irgendetwas fanden sie immer. Dabei hatte sie ihnen noch nie etwas getan. Im Gegenteil. Sie hatte sich immer wieder bemüht, ihre Freundin zu werden und damit auch zu den »coolen Schwestern« zu gehören. Aber keine Chance. Sie ließen sie außen vor.

Würde dieser Albtraum jemals ein Ende haben? Etliche Male war sie bereits zu ihrer Klassenlehrerin gegangen und hatte sich über die Bosheiten der anderen beschwert. Doch Frau Brandner war leider die Tante von Helga und Sandra Maier. Sie sei wohl arg empfindlich, wurde Maria stets von ihr abgewimmelt. Es würde alles schon nicht so schlimm sein. Sie solle sich halt wehren, wenn die anderen freche Sachen zu ihr sagten. Außerdem sei verpetzen nicht die Lösung und nicht besonders kameradschaftlich.

Als sich Maria eines Tages wegen der leidigen Angelegenheit unter Tränen ihren Eltern anvertraute, meinte ihr Vater Erwin nur, sie solle sich nicht so anstellen und sich lieber wehren. Da hätte ihre Lehrerin ganz recht. Zum Beispiel könnte sie die anderen zurückbeleidigen oder ihnen eins auf die Nuss geben. Sich durchzusetzen, gehöre nun mal zum Leben dazu. Das könne man nicht früh genug lernen. Auch wenn es manchmal unangenehm wäre. Ihre Mutter Gerda schwieg.

Maria wurde irgendwann klar, dass sie wohl 1.000 Jahre darauf warten konnte, bis ihr von irgendeiner Seite her Gerechtigkeit widerfuhr. Also petzte sie nicht mehr, beschwerte sich auch daheim nicht mehr und hoffte, den

Sticheleien der anderen zu entgehen, indem sie sich so gut wie möglich unsichtbar machte. Sie verschloss sich dabei noch mehr als bisher, nahm an keinen Geburtstagspartys mehr teil, hörte allein daheim Musik, bevorzugt Michael Jackson oder Milli Vanilli, und reduzierte ihre mündliche Mitarbeit im Unterricht auf ein Minimum. Obwohl sie immer die richtigen Antworten parat gehabt hätte.

Am wohlsten fühlte sie sich, wenn sie allein in der Nähe ihres Elternhauses im Wald spielte oder wenn ihre Mutter mit ihr zum Wandern ging. Beide liebten die Natur. Ihre Mutter erklärte ihr bei diesen Gelegenheiten immer die Namen der Blumen und der Bäume.

Ihr Vater interessierte sich ausschließlich für Autos und Fußball. Typisch Mann eben. So wusste sie, neben den richtigen Namen für Schlüsselblume, Birke, Narzisse, Alpenveilchen, Leberblümchen oder Buche, bereits als Fünfjährige, wann ein Spieler im Abseits stand. Sie solle sich das fürs Leben merken, dann könne nichts mehr schiefgehen, hatte er ihr eingebläut. Wenn man einem Mann als Frau überhaupt mit etwas imponieren könne, dann mit profunden Kenntnissen über die Abseitsregelung im Fußball. Er gab ihr Jahre später auch ihre erste Fahrstunde. Allerdings brüllte er sie dabei derart unbeherrscht an, dass sie künftig jeden weiteren Gedanken ans Autofahren oder an einen Führerschein aus ihrem Leben verbannte und diese erste Stunde hinter dem Steuer somit gleichzeitig ihre letzte war.

Im Sommer des endgültigen Abrisses der Mauer in Berlin, genauer gesagt am 14. Juli 1990, machte sie zu ihrem zwölften Geburtstag einen erneuten Versuch, endlich von Helga und Sandra Maier als Freundin akzeptiert zu werden, indem sie die beiden für den Nachmittag zu sich nach Hause einlud. Sie gingen nun alle drei ans Werdenfels-Gymnasium und Maria wurde inzwischen kaum noch von ihnen gemobbt. Was wohl auch an der Tatsache lag, dass sie ihnen bei den Schularbeiten half und sie regelmäßig bei Klassenarbeiten abschreiben ließ, sobald es die Sitzordnung erlaubte. Zur Clique gehörte sie aber dennoch nicht.

»Hallo, Helga. Hallo, Sandra. Super, dass ihr da seid. Setzt euch doch.« Maria zeigte auf den gedeckten Terrassentisch, an dem bereits ihre beiden besten Freundinnen, die superdünne Anna Berger und die mollige Beate Satzmeister Platz genommen hatten.

Es gab Kuchen, Tee, Kaffee, Kakao, alkoholfreien Punsch und sogar ein Gläschen Sekt für die angehenden Teenager. Munter plaudernd und kichernd machten sie sich darüber her.

Marias Übergewicht hatte sich im Laufe der Zeit Gott sei Dank verwachsen, wie ihr Vater zu sagen pflegte, sobald mit Bekannten oder mit der Verwandtschaft die Sprache darauf kam. Ihre früher dicken, stets geröteten Backen waren verschwunden. Sie schminkte sich, trug enge Jeans und kurze Röcke, die ihre knospende weibliche Figur perfekt zur Geltung brachten. Einzig ihre dicke Hornbrille, ihre Sommersprossen, die leicht schiefen Schneidezähne und ihre teils linkischen Bewegungen erinnerten noch an das schüchterne hässliche Entlein von vor zwei Jahren.

In ihrem Inneren hatte sich seitdem allerdings nicht viel verändert. Sie traute sich nach wie vor nichts zu, fand sich selbst unattraktiv, so wie sie es frühzeitig gelernt hatte, und hielt sich deshalb meistens im Hintergrund. Seit einiger Zeit verspürte sie jedoch deutlich die Sehnsucht, selbst ganz vorne im Rampenlicht zu stehen, jemand zu sein, etwas zu bedeuten. Es ging dabei nicht mehr nur allein um die Anerkennung durch ihre Schulfreundinnen. Eine völlig neue Dimension drängte sich immer mehr in ihr Dasein: Jungs, Burschen, Männer.

»Wusstet ihr, dass die Sissi Reidinger jetzt mit dem Jörg Huber aus der Neunten geht?« Helga machte ein wichtiges Gesicht, ganz so, als hätte sie geheime Insiderinformationen über die nächste Nobelpreisverleihung ausgeplaudert.

»Was, echt? Ist ja Wahnsinn.« Maria kicherte aufgekratzt.

Anna und Beate stimmten ein. Helgas Schwester Sandra nickte nur wissend.

»Wenn ich's euch sage. Sie hat ihn gestern zum ersten Mal geküsst. Er wollte mehr, aber sie ließ ihn erst mal abblitzen. Sie sagte ihm, dass sie mit 14 noch zu jung für mehr sei.«

»Echt? Das hat sie so gesagt? Zu jung für mehr?« Maria hing, genau wie Anna und Beate, gebannt an Helgas Lippen. »Wieso denn das?«

»Genau. Wieso denn das?«, pflichtete ihr Beate bei.

»Na ja. Es kam dann aber doch noch anders …« Helga senkte die Stimme.

»Habt ihr noch genug Kakao, Kinder?« Die schmale unscheinbare Gerda Singer stand in der Terrassentür.

»Danke, Mama. Haben wir. Kannst ruhig wieder reingehen.« Maria war es peinlich, dass ihre Mutter ausgerechnet jetzt auftauchte. Musste sie einen immerzu wie ein Kleinkind behandeln und alles kontrollieren? Konnte man denn nicht mal am Geburtstag ein paar kleine

Geheimnisse mit seinen Freundinnen haben? Immerhin würde sie in sechs Jahren volljährig sein.

»Na gut. Wie du meinst, Kind.« Gerda strich schnell eine Strähne ihres dünnen aschblonden Haares hinter das Ohr zurück. Sie zuckte die Achseln. »Aber wenn ihr etwas braucht, ruft ihr, ja?« Sie machte keinerlei Anstalten, wieder ins Haus zurückzukehren.

»Ja, Mama. Passt schon«, rief ihr Maria über die Schulter hinweg zu. »Du kannst wieder gehen!« Sie klang reichlich ungeduldig. Schließlich wollte sie endlich wissen, wie die Geschichte mit Sissi und Jörg weiterging.

»Na gut. Bis dann.« Gerda drehte sich um und ging hinein.

»Also, Helga?« Maria sah ihre Klassenkameradin erwartungsvoll an.

»Was, also?«

»Haben sie nun oder haben sie nicht? Du hast gesagt, es kam dann doch noch anders.«

»Ja, haben sie?«, wollte auch Anna wissen.

Die knisternde Spannung am Tisch war förmlich zu spüren.

»Ihr meint, ob sie …?«

»Ja, meinen wir. Jörg Huber ist der süßeste Junge der ganzen Schule. Das wäre eine glatte Sünde, den nicht abzuschmusen. Ich würde ihn sofort abschmusen.« Beate fuhr sich wie ein begehrter Filmstar durch die Haare.

»Bist du dazu nicht etwas zu jung?« Maria sah sie leicht verwundert an. »Sissi ist immerhin 14, du bist gerade mal zwölf wie ich.«

»Na ja. Stimmt schon«, lenkte Beate ein. »Aber irre süß ist er trotzdem, der Jörg.«

»Beate ist verliebt! Beate ist verliebt!« Sandra und Anna kicherten mit vorgehaltener Hand.

»Na und?« Beate errötete. »Euch gefällt er doch auch.« Sie nahm sich ihr drittes Stück Schokoladentorte. Natürlich mit einem extra großen Klecks Sahne darauf, wie man es von ihr nicht anders kannte.

»Sie haben nicht«, löste Helga die momentane Frage aller Fragen auf. »Aber sie haben kräftig rumgeschmust.«

»Echt? Wahnsinn!« Beate verschluckte sich. Sie hustete wild.

»Ich würde gern mal mit Michael Jackson rumschmusen«, meinte Maria, sobald sich ihre Freundin wieder beruhigt hatte.

»Stimmt. Der ist auch nicht schlecht.« Sandra stand auf und ahmte Michaels Hüftschwung nach.

Alle kicherten fröhlich.

»Wollt ihr wissen, wen ich am allersüßesten finde?« Anna blickte gespannt in die Runde.

»Na klar«, erwiderte Helga. »Sag schon.«

»Tom Cruise.«

»Aber der ist doch total klein.« Beate hob verdutzt die Brauen.

»Aber total süß ist er auch.« Die dünne Anna nahm sich ebenfalls noch ein Stück Torte. Ohne Sahne, damit sie nicht eines Tages denselben Speck auf die Hüften bekam wie Beate.

»Wie findet ihr Julia Roberts?« Maria blickte fragend in die Runde.

»Langweilig«, erwiderte Helga wie aus der Pistole geschossen.

»Geht so«, meinte Sandra.

»Ich finde sie cool«, sagte Beate. »Habe mir »Pretty Woman« mit meiner Mama angeschaut. Sie ist echt total hübsch.«

»Deine Mama?« Sandra lachte laut, dass die Kuchenstücke aus ihrem Mund nur so über den Tisch flogen. Jede von ihnen wusste, dass Beates übergewichtige Mama alles andere als hübsch war.

»Nein, Julia Roberts natürlich, du Blödie.« Beate stieß ihr den Ellenbogen in die Seite.

»Weiß nicht.« Helga kräuselte abschätzig die Lippen. »Ich finde, sie hat einen Mund wie ein Quakfrosch.«

»Kackfrosch?« Sandra schnitt eine alberne Grimasse.

»Quakfrosch«, wiederholte Helga.

»Ach so.«

Lautes Gackern und Kichern am Tisch.

»Da schau her. Die jungen Damen scheinen sich ja bestens zu amüsieren. Grüß euch Gott miteinander.« Der vollbärtige Erwin Singer betrat die Terrasse.

Er schüttelte Marias Freundinnen die Hand. Seiner Tochter überreichte er ein kleines Paket.

»Ein Buch?« Sie lächelte ihn dankbar an. Offenbar hatte er endlich spitzgekriegt, wie gerne sie las. Oder ihre Mutter hatte es ihm verraten. Egal. Wie auch immer. Hauptsache, etwas Spannendes zu lesen.

»Mach's auf.«

»Okay.« Sie riss neugierig die Verpackung auf. Dann erkannte sie den Titel. »Dein altes Buch mit den Fußballregeln?« Sie wäre vor Enttäuschung und Scham am liebsten im Boden versunken.

Ihr Vater war wirklich mehr als peinlich. Noch viel peinlicher als ihre Mutter. Sein gebrauchtes Buch mit den

Fußballregeln, das bisher immer im Wohnzimmerregal gestanden hatte. Nicht zu fassen. Was sollte das denn für ein Geschenk sein? Zu allem Überfluss gab er ihr das blöde Ding auch noch vor den anderen. Wie oberpeinlich. Sie konnte den künftigen Spott ihrer Mitschülerinnen bereits deutlich hören. »Heute schon trainiert, Fußballstar?« oder »Wie fühlt man sich eigentlich als Papas Junge?« oder »Sind wirklich alle Fußballerinnen doof?« Und so weiter. So ein verflixter Mist.

Immerzu drängte er ihr seinen Schmarrn auf und erwartete auch noch ewige Dankbarkeit dafür. Letzte Weihnachten war es ein billiges Duschgel aus dem Supermarkt gewesen. Konnte er sich nicht ein einziges Mal überlegen, was sie wirklich gerne gehabt hätte? Gott sei Dank bekam sie wenigstens von ihrer Mutter immer etwas Richtiges. Über die neue weiße Bluse und die mit Glitzersteinen besetzte vergoldete Armbanduhr von ihr hatte sie sich heute Morgen riesig gefreut.

»Ich dachte, es könne nichts schaden, wenn du sämtliche Fußballregeln in einem praktischen Band gesammelt hast. Es sind auch Interviews vom Beckenbauer drinnen und vom Sepp Maier.« Erwin grinste begeistert.

»Das musst du mir nicht sagen, Papa. Du hast mir zehntausendmal daraus vorgelesen.« Maria war fassungslos.

»Habt ihr ein Stück Kuchen für mich übrig?« Erwin ließ sich die Freude an seinem Geschenk nicht verderben. Die deutlich sichtbare Enttäuschung im Gesicht seiner Tochter ignorierte er.

»Mama hat dir drinnen welchen aufgehoben. Wir wollen unter uns sein.« Maria errötete. Sie hatte seit jeher

Angst davor, ihm zu widersprechen. Er konnte richtig gemein werden, wenn sie es tat, schreckte auch nicht davor zurück, sie zu ohrfeigen. Mit diesem wieder mal beispiellos unsensiblen Geschenk gerade hatte er sie allerdings regelrecht gezwungen, ihren ganzen Mumm zusammenzunehmen und ihm vor allen anderen einen Platzverweis zu erteilen.

# 4

»Stürzt der sich einfach vor die U-Bahn.« Der blonde Thalkirchener Privatdetektiv Max Raintaler rieb sich nachdenklich das Kinn. Natürlich hatte er als ehemaliger Hauptkommissar bereits mehrere Fälle dieser Art erlebt. Wirklich verstehen konnte er eine solch brutale und endgültige Entscheidung aber nach wie vor nicht. Dazu lebte er selbst einfach zu gerne. Nachdenklich strich er sich über seinen Dreitagebart.

»Echt der Wahnsinn«, meinte Franz.

Er saß seit einer halben Stunde mit Max in Monikas kleiner Kneipe am Tresen und hatte seinem alten Freund und Exkollegen gerade von dem blutigen Unglück unter dem Marienplatz und von ihrem Verdacht auf Selbstmord berichtet.

»Wahrscheinlich totale Verzweiflung und Hoffnungslosigkeit.« Max starrte auf das Regal mit den Schnapsflaschen an der Wand.

»Kann gut sein.« Franz nickte langsam.

»Kann ich gut nachvollziehen.«

»Wie meinst du das?«

»Manchmal ist das Leben einfach beschissen. Dann will man am liebsten Schluss machen.«

»Jetzt hör aber auf. Was weißt du denn von Verzweiflung und Hoffnungslosigkeit? Dir geht es doch bestens.« Franz schüttelte verständnislos den Kopf.

»Woher willst du das so genau wissen? Kannst du etwa in mich reinschauen?« Max bedachte ihn mit einem ernsten Blick.

»Muss ich gar nicht. Du erhältst eine anständige Pension vom Staat, hast einen neuen Job als Privatdetektiv und eine wunderschöne, einfühlsame und intelligente Freundin mit einer Kneipe in der Nähe vom Münchner Tierpark und den Isarauen. Was willst du denn noch?«

»Hast ja recht. Mir geht's auch gut«, lenkte Max ein. »Aber es war nicht immer so. Außerdem gibt es genug Leute, bei denen es anders ausschaut.«

»So? Wen denn zum Beispiel?«

»Dich. So oft, wie du schon abnehmen wolltest, könnte man ganz leicht auf totale Hoffnungslosigkeit schließen.« Max lachte, obwohl die Motive eines Menschen für einen Selbstmord, genau betrachtet, normalerweise keinen Anlass für gesteigerte Fröhlichkeit hergeben sollten.

Franz stimmte ein. Na gut. Vielleicht musste man den Schrecken, der sich in einem selbst breitmachte, gelegentlich einfach mit lautem Gelächter vertreiben. Schlimm genug, dass manche Dinge so waren, wie sie waren.

»Eins zu null für dich, Raintaler. Aber mal im Ernst«, sagte er, nachdem sie sich wieder beruhigt hatten. »Wer von unseren Bekannten ist so verzweifelt, dass er sich umbringen würde?«

»Keine Ahnung. Ich kann jedenfalls nicht in die Leute reinschauen.«

»Na eben. Sag ich doch.« Franz setzte ein triumphierendes Gesicht auf.

»Aber nimm bloß mal unseren früheren Chef, den Hofmüller. Dem ging es richtig beschissen nach seiner Pensionierung. Der musste wegen seiner Depressionen sogar ein Jahr lang in Behandlung.«

»Brachte er sich deswegen etwa um?«

»Nein. Aber vielleicht hatte er es vor und nur die psychologische Behandlung hielt ihn davon ab.« Max trank einen Schluck Bier.

»Mag sein. Obwohl ich kein Freund dieser Psychoklempner bin. Auch alles bloß Schwätzer.« Franz trank ebenfalls einen Schluck Bier, bevor er weitersprach. »Jedenfalls bringt man sich nicht so schnell um. Nur wenn man wirklich keinen anderen Ausweg mehr sieht. Ende Gelände.«

»Logisch.« Max nickte. »Ich meinte ja bloß, dass ich das gut nachvollziehen kann.«

»Kannst du eben nicht, sonst gäbe es dich längst nicht mehr.«

»So gesehen hast du natürlich recht, Klugscheißer.«

»Sag ich doch.« frohlockte Franz.

»Trotzdem schlimm, wenn sich jemand wie dieser

Schuldirektor umbringt. Gerade lachst du noch über einen blöden Witz. Im nächsten Moment stehst du vor der Himmelspforte und begehrst Einlass.«

»Ich geh lieber in die Hölle, wenn's so weit ist. Da ist mehr Gaudi angesagt«, lachte Franz trocken.

»Stimmt auch wieder.« Max nickte.

»Andererseits wissen wir noch nicht einmal genau, ob es wirklich ein Selbstmord war in der U-Bahn unten. Dieser Schuldirektor Bockler könnte genauso gut auch geschubst worden sein.«

»Weist denn irgendetwas konkret darauf hin?«

Franz winkte ab. »Wir haben bisher weder Zeugen einer eventuellen Gewalttat noch entsprechende Bilder der Überwachungskameras, die darüber Aufschluss geben könnten. Gleich morgen früh werden wir uns die Aufnahmen aber noch mal gründlich vornehmen.«

»Tut das, Herr Professor.« Eloquent wie selten, der Wurmdobler. Sogar in Schriftdeutsch. Respekt. Vielleicht wurde es doch noch etwas mit seiner Berufung zum Polizeipräsidenten. Max klopfte ihm aufmunternd auf die Schultern. »Obwohl so ein Burn-out wirklich immer häufiger vorkommt«, fuhr er fort. »Gerade bei Lehrern. Die haben einen verdammt stressigen Job. Ähnlich wie wir.«

Sie stießen an und tranken erneut. Angst vor dem Tod und Frust über das Leben. Beides war nicht gut und musste raus aus den Köpfen, bevor es sich dort einnisten konnte. Wenn der Alkohol dabei half, umso besser.

»Es ist aber nicht nur der Stress, der unser Leben immer schwieriger macht«, setzte Max anschließend das Gespräch fort. »Ich sage bloß Rücksichtslosigkeit,

Respektlosigkeit, Egoismus, Arroganz. Die ganze Welt ändert sich zum Negativen hin.«

»Du hörst dich an wie mein Opa, als ich klein war.« Franz grinste in sich hinein.

»Wenn's wahr ist, Franzi. Die Tugenden sterben offenbar langsam aus. Was übrig bleibt, sind gewissenlose Ganoven und ein Heer von unersättlichen Egomanen.«

»Deppen hat's schon immer gegeben«, widersprach Franz.

»Stimmt auch wieder. Aber nicht so viele.«

Bernd kam zur Tür herein.

»Na Jungs, darf's noch eine Halbe für jeden sein?« Monika war nahezu gleichzeitig mit ihm bei ihnen aufgetaucht. Sie blickte fragend von einem zum anderen.

»Gern, Moni«, erwiderte Max.

»Unbedingt«, meinte Bernd. »Ich hatte noch keine.«

»Logisch.« Franz nickte.

»Kommt sofort.« Sie schnappte sich lächelnd die leeren Gläser von Franz und Max und eilte damit zur Schankanlage.

»Servus, Bernd. Wie geht's?« Max lächelte seinen Exkollegen freundlich an.

»Könnte besser sein. Es gibt Tage, die vergisst man besser.«

»Du meinst die Leiche in der U-Bahn?«

»Ja. Ich gewöhn mich einfach nicht daran. Egal, wie oft ich es mit so einer Scheiße zu tun habe.« Bernd hörte sich alles andere als fröhlich an.

»Stimmt.« Max und Franz nickten gleichzeitig.

»Wie war's bei deinem Zeugen?«, wollte Franz wissen.

»Er stand ungefähr fünf Meter vom Unfallopfer entfernt. Ein alter Bekannter von diesem Gerhard Bockler. Er hat ihn erkannt, aber was passiert ist, hat er nicht gesehen.«

»Fiel ihm auch niemand in Bocklers Nähe besonders auf?« Franz setzte sich ruckartig aufrecht hin.

Bernd schüttelte nur den Kopf.

»Schöne Scheiße«, meinte Franz genervt.

»Kann man wohl nichts machen.« Max zuckte die Achseln.

»Schaut so aus.«

Monika kam mit dem Bier. »So, die Herren, drei Helle. Bitte sehr.« Sie stellte die Gläser vor Max auf den Tresen und schenkte ihnen ein ganz privates Lächeln. Kein rein professionelles wie den anderen Gästen. Logisch. Schließlich waren sie alle seit Jahren miteinander befreundet. Mehr oder weniger. »Was ist eigentlich mit euch los? Ihr macht Gesichter wie sieben Tage Regenwetter.«

»Danke fürs Bier, Moni.« Max schob den anderen ihre Getränke vor die Nase. »Eine Unfallleiche in der U-Bahn«, fuhr er währenddessen an seine Freundin gewandt fort. »Franz und Bernd müssen die Sache untersuchen.«

»Da beneide ich euch nicht.« Sie blickte die beiden Kripobeamten nachdenklich an.

»Wir uns auch nicht. Aber hilft ja nichts.« Franz nahm sein neues Bier zur Hand. »Was soll's. Schwemmen wir es runter.«

»Jawohl«, bestätigten Max und Bernd gleichzeitig.

»Lasst es euch schmecken, Männer.« Monika eilte zurück an die Arbeit. Das Lokal war bis unters Dach voll. Das hieß für sie, ausschenken am laufenden Band.

Max beobachtete die Situation am Zapfhahn seit geraumer Zeit aus den Augenwinkeln. Wenn es ihr zu viel werden sollte, würde er sofort einspringen und ihr helfen.

»Wo waren wir vorhin eigentlich stehen geblieben?« Franz entspannte sich wieder etwas. Er sah ihn fragend an.

»Wann?« Max sah ihn neugierig an.

»Bevor Bernd reinkam.«

»Moment … ah, ich hab's. Bei den Deppen.«

»Stimmt. Ich habe gesagt, dass es schon immer Deppen gegeben hat.«

»Aber ich sage, es werden immer mehr Deppen«, griff Max seinerseits den Faden wieder auf. »Die Amis zum Beispiel spinnen langsam komplett. Bei denen laufen irgendwelche Verrückten durch die Straße und schlagen grundlos Leute nieder. Sie nennen es ›Knock-out Game‹.«

»Geh weiter, erzähl doch keinen Schmarrn«, protestierte Franz. »So was gibt es doch gar nicht. Lasst uns erst mal was trinken.«

Sie stießen an.

»Wenn ich es euch sage«, fuhr Max fort, nachdem sie ihre Gläser wieder auf dem Tresen abgestellt hatten. »Es sind sogar schon einige dabei gestorben. Das hat es früher auf jeden Fall noch nicht gegeben.« Er hob oberlehrerhaft den Zeigefinger, um die Glaubwürdigkeit seiner Aussage zu untermauern.

»Nicht zu fassen!« Franz sah ihn erstaunt an. »Was kommt wohl als Nächstes? Wirst du erschossen, weil jemandem deine Nase nicht passt?«

»Warum nicht«, fiel ihm Bernd ins Wort. »Max hat übrigens ganz recht. Ich habe ebenfalls von diesem Knock-out Game gehört. Ich wüsste allerdings auch schon ein paar lohnende Zielpersonen hier bei uns. Zuvorderst den Hierlmeier. Unser überheblicher Herr Staatsanwalt braucht definitiv ausgiebig eine aufs Maul.«

»Das sagst du doch bloß, weil er dir die Kopfnüsse, die du bei deinen Verhören verteilst, nicht mehr durchgehen lassen will.« Franz grinste wissend.

»Na und? Ist das etwa kein Grund?«

Alle drei lachten. Sie tranken erneut. Diesmal einen sehr großen Schluck.

»Die Engländer haben übrigens mit dem ganzen Schmarrn angefangen«, fuhr Max fort.

»Was kommt jetzt wieder?« Franz neigte neugierig den Kopf.

Max legte eine kleine Kunstpause ein, um es spannender zu machen.

»Mit welchem Schmarrn haben sie angefangen, die Engländer? Sag schon.« Bernd rutschte gespannt auf seinem Barhocker hin und her.

»Andere wahllos zu schlagen. ›Happy Slapping‹ nennt sich das bei denen. Einfach hergehen und irgendwem eine Watschen geben. Dabei das Ganze noch mit dem Handy filmen und das Video an Freunde verschicken. Unistudenten haben das unglaublich lustige Spiel vor ein paar Jahren erfunden.«

»Erfunden haben sie es sicher nicht.« Franz grinste erneut. Diesmal sehr breit, von einem Ohr zum anderen. Er sah dabei aus wie ein fleischgewordener riesiger Smiley.

»Warum?« Max hielt überrascht inne.

»Bestimmt haben sie es bei unserem Watschentanz abgeschaut. Der war lang vorher da.«

Allgemeines Gelächter.

Bernd stand auf. »Ich muss mal wohin. Bestellt mir auch noch eins, wenn ihr euch eins bestellt.«

»Wird gemacht, Herr Kommissar.« Max salutierte wie ein Soldat bei der Wachablösung. »Ja, ja, die Engländer. Angeblich haben sie auch den Humor erfunden.«

»Glauben sie zumindest. Vielleicht finden sie das mit den Watschen wirklich lustig.« Franz gab Monika mit einem Handzeichen zu verstehen, dass sie noch drei Bier brauchten. »Jemanden vor die U-Bahn schubsen, ist allerdings nicht mehr witzig«, fuhr er anschließend mit nachdenklicher Miene fort. »Das ist glatter Mord.«

»Das ist es wohl. Wenn es wirklich so war.«

»Kriegen wir raus. Garantiert.«

»Logisch. Wenn ihr meine Hilfe oder meinen Rat braucht, du hast meine Telefonnummer.«

»Yes, Sir.« Franz nickte. »Brauchst du mir nicht zu sagen.«

»Wer hat eigentlich den Watschentanz erfunden? Und wann?«

»Wieso willst du das wissen?«

»Bloß so. Reines Interesse an unserer heimischen Kultur.« Max zuckte die Achseln.

»Weißt du es wirklich nicht?«

»Sonst würde ich nicht fragen.«

»Ich weiß es auch nicht.« Franz lachte kurz auf.

»Sehr witzig. Keine Ahnung von nix. Aber gescheit daherreden.«

»Dafür weiß ich aber, wann, wo und warum er zum ersten Mal aufgeführt wurde.«

»Immerhin. Und?«

»1907 in Bad Reichenhall, zur Erheiterung der Sommerfrischler.«

»Da schau her. Doch wieder was gelernt, vom Herrn Professor Wurmdobler. Wer weiß, wofür es gut ist. Wie heißt es gleich wieder? Wissen ist Macht. Nix wissen macht auch nix.« Max zog auf jeden Fall einen imaginären Hut vor dem geschichtlichen bayerischen Sachverstand seines alten Freundes und Exkollegen.

»Gab es damals eigentlich schon englische Studenten? Bestimmt nicht, oder?«

In jüngerer englischer Geschichte schien Franz nicht ganz so firm zu sein. Na gut. Nobody is perfect.

»Keinen Schimmer. Ist mir, ehrlich gesagt, auch wurscht.« Max lächelte Monika dankbar zu, während sie die drei angeforderten Halben vor ihnen auf dem Tresen aufreihte. »Mord oder Selbstmord, das ist hier die Frage«, murmelte er währenddessen. »Da darf man wohl jetzt schon gespannt sein, wie es weitergeht mit den Ermittlungen.«

»Was nuschelst du da, Max?« Monika sah in neugierig an.

»Hamlet, Moni. Shakespeare.«

»Ach so. Ja klar. Logisch. Was sonst?« Sie kehrte kopfschüttelnd an ihre Arbeit zurück.

»Kennst du den schon, Max?« Franz blickte ihn neugierig an.

»Herrgott noch mal, Franzi«, polterte Max unvermittelt los. »Wie kann man bloß immer wieder so saublöd fragen.«

»Wie? Was?« Franz sah total erschrocken und verwirrt aus.

»Ich hab dir schon hundertmal gesagt, dass man diese Frage nicht beantworten kann, solange man nicht weiß, um was es in dem Witz geht, den du gleich erzählen willst.«

»Äh, … wie meinst du das?« Franz' Verwirrung schien nach Max' blitzschnell heruntergeratterter Erklärung nahezu perfekt zu sein.

»Vergiss es, Franzi. Also los. Erzähl schon. Aber nicht wieder so ein Kalauer wie letztes Mal. Sonst zahlst du die ganze Zeche für uns alle.«

»Wer zahlt die ganze Zeche? Franzi?« Bernd war von der Toilette zurück. »Sag schon, Max.«

»Nur wenn der Witz, den er gleich erzählt, schlecht ist.«

»Hat er jemals einen guten Witz erzählt?«

»Nein.« Max schüttelte grinsend den Kopf.

»Na also. Prost. Auf einen feuchtfröhlichen Abend.« Bernd hob gut gelaunt sein volles Glas.

»Und auf einen preiswerten Abend obendrein«, fügte Max hinzu. Er stieß mit ihm an.

»Ihr könnt mich mal«, meinte Franz.

Er wandte sich von ihnen ab und betrachtete ausgiebig die anderen Gäste in Monikas kleiner Kneipe. Schön war es hier. Gemütlich und vertraut. Was wollte man mehr von einer Stammkneipe? Teilweise nettere Gäste vielleicht, die Sinn für unkomplizierte, harmlose Witze hatten.

# 5

»Schau doch nur, wie wunderschön dieser Blick ins Tal ist.« Maria zeigte auf das im Sonnenlicht daliegende Garmisch-Partenkirchen, das von hier oben auf dem Wankgipfel wie eine winzige Spielzeugstadt aussah.

»Wirklich schön, Maria. Aber nichts gegen deinen göttlichen Anblick.« Moritz Meier, der mit ihr in dieselbe Abiturklasse am Werdenfels-Gymnasium ging, schaute ihr verliebt in die Augen.

»Hör schon auf, alter Spinner!« Sie winkte errötend ab. »Verarschen kann ich mich selbst.«

Es war ein herrlicher Frühlingstag. Strahlend blauer Himmel, warm, aber noch nicht zu warm. Ideal zum Wandern. Und dann stand auch noch Moritz an ihrer Seite. Irgendwie schon genial. Der von ausnahmslos allen Mädchen der Klasse begehrte Sänger der angesagtesten Schülerband der Stadt war ausgerechnet mit ihr hier hinaufgegangen, dem dereinst von den anderen immer nur verspotteten hässlichen Entlein. Den ganzen Weg über hatte er ihr seine übertriebenen Komplimente gemacht und ihr schmachtende Blicke zugeworfen.

Jetzt strich er ihr mit seinem Zeigefinger eine vorwitzige Strähne ihres dichten roten Haars aus dem Gesicht. Sie drehte sich schnell von ihm weg, wollte einfach nicht glauben, dass er wirklich Interesse an ihr hatte. Obwohl sie mittlerweile zu einer attraktiven jungen Frau herangewachsen war, bestimmte in ihrem tiefsten Inneren nach wie vor das eingeschüchterte dicke Mädchen von früher ihr Dasein, das der Welt misstrauisch und ohne Selbstbewusstsein begegnete. Daran konnten weder ihre inzwischen traumhafte Figur noch die neue Designerbrille, die ihre smaragdgrünen Augen schmückte, etwas ändern.

»Aber es ist die Wahrheit.« Moritz hörte sich nicht so an, als würde er spaßen. Er legte behutsam den Arm um ihre Hüfte.

»Schmarrn. Das sagst du doch bloß so.« Sie nahm seine Hand und schob sie dahin zurück, wo sie hergekommen war, an seine eigene linke Körperseite. Danach rückte sie von ihm ab, indem sie einen kleinen Schritt beiseitetrat.

»Wenn ich es dir sage«, protestierte er. »Ich meine es wirklich so. Du gefällst mir total gut.« Er stellte sich erneut direkt neben sie. »Voll gut. Ehrlich.«

»Echt?« Sie blickte ihn ungläubig an.

»Echt.« Er drehte sich ganz zu ihr herum.

»Und jetzt?«, fragte sie, während sie rettungslos in seinen Augen zu ertrinken drohte.

»Küsse ich dich.« Sein Gesicht näherte sich ihrem unaufhaltsam.

»Echt?«

»Echt.«

Nachdem sie wieder zu Atem gekommen waren, nahm sie ihren Rucksack von den Schultern und setzte ihn auf dem Boden ab.

»Picknick?« Sie gab sich Mühe, möglichst lässig zu klingen. Alles drehte sich um sie herum. Sie spürte immer noch seinen Geschmack auf ihren Lippen, sehnte sich nach mehr. Aber das musste er nicht wissen. Nicht gleich jedenfalls. Es schickte sich nicht, mit der Tür ins Haus zu fallen. Schon gar nicht für ein Mädchen. Das hatten ihr die Eltern frühzeitig eingebläut.

»Gerne. Was hast du dabei?« Moritz nahm im Schneidersitz auf der Decke Platz, die sie aus ihrem Gepäck hervorgezaubert und vor ihnen auf dem Boden ausgebreitet hatte.

»Salami, Schinken, Käse, Tomaten und Brot«, verkündete sie stolz.

»Kein Lachs? Kein Kaviar?« Er grinste frech.

»Alter Spinner!« Sie kicherte amüsiert. »Aber schau mal, was ich noch habe: Sekt!« Sie hielt die Flasche wie eine Trophäe hoch.

»Perfekt. Lass sie mich öffnen. Da spritzt bestimmt gleich die Hälfte raus nach dem Gewackel beim Aufstieg.« Er nahm die Flasche an sich.

Sie packte derweil das Essen und zwei kleine Teller aus, setzte sich neben ihn und schnitt Salami, Käse, Brot und Tomaten in kleine Stücke.

»Köstlich«, meinte er wenig später, während er begeistert auf einem riesigen Stück Salami herumkaute. »Aber du hättest ruhig sagen können, dass dein Rucksack so schwer ist. Dann hätte ich ihn auch mal getragen.«

»Das macht mir nichts. Ich musste schon als Kind bei den Wanderungen mit meiner Mutter unsere Sachen schleppen. Sie hat es seit jeher mit dem Kreuz.«

»Tapfer.« Er nickte beifällig.

»Schon, oder?« Sie lächelte glücklich.

Wie genial. Ihr allererster Kuss war das vorhin gewesen. Von den Bussis ihrer Eltern, Großeltern und sonstigen Verwandten einmal abgesehen. Sie hatte sich bewusst so lange damit Zeit gelassen, weil es unbedingt der Richtige sein sollte, der ihr auf diese Art näherkommen durfte. Einer, in den sie wirklich verliebt war.

Jetzt wusste sie, dass sich das Warten gelohnt hatte. Moritz hatte ein regelrechtes Feuer in ihr entfacht. Nach wie vor schwebte sie ein Stückweit über dem Boden, so als gäbe es keine Schwerkraft mehr. Ein herrliches Gefühl. Sie merkte, dass sie das mit dem Küssen nach dem Essen wahnsinnig gerne noch einmal ausprobieren würde. Hoffentlich ging es Moritz genauso, und hoffentlich machte er den ersten Schritt. Sie war zu schüchtern dazu. Das würde sich wohl auch niemals in ihrem Leben ändern.

Moritz hatte nicht das Geringste gegen eine Wiederholung einzuwenden, wie sich wenig später zeigte. Den ersten Schritt dazu unternahm er ebenfalls. Gleich nach dem Essen beugte er sich mit gespitzten Lippen zu ihr hinüber. Dem zweiten Kuss folgte kurz darauf der dritte, dann der vierte und so weiter. Genau genommen küssten sie sich während des gesamten Heimweges immer wieder. Offensichtlich gefiel sie ihm genauso gut wie er ihr.

Vor ihrer Haustür gaben sie sich einen extralangen Abschiedskuss. Dann ging Maria fröhlich vor sich hin summend hinein. Moritz blieb vor dem Gartentor stehen, bis sie im Haus verschwunden war. Anschließend machte er sich auf den Heimweg zu seinem eigenen Elternhaus.

Ab dem nächsten Morgen kehrte bei beiden der Alltag wieder ein. Sie hatten kaum Gelegenheit, sich zu treffen, weil sie für die Abiturprüfung in zwei Wochen lernen mussten. Maria vermisste nach ein paar Tagen seine Nähe. Sie konnte nachts nicht schlafen, sehnte sich danach, ihn erneut zu küssen und zu umarmen. War er etwa ihr Mann fürs Leben?

Das Abi kam und ging. Beide bestanden. Maria bravourös mit einem Schnitt von 1,1. Obwohl sie die ganze Zeit über nur so wenig geschlafen hatte. So gut wie alle Studiengänge an der Uni standen ihr damit offen. Moritz kam gerade so mit einem Dreier durch. Aber wozu brauchte ein angehender Weltstar schon einen guten Abiturschnitt? Er würde eines Tages sowieso auf den Bühnen der Welt von Rio bis Rosenheim stehen und dabei sagenhaft reich werden.

Volljährig und jetzt auch noch das Abitur in der Tasche. Besser ging's nicht. Die Zukunft gehörte ihnen. Es wurde ein herrlich sonniger und glücklicher Restsommer. Da sie jetzt endlich wieder genügend Zeit füreinander hatten, verabredeten sie sich beinahe täglich zum Baden, zum Wandern und zum Zelten. Manchmal mit den anderen aus ihrer Clique. Manchmal nur zu zweit.

Als sie Anfang August übers Wochenende am Walchensee übernachteten, schliefen sie zum ersten Mal miteinander.

# 6

»Was? Wieder ein Unfallopfer in der U-Bahn? Morgens um halb acht? Das gibt es doch nicht.« Max fasste sich ungläubig an den verkaterten Kopf.

Er war vor 20 Minuten aufgestanden, obwohl er liebend gerne länger liegen geblieben wäre. Es war gestern noch spät und wider Erwarten sogar recht lustig geworden in Monikas kleiner Kneipe. Aber seine Nachbarin Frau Bauer hatte ihn geweckt, um ihn zu fragen, ob er sie nächste Woche zum Arzt fahren könne.

»Dachte ich zuerst auch«, erwiderte Franz. »Aber es ist wahr. Und wieder ist es jemand vom Pasinger Gymnasium. Der Deutschlehrer, Sebastian Langner. Allerdings liegt er nicht unter dem Marienplatz, sondern unter dem Odeonsplatz, auf dem Gleisbett stadteinwärts. Scheint gerade auf dem Weg in die Arbeit gewesen zu sein.«

»Nicht zu fassen.« Max setzte sich mit dem Handy in der einen Hand und dem Kaffee, den er sich gerade in seiner Küche geholt hatte, in der anderen auf seine gemütliche rote Wohnzimmercouch. »Zwei Lehrer stürzen kurz hintereinander innerhalb von zwei Tagen vor die U-Bahn. Das kann kein Zufall sein. Wer will da noch an Selbstmord glauben?«

»Ich brauche dich, Max.«

»Wie meinst du das? Reicht dir deine Sandra nicht mehr?« Max musste grinsen. Offensichtlich hatte sich irgendwo in seinem Kopf ein Rest der übermütigen Bierlaune des späteren gestrigen Abends versteckt.

»Depp. Ich brauche dich bei dem Fall.« Franz lachte. Logisch. Bei allem Unglück, dass der Welt und den Menschen widerfuhr, war er im Grunde seines Herzens ein fröhlicher Mensch. Für einen guten Spruch war er deshalb immer zu haben, egal wie ernst oder schockierend die Lage gerade war. »Bernd besucht eine Fortbildung. Wir sind die ganze Woche über nur zu dritt in der Abteilung.«

»Wie sind die Konditionen?«

»Meine Kondition? Die ist beschissen wie immer. Sollte vielleicht doch langsam mal weniger rauchen.« Franz hustete wie auf Befehl.

»Wie viel du wollen bezahlen, wenn ich für dich gehe Arbeit?«

»Was du sagen?«

»Geld, Zaster, Kohle, Depp. Herrschaftszeiten, du hast wohl wieder mal einen Clown gefrühstückt?« Max musste erneut grinsen. Was mache ich bloß, wenn ich eines Tages den Franzi nicht mehr hab?, dachte er. Nicht auszudenken. Schnell wieder weg mit den trüben Gedanken.

»Aber du hast doch mit dem Schmarrn angefangen.«

»Ich? Ehrlich?«

»Logisch. Wer hat denn gerade gesagt, ich hätte doch meine Sandra.«

»Hm. Na gut. Stimmt.«

Gedächtnislücken hatte er zumindest noch keine, der gute alte Franz Wurmdobler. Das musste Max ihm lassen.

»Und? Wie sind also die Konditionen?«, fuhr er fort.

»Wie üblich.«

»Sicher?«

»Ganz sicher.«

»Na gut, wunderbar. Wann soll ich anfangen?«

Max setzte zufrieden mit sich und der Welt seine Kaffeetasse an den Mund. Er hatte bisher jedes Mal ein äußerst angemessenes Honorar für seine Beratertätigkeiten bekommen. Franz sorgte gut für alte Freunde und Weggefährten. Wenigstens darauf war Verlass in dieser ansonsten von allen guten Geistern verlassenen Welt. Na ja. Ganz so schlimm war's auch wieder nicht.

»Am besten gleich. Du könntest dir die Kollegen der beiden Opfer am Pasinger Gymnasium vornehmen. Den stellvertretenden Direktor habe ich gestern Abend bereits telefonisch über den Tod seines Ex-Chefs Bockler informiert. Hör dich einfach mal dort um. Wir müssen dringend herausfinden, ob es Selbstmord oder Mord war. Und wenn, warum.«

»Okay. Kommst du mit?«

»Nein, ich gehe derweil mit meinem neuen Assistenten Herbert Bader zum Odeonsplatz rüber. Bin schon gespannt, ob es wenigstens diesmal brauchbare Zeugen oder brauchbare Videos gibt. Auf den Videos von gestern ist leider nichts, was uns weiterhilft.«

»Gar nichts?«

»Wir analysieren das noch. Sekundenbruchteile vor dem Unfall stehen zwei Leute zwischen dem Opfer und der Kamera. In diesem Moment könnte ihn theoretisch jemand geschubst haben, den die beiden verdeckten. Sie selbst waren zu weit von ihm weg.«

»Also der große Unbekannte.«

»Eher der kleine Unbekannte. Wenn Bockler tatsächlich geschubst wurde, müsste es jemand gewesen sein, der entweder sehr klein ist oder sich gezielt hinter den beiden gebückt hat, weil er wusste, wo sich die Kameras befinden.«

»Klingt, als hätte jemand genau gewusst, was er tat.«

»Wenn es denn so war, ja. Zu sehen ist aber, wie gesagt, bis jetzt nichts. Leider. Oder Bockler ist selbst gesprungen. Und dieser Langner heute auch. Aus welchem Grund auch immer.«

Max trank einen Schluck Kaffee. »Das riecht nach reichlich Arbeit, Franzi.«

»Vielleicht findest du im Lehrerkollegium etwas über beide Opfer raus. Streit, Neid, Affären und so weiter. Weißt es eh. Wir überprüfen so lange ihre Familien. Beide waren verheiratet. Oft genug ein guter Grund für Selbstmord.« Franz lachte humorlos. »Vergiss die Schüler nicht. Vielleicht ist ein durchgedrehter Amokläufer unter ihnen. Hat es alles schon gegeben.«

»Sonst noch was, Sherlock Holmes?« Max verdrehte genervt die Augen. Herrschaftszeiten, der Depp tut geradezu so, als käme ich frisch von der Polizeischule. Geht's noch? Schließlich ist meine Zeit als erfolgreicher Hauptkommissar erst ein paar Jahre her. Hat er das vergessen? Sind das etwa doch schon erste Anzeichen von Demenz bei ihm? Dicke soll's bekanntlich früher damit erwischen.

»Nein. Ich verlasse mich ansonsten ganz auf dich und deine herausragenden Fähigkeiten«, frotzelte Franz zurück.

»Na, dann pass mal auf, dass es deinem neuen Assistenten, diesem Herbert Bader nicht schlecht wird, wenn er das Gemetzel auf den Gleisen sieht.«

»Mach ich. Bis dann, Max.«

»Servus.«

Sie legten auf. Max trank in Ruhe seinen Kaffee aus. Anschließend zog er seine schwarze Jeans, ein weißes T-Shirt, sein leichtes dunkelgraues Sommersakko und seine schwarzen Cowboystiefel an, stieg die zwei Stockwerke zur Straße hinunter, setzte sich in seinen neuen roten Kangoo, den er gestern Nachmittag gleich vor dem Haus geparkt hatte, und fuhr auf direktem Weg nach Pasing.

Da die Straßen für Münchner Verhältnisse an diesem ganz normalen Dienstagvormittag überraschend frei waren, kam er bereits 20 Minuten später beim dortigen Gymnasium an. Der stellvertretende Direktor Günther Stechert empfing ihn sofort in seinem Büro.

»Guten Morgen, Herr Raintaler«, begrüßte ihn Stechert, als der blonde Exkommissar eintrat, während er selbst in seinem schwarzen stoffbezogenen Bürosessel sitzen blieb. »Nehmen Sie bitte Platz.« Der untersetzte dunkelhaarige Mann in weißem Hemd und senffarbenem Cordanzug zeigte auf einen der gepolsterten Besucherstühle vor seinem dunkelbraunen Schreibtisch.

»Danke, Herr Stechert.« Max setzte sich ihm gegenüber.

Er sah sich kurz im Zimmer um. Alles sehr unpersönlich, pragmatisch und spartanisch eingerichtet, registrierte er. Stundenpläne statt Bildern an der Wand. Keine Vorhänge. Weiße Wände und Decken, graue Aktenschränke aus Blech. Lediglich eine hüfthohe Zimmerpflanze sorgte für etwas Farbe. Nicht anders als in seinem eigenen alten Büro bei der Kripo.

»Was kann ich für Sie tun?« Stechert blickte ihn neugierig über die Ränder seiner schwarzen Hornbrille hinweg an.

»Es geht um die beiden Unfallopfer gestern und heute in der U-Bahn. Wie ich Ihrer Vorzimmerdame bereits sagte, bin ich Privatdetektiv und arbeite in diesem Fall als Berater für die Kripo.« Er muss doch eigentlich mitbekommen haben, wer ich bin, als sie mich bei ihm anmeldete. Kann er sich da nicht denken, dass ich deswegen hier bin? Merkwürdig. Will er mich etwa von Anfang an verarschen? Oder weiß er wirklich nicht, was ich von ihm will?

»Gestern und heute? Ich dachte, Gerhard ist … gestern …« Stechert wirkte eher distanziert interessiert als beunruhigt. Von Trauer war ihm nichts anzusehen. Vielleicht hatte er sich aber auch nur sehr gut im Griff.

»Es gab heute früh leider einen weiteren Toten.«

»Ach, du lieber Gott. Deswegen sind Sie also hier? Hoffentlich ist es niemand, den ich kenne.«

»Ich fürchte doch.« Max presste ernst die Lippen zusammen. Da schau her. Anscheinend wusste er wirklich nicht, was ich von ihm will, dachte er. »Es ist ihr Kollege Sebastian Langner. Er stürzte vor die einfahrende U-Bahn am Odeonsplatz.«

»Oh Gott, nein. Basti ist auch tot? Wie Gerhard?« Nun zeigte Stechert doch Gefühle. Mit schreckgeweiteten Augen sprang er von seinem Sitz auf. »Ist das auch wirklich wahr?«

»Leider.« Max nickte mit ernster Miene.

»Du lieber Himmel. Gleich zwei meiner Kollegen innerhalb kürzester Zeit. Was für eine Tragödie.« Stechert schüttelte unablässig den Kopf. Er setzte sich langsam wieder. Seine Hände zitterten. »Wir wunderten uns schon, warum Basti wegen seiner heutigen Verspätung nicht anrief.«

»Wir?« Sprach er etwa im Pluralis Majestatis von sich selbst? Er war doch nur stellvertretender Direktor eines Gymnasiums. Das hatte normalerweise nichts mit Königshäusern zu tun. Oder doch?

»Meine Assistentin Frau Bichler und ich.«

»Ach so. Hatten die beiden Feinde?« Max schoss seine nächste Frage aufs Geratewohl ab. Er hatte das Gefühl, dass dem stellvertretenden Schulleiter der Tod Sebastian Langners wesentlich näher ging als der seines ehemaligen Vorgesetzten Bockler. Allerdings konnte er sich diesbezüglich auch täuschen.

»Feinde?« Stechert blickte ihn erstaunt an. Tränen hatten sich in seinen Augenwinkeln gesammelt. »Ja, waren es denn keine Selbstmorde?«

»Wie kommen Sie darauf, dass es Selbstmorde waren?«

»Als Hauptkommissar Wurmdobler gestern Abend bei mir zu Hause anrief, hieß es, Gerhard habe sich aller Wahrscheinlichkeit nach selbst umgebracht.« Stechert zeigte nun wieder denselben unbeteiligten Blick wie am Anfang ihres Gesprächs.

»Aller Wahrscheinlichkeit nach ist das auch so«, bestätigte Max. »Genaues wissen wir aber noch nicht. Deshalb ermitteln wir im Moment in alle Richtungen. Außerdem können Feinde einen auch absichtlich in den Selbstmord treiben. Oder sehen Sie das anders?« Er beobachtete den akkurat frisierten Pädagogen genau. Irgendetwas stimmte nicht mit ihm. Was es war, konnte er nicht sagen. Aber er würde es herausfinden.

»Mag sein. Aber ist das dann eine Straftat?« Stechert räusperte sich. Er rückte fahrig seinen taubenblauen Schlips zurecht.

»Kommt darauf an. Wieso wollen Sie das wissen?«

»Nun.« Stechert zögerte kurz, bevor er weitersprach. »Es gab gelegentliche Auseinandersetzungen im Kollegium, an denen die beiden Verstorbenen ebenfalls beteiligt waren.«

»Na, sehen Sie. Mord ist also nicht ausgeschlossen.«

»Moment. Halblang, Herr Raintaler.« Stechert sprang erneut auf. Er lief unruhig hinter seinem Schreibtisch auf und ab. Offenbar bereute er es, überhaupt etwas gesagt zu haben. »Ich wollte damit lediglich andeuten, dass sich daraus vielleicht die Möglichkeit eines Selbstmordes ergab.«

»Wie genau meinen Sie das?«

»In unserem Beruf existieren unterschiedliche Auffassungen und Interessen wie überall. Da gibt es auch mal Streit wie überall. Aber deswegen ist man nicht gleich bis aufs Messer verfeindet und ermordet jemanden. Es gibt jedoch durchaus sensible Seelen unter uns.«

»Die sich selbst töten, weil sie es nicht mehr aushalten in unserer bösen Welt«, führte Max Stecherts Gedanken zu Ende.

»So ähnlich meine ich das.« Stechert nickte. Er setzte sich wieder in seinen Bürostuhl. »Basti Langner zum Beispiel war so ein sensibler Mensch.«

»Waren Herr Bockler und Herr Langner bei den Schülern beliebt oder gab es irgendwelchen Ärger in den Klassen?«

»Basti war sehr beliebt bei den Schülern. Gerhard wohl eher nicht. Er war sehr streng. Einige seiner Schüler mochten das gar nicht.« Stechert betrachtete eingehend seine Fingernägel. »Aber insgesamt war alles noch im Rahmen.«

»Im Rahmen?« Max runzelte fragend die Stirn.

»Nichts Besonderes. Alltag eben. Anderen Kollegen geht es genauso. Täglich. Was glauben Sie, was wir hier alles mitmachen? Das ist nicht wie früher zu unseren eigenen Schulzeiten, als noch still gesessen wurde. Heute sind Sie als Lehrer Alleinunterhalter und Dompteur in einem Raubtierkäfig zugleich.«

»Übertreiben Sie da nicht ein wenig?«

»Übertreiben?« Stechert schnappte empört nach Luft. Sein Gesicht färbte sich rot. Er wurde laut. »Nicht im Geringsten. Wir müssen uns als Lehrer unentwegt Beleidigungen und Schimpfwörter wie ›Wichser‹, ›Arschloch‹, ›fick dich‹, ›Nutte‹, ›Schwuchtel‹, ›Opfer‹ oder Schlimmeres anhören. Verhängen wir dafür angemessene Strafen, stehen am nächsten Tag die Eltern der Schüler bei uns auf der Matte und drohen mit dem Anwalt.«

»Ist das jetzt ein Scherz?« Max grinste. Da schau her, dachte er. Dass er ein Stehaufmanderl ist, hat er mir schon bewiesen. Aber seine cholerische Seite hat er bisher perfekt vor mir verborgen. Gut zu wissen, dass er bei seiner ganzen obercoolen Fassade auch in der Lage ist, auszurasten.

»Ganz und gar nicht. Es ist die traurige Wahrheit. Es gibt kein Benehmen mehr. Fragen Sie mal die Kollegen an den Grund- und Mittelschulen. Bei denen geht es noch um ein Vielfaches schlimmer zu. Ich sage nur Migrationshintergrund.«

»Die deutschen Kinder sind braver?«

»Nicht unbedingt. Aber die Ausländer machen zunehmend Probleme. Da wollen die Eltern teilweise gar nicht, dass ihre Kinder in die Schule gehen. Entsprechend unmotiviert benehmen sich ihre Zöglinge.«

»Kaum zu glauben.« Max zog überrascht die Stirn kraus. »Die sollten doch froh sein, wenn sie hier eine anständige Ausbildung bekommen.«

»Richtig. Aber genau so, wie ich es Ihnen sage, ist es.« Stechert schüttelte ausgiebig den Zeigefinger seiner rechten Hand.

»Gab es Schüler oder Kollegen, mit denen Herr Bockler und/oder Herr Langner ein besonders schwieriges oder auffälliges Verhältnis hatten?«, hakte Max nach.

»Das kann ich so nicht sagen.« Stechert überlegte kurz. Zumindest ließ sein konzentrierter Gesichtsausdruck darauf schließen. »Doch, Moment mal. Basti und Herbert stritten gelegentlich. Herbert Sachsler ist unser Sport- und Chemielehrer.«

»Schlimm?« Sieh mal einer an. Es gab also doch Auseinandersetzungen, die aus dem üblichen Rahmen fielen. Man musste nur lange genug nachbohren, dann kamen die Dinge an die Oberfläche. Alte Kripoweisheit.

»Nein. Nicht schlimm. Sie waren einfach unterschiedlich. Basti war, wie ich gerade schon andeutete, eine Seele von Mensch, wenn auch mit kleinen Schwächen behaftet. Ich sage beispielsweise nur mal eins: zu gutmütig.«

»Ist das ein Fehler?«

»Was?«

»Zu gutmütig sein.«

»Es kann ein Fehler sein.« Stechert grinste grimmig.

»Die Schüler fressen Sie unter Umständen auf, wenn Sie zu gutmütig sind. Im Kollegium ist das nicht anders.«

»Willkommen in der Realität«, fügte Max trocken hinzu. »Und ich dachte immer, das Gymnasium wäre ein in sich geschlossener Hort der Herzensbildung und des Verständnisses.«

»Wann waren Sie am Gymnasium?«

»Ist eine Weile her.«

»Na, sehen Sie.« Stechert lehnte sich über seinen Schreibtisch. »Also. Basti war zu gutmütig. Herbert ist dagegen nur auf sich selbst und seine Erfolge konzentriert. Strenge Strafen, wenig Verständnis für die Schüler. Hauptsache, er steht gut vor dem Rest der Welt, respektive Vorgesetzte und Kultusministerium, da. Die Schüler haben ihre Probleme damit. Ein kleiner Gerhard Bockler, möchte man meinen. Basti gefiel Herberts strenge Art ebenfalls nicht. Hie und da krachte es dann eben zwischen den beiden.« Er blickte nun wieder völlig unbeteiligt drein.

Wahrscheinlich reiner Selbstschutz, dass er so lässig tut, dachte Max. »Zwischen Bockler und Sachsler?«

»Zwischen denen auch. Sachsler war auf Bocklers Posten scharf, genauso wie er jetzt auf meinen Posten scharf ist. Ich meinte aber gerade Basti und Herbert.«

»Sowohl Herr Langner als auch Herr Bockler könnten sich aufgrund eines heftigen Streits mit Herrn Sachsler umgebracht haben. Ist es das, was Sie andeuten wollen?«

»Nun ja. Vielleicht.« Stechert nickte. »Basti auf jeden Fall. Also, Herr Langner. Aber ich will hier auf keinen Fall jemanden beschuldigen.«

»Und Herr Bockler.«

»Keine Ahnung. Wohl eher nicht.« Stechert zuckte die Achseln. »Gerhard schien mir so gar nicht der typische Selbstmörder zu sein. Aber wer von uns kennt schon das tiefste Innere der anderen?«

»Wie wahr, wie wahr. Wo finde ich Herrn Sachsler?«

»Im Moment bei sich zu Hause in Dresden. Seine Mutter starb letzte Woche. Heute soll die Beerdigung sein.«

»In Dresden?«

Stechert nickte nur.

»Seit wann ist er dort?«

»Seit Samstag, glaube ich. Bin mir aber nicht sicher. Ich weiß nur, was im Stundenplan steht. Ansonsten pflege ich keinen weiteren Umgang mit meinen Kollegen, und sie nicht mit mir. Mein Privatleben ist mir heilig bei dem ganzen Remmidemmi hier.« Stechert lachte humorlos auf.

»Aha.«

Na gut. Wenn Sachsler gestern und heute in Dresden war, konnte er Gerhard Bockler und Sebastian Langner auf jeden Fall schon mal nicht vor die U-Bahn geschubst haben. Blieb also nur Stecherts Theorie mit dem Streit und den darauffolgenden Selbstmorden. Vollständig überzeugt war Max allerdings nicht davon. Vor allem, da Bockler alles andere als ein klarer Selbstmordkandidat gewesen zu sein schien. Wie auch immer. Franzi sollte Sachslers Alibi auf jeden Fall genau von seinen Leuten überprüfen lassen.

»Was war mit den Schülern?«, fuhr er fort.

»Mit den Schülern?« Stechert kratzte sich verwirrt an der Schläfe. »Aber das sagte ich doch bereits.«

»Gibt es Schüler, die ein besonders schwieriges Verhältnis zu den beiden Toten oder zu einem von ihnen hatten?«

»Nicht, dass ich wüsste.«

»Obwohl Herr Langner gefressen wurde, weil er so gutmütig war? Das passt doch nicht zusammen.« Max verstand nichts mehr. Hüh oder hott? Was stimmte denn nun?

»Er war gleichzeitig konsequent. Seine Strafen waren gerecht. Das machte ihn so beliebt bei den Schülern, dass er nur wenige Schwierigkeiten mit ihnen hatte. Außerdem konnte er gut zuhören. Das schätzten sie obendrein an ihm.«

»Also ist er ein herber Verlust für Ihr Gymnasium.«

»Das dürfen Sie laut sagen. Gerhard hassten die Schüler übrigens wohl alle gleich intensiv, weil er so streng war. Manchmal war er auch noch ziemlich ungerecht, wie ich meine. Das bleibt als Direktor aber nicht aus.«

»Man muss als Direktor ungerecht sein?« Max hob ungläubig die Brauen.

»Zumindest ist man gelegentlich gezwungen, unpopuläre Entscheidungen zu treffen.«

»Tatsächlich?«

»Allen kann man es nie recht machen.« Stechert hob bedauernd die Hände. »Das bekomme ich als Gerhards Stellvertreter sogar bereits heute an meinem ersten Tag zu spüren.«

»Hatten Sie Streit mit jemandem?«

»Nein. Aber ein Schüler soll der Schule verwiesen werden. Ich muss das Ganze über die Bühne bringen, obwohl ich seinen Vater gut kenne. Wir sind beim selben Stammtisch. Ungut, Herr Raintaler. Sehr ungut.«

Stechert machte ein betrübtes Gesicht. Er lehnte sich nachdenklich in seinen schwarzen Bürosessel zurück.

»Wer kann mir noch mehr über Herrn Langner und Herrn Bockler sagen?«

»Was Basti betrifft, kann Ihnen zum Beispiel unsere Kunstlehrerin, Frau Lechner sicher weiterhelfen. Sie arbeitete eng mit ihm zusammen.«

»Ich dachte immer, man steht allein vor der Klasse.« Das ist inzwischen anscheinend alles nicht mehr wie früher, Raintaler. Ja mei, die Zeiten ändern sich, genau wie die Menschen.

»Richtig. Basti war auch der Klassenlehrer der 10b. Aber es gibt daneben immer eine Vielzahl gemeinsamer Projekte, Schulausflüge, Weiterbildung und so weiter. Außerdem verstanden sich die beiden privat recht gut, was man so hört.«

»Von wem hört man das denn?« Max schaute ihn erwartungsvoll an.

»Nichts Konkretes. Der übliche Flurfunk. Sie wissen schon.«

»Nein.« Max gab sich ahnungslos.

»Einer sagt etwas, die anderen plappern es nach, irgendwann ist die Gerüchtequelle nicht mehr nachzuvollziehen. Sie kennen das doch sicher auch.«

»Verstehe.« Max nickte. Nicht anders als in jedem anderen Betrieb auch, dachte er. Zum Beispiel bei der Kripo. »Wann kommt Herr Sachsler zurück?«

»Er dürfte morgen wieder da sein.«

»Und Gerhard Bockler? Hatte der erklärte Feinde?«

»Wie gesagt, die Schüler fürchteten und hassten ihn. Im Kollegium war es nicht viel anders. Aber regelrechte

Drohungen oder so etwas … Nein, davon ist mir nichts bekannt.«

»Wann kann ich mich mit den anderen Kollegen unterhalten? Zum Beispiel mit dieser Frau Lechner?«

»Am besten in der großen Pause. Und natürlich jederzeit nach dem Unterricht, wenn das für Sie möglich ist, Herr Raintaler.«

»Schauen wir mal, dann sehen wir's schon. Wann ist große Pause?«

Stechert sah auf seine Armbanduhr. »In einer halben Stunde.«

»Wo waren Sie gestern zwischen 17 und 18 Uhr und heute Morgen zwischen sieben und acht?«

»Wie bitte?« Stechert erstarrte. »Glauben Sie etwa, dass ich …?«

»Beantworten Sie einfach meine Frage.«

»Na gut, wie Sie meinen. Gestern war ich daheim.« Stechert bedachte Max mit einem sehr indignierten Blick.

»Kann das jemand bestätigen?«

»Meine Frau und unser Sohn.«

»Und heute früh zwischen sieben und acht?«

»War ich hier im Büro.«

»Zeugen?«

Stechert verneinte nur stumm.

# 7

»Du bist schwanger? Herrgott noch mal, wie kann man nur so blöd sein und sich in deinem Alter ein Kind andrehen lassen? Noch dazu von so einem Luftikus wie diesem Moritz. Du spinnst doch komplett. Da schützt man sich doch. Das ist doch heute nicht mehr wie früher, dass man schwanger werden muss. Auch wenn der Papst nicht dafür ist.« Marias Vater Erwin wandte sich verständnislos von seiner Tochter ab.

»Ich liebe ihn. Daran wirst du nichts ändern und damit basta!« Maria brüllte genauso laut wie er. Bisher hatte sie sich seine wiederkehrenden Herabwürdigungen und seine Strenge widerspruchslos gefallen lassen. Doch nun war Schluss damit. Endgültig. Sie wurde selbst Mutter, sie hatte ihr Abitur in der Tasche und sie war volljährig. Er hatte ihr nichts mehr zu sagen, auch wenn er das anscheinend nicht glauben wollte.

»Schreit doch nicht so. Was sollen denn die Nachbarn sagen?« Gerda Singer saß eingeschüchtert auf dem Wohnzimmersofa. Sie mochte es nicht, wenn gestritten wurde. Noch weniger mochte sie es, wenn Erwin meinte, seinen Argumenten mit Kopfnüssen und Watschen zusätzliches Gewicht verleihen zu müssen. Hoffentlich kam es heute nicht wieder so weit. Sie wusste nicht, was sie dann tun würde. Was sie betraf, war das Maß diesbezüglich mehr als voll.

»Die Nachbarn sind mir wurscht!«, plärrte Maria weiter. »Die waren mir schon immer wurscht, diese blöden Spießerdeppen!«

»Da siehst du, was du mit deiner nachgiebigen Erziehung angerichtet hast.« Erwin drehte sich zu Gerda um. Sein Gesicht war inzwischen gefährlich rot angelaufen. »Das ist die reine Anarchie hier, sonst nichts. Alles nur deine Schuld und die von diesem lächerlichen Musikhamperer.«

»Schmarrn, Papa. Die Mama ist die Einzige, die mich versteht. Und der Moritz. Du bist nichts als ein ekelhafter Tyrann. Jawohl, das bist du.« Maria stampfte mit dem Fuß auf. Sie zittert vor Wut und Angst.

»Was? Na warte.« Erwin erhob sich von seinem Stuhl. »Dir zeige ich gleich, wie sich die Hand eines Tyrannen anfühlt, du kleiner Dreck. Nichts als Dreck bist du. So klein.« Er presste Daumen und Zeigefinger seiner rechten Hand aufeinander.

»So klein bist du vielleicht. Ich nicht.« Maria warf stolz ihren Kopf zurück. Wenn er so weitermacht, bekommt er noch einen Herzinfarkt, dachte sie. Egal, soll er doch. Er hat mich lang genug gepiesackt. Moritz lasse ich mir von ihm jedenfalls nicht ausreden. Und mein Kind auch nicht. Da kann er sich auf den Kopf stellen. »Aber wenn du meinst, gut. Dann schlag doch auf deinen kleinen Enkel ein. Bring ihn doch um, bevor er geboren wird, du Mörder!« Sie blickte ihn mit geballten Fäusten herausfordernd an.

»Was? Du …« Erwin blieb verdutzt stehen. »Du … meinst … im Ernst, … dass ich … dein Baby …?«

»Schau dich doch bloß mal an. Wie Rocky stehst du da.« Maria zog nicht zurück. Sie stemmte entschlossen die Fäuste in die Hüften.

Erwin schüttelte nur leicht den Kopf. Er drehte sich um, setzte sich auf seinen Platz am Wohnzimmertisch zurück, ließ den Kopf sinken und starrte stumm auf den Parkettboden.

»Aber hast du dir das auch wirklich gut überlegt, Maria?« Gerda versuchte so ruhig und einfühlsam wie möglich zu klingen. »So ein Kind, das ist eine riesen Verantwortung.«

»Weiß ich, Mama. Aber Moritz will mich heiraten.« Maria senkte ebenfalls ihre Stimme. Letztlich war sie nicht auf Streit aus. Nur wenn es nicht anders ging. »Zu zweit schaffen wir das, wie alle anderen. Ich bin schließlich nicht die Erste auf der Welt, die ein Kind bekommt.«

»Aber von was wollt ihr leben? Du willst doch studieren und er verdient keinen Cent mit seiner Musik.« Gerda zog sorgenvoll die Stirn kraus.

»Moritz' Vater gibt ihm Geld, bis er berühmt ist. Außerdem will er jobben. Und ich fange erst zu studieren an, wenn unser Kind in den Kindergarten kommt. Ganz einfach.«

»Was will er denn hier in Garmisch groß jobben?«

»Wir gehen nach München.«

»Das auch noch. In die Großstadt. Jetzt schon? Vor dem Studium? Um Himmels willen, Kind. Mach bloß keinen Fehler.« Gerda versteckte ihr Gesicht in den Händen.

»Es gibt eben Leute, die rennen mit offenen Augen in ihr Unglück, Gerda.« Erwin sah die beiden lange finster an. »Aber wenn du unbedingt meinst, Maria, dann mach es halt so, wie du willst. Wir stehen dir nicht im Weg.«

»Wirklich?« Maria konnte es nicht fassen. Ihr Vater gab zum ersten Mal in ihrem Leben nach. Woher kam nur auf einmal diese unerwartete Wandlung? Ach, egal. Hauptsache, sie kam. »Ihr seid also … tatsächlich einverstanden?«

»Aber nur, wenn er dich heiratet.« Er nickte langsam.

Gerda nickte ebenfalls. Kleine Tränen rollten über ihre Wangen.

»Natürlich tut er das«, erwiderte Maria im Brustton der Überzeugung. »Auf Moritz kann man sich verlassen. Hundertprozentig.«

»Warten wir's ab.« Erwin starrte geistesabwesend zum Fenster hinaus.

## 8

»Gerhard Bockler war nicht besonders beliebt. Er konnte ein ziemliches Ekel sein.« Jürgen Klosteig blickte mit gesenktem Kopf über seine randlose Brille hinweg.

»Mochte Herr Stechert ihn auch nicht?« Max wollte wissen, wie die anderen hier das Verhältnis zwischen Bockler und Stechert sahen. Immerhin saß Stechert nun auf dem Stuhl seines Vorgängers. Menschen waren schon aus weit geringeren Anlässen zu Mördern geworden.

Die geschockten Schüler von Langners Klasse hatte er bereits ergebnislos verhört und ihnen am Schluss nahegelegt, sich bei ihm oder der Polizei zu melden, falls ihnen noch etwas einfiele. Da Regina Lechner sich nach der zweiten Stunde krankgemeldet hatte und heimgegangen war, wie ihm zwei Schüler ihrer Klasse berichteten, sprach er mit einem der Mathematik- und Physiklehrer der Schule. Der schmale Mann mit der Halbglatze war ihm gerade zufällig im Pausenhof in die Arme gelaufen, nachdem Max dort bereits Rudolf Ebert, Geschichte, Carola Seifert, Latein und Raimund Stangler, Biologie zu ihren Aufenthaltsorten während der Tatzeiten, den beiden Unfallopfern und ihren eventuellen Feinden und Animositäten sowie zu besonderen Vorkommnissen in letzter Zeit befragt hatte. Leider vorerst ergebnislos.

»Der ganz besonders.« Klosteig nickte eifrig. »Günther ist seit Jahren sauer auf Gerhard gewesen, weil der ihm den Posten als Direktor direkt vor der Nase weggeschnappt hatte. Günther hätte ein viel längeres Anrecht darauf gehabt. Er hat es aber nur zum Stellvertreter gebracht. Das kommt halt davon, wenn man keine guten Beziehungen zum Kultusministerium hat.«

»Ist Herr Stechert dort nicht gut angesehen?« Da schau her, Raintaler. Wenn das mal keine interessante Information ist. Hat dich dein Näschen bezüglich Stechert also nicht getäuscht.

»Doch, aber Gerhards Schwager arbeitet dort an, sagen wir mal, entscheidender Stelle.« Klosteig grinste maliziös. »So etwas wiegt natürlich deutlich mehr.«

»Spezlwirtschaft wie überall? Ober sticht Unter?«

»Könnte man so sagen.« Klosteig nickte erneut. Er grinste dabei noch ein gutes Stück breiter.

»Herr Sachsler hätte den Posten als Direktor ebenfalls gerne, wie man hört?« Was gab es eigentlich andauernd zu grinsen? Besonders nahe schien Herrn Klosteig das Schicksal seiner Kollegen wahrlich nicht zu gehen.

»Mag sein. Aber Herbert ist nicht ausreichend qualifiziert. Kein Organisator. Zu schlampig, wenig soziale Kompetenz, kein Talent zur Führungskraft. Der alte Ehrgeizling sollte den Ball lieber flach halten. Er ist beim Chemieunterricht und in der Turnhalle perfekt aufgehoben. Da kann er nicht viel falsch machen.«

»Will bei Ihnen eigentlich jeder Chef werden?« Wirklich der reine Wahnsinn, wie hier alle übereinander herzogen. In so einem Team mochte Max nicht geschenkt mitarbeiten. Ob das heute an allen Schulen so war? Hoffentlich nicht. Das wäre zu traurig gewesen. Wer wollte da noch Lehrer werden?

»Nein, soweit ich weiß, nur diese beiden.« Klosteig schüttelte den Kopf.

»Stechert und Sachsler?«

»Ja.«

»Wie war denn nun Ihr Verhältnis zu Sebastian Langner und zu Herrn Bockler?«

»Gut.« Klosteig grinste nach wie vor.

»Keine Probleme?« Herrschaftszeiten, er tut gerade so, als hätten die beiden nur kurz Urlaub genommen und würden schon übermorgen wieder zurückerwartet. Keine Trauer, keine Anteilnahme, nichts.

»Probleme gibt es immer. Aber wir Naturwissenschaftler verursachen sie nicht. Wir erkennen sie und haben ihre Lösung im Fokus.«

»Manche Lösungen sind leider endgültig«, murmelte Max.

»Wie meinen?«

»Ihre Kollegen sind tot, Herr Klosteig. Ist Ihnen das eigentlich bewusst?«

»Natürlich.« Klosteig nickte.

»Aber es ist Ihnen anscheinend egal.«

»Nein.«

»Warum grinsen Sie dann in einer Tour?«

»Ich bin lediglich sachlich und höflich.«

»Vollpfosten gefühlloser«, murmelte Max nun fast unhörbar vor sich hin.

»Wie bitte?«

»Nichts. Passt schon.« Max winkte ab. »Sie hatten also keinerlei Differenzen mit den beiden?«

»Nein.«

»Wo waren Sie gestern zwischen 17 und 18 Uhr und heute Morgen zwischen sieben und acht?«

»Wozu wollen Sie das alles wissen? Sie sagten doch eingangs, dass die beiden höchstwahrscheinlich verunglückt wären.« Klosteig setzte einen neugierigen Blick auf.

»Wir ziehen daneben auch die Möglichkeit einer Straftat in Betracht. Also, wo waren Sie?«

»Sie meinen wirklich, die beiden wurden umgebracht?« Klosteig erschrak. »Sind wir anderen Lehrer dann auch in Gefahr?« Er blickte unruhig um sich.

»Kann sein. Wir wissen es nicht.« Max setzte ein ernstes Gesicht auf. »Gestern Abend waren Sie also …«

»Ich war zu Hause. Sie können gerne meine Frau fragen.«

»Und heute Morgen zwischen sieben und acht?«

»Ich war um fünf nach sieben hier. Musste eine Versuchsanordnung für die erste Stunde vorbereiten.«

»Aha.« Max notierte alles in dem kleinen Notizblock, den ihm Monika letztes Jahr zu Weihnachten geschenkt hatte.

»Bitte wenden Sie sich bezüglich tiefergehender Differenzen mit den Toten doch lieber an Herrn Sachsler oder Herrn Stechert«, meinte Klosteig indigniert. »Oder an die Kollegin Lechner oder unsere anderen Kollegen. Oder an die Schüler. Die können Ihnen allesamt sicherlich besser helfen als ich. Auf Wiedersehen.« Er drehte sich abrupt um. Ohne Abschiedsgruß. Für ihn schien das Gespräch auf einmal beendet zu sein. Einfach so. Litt er eventuell unter einer Borderline-Störung oder an Autismus?

»Halt, Herr Klosteig!«, rief Max. »Bitte warten Sie kurz.«

»Was denn noch?« Der Mathematik- und Physiklehrer machte kehrt. Er sah ihn erwartungsvoll und leicht genervt zugleich an.

»Hier.« Max reichte ihm seine Visitenkarte. »Falls Ihnen doch noch etwas einfällt, rufen Sie mich bitte an.«

»In Ordnung.« Klosteig nahm die Karte an sich. Er verschwand damit in der Eingangstür.

»Da hat es einer aber auf einmal verdammt eilig«, murmelte Max nachdenklich vor sich hin, während er sich daran machte, das Schulgelände zu verlassen. »Dann schauen wir doch mal, was der gute Herr Wurmdobler Neues weiß.« Er nahm sein Handy aus der Jackentasche und rief Franz an.

»Servus, Max. Und? Etwas herausgefunden bei den Lehrern und Schülern?« Franz klang angestrengt. Er atmete schwer.

»Nicht viel.« Wahrscheinlich ist er gerade eine Treppe hochgestiegen, dachte Max. Oder er raucht wieder Kette. »Mord können wir momentan wohl ausschließen. Bis jetzt haben hier alle ein Alibi. Ein Lehrer beschuldigt zwar den anderen, die beiden Toten durch Streitereien in den Selbstmord getrieben haben zu können. Auf der anderen Seite will aber niemand ernsthafte Probleme mit ihnen gehabt haben. Morgen werde ich mit zwei weiteren Lehrern reden.«

»Und die Schüler?«

»Nichts Konkretes. Keine Hinweise, dass einer oder eine von ihnen etwas mit den Unfällen zu tun hatten. Was Langners Klasse betrifft, ist das zumindest eindeutig. Bei den anderen habe ich noch nicht nachgefragt.« Max zuckte die Achseln, obwohl ihn Franz gar nicht sehen konnte. Das zeigte sich mal wieder, dass der Mensch letztlich immer wieder nur ein Sklave seines Unterbewusstseins war. »Haben wir es überhaupt mit Mord zu tun, Franzi? Im Moment sieht es so aus, als würde ich hier ganz umsonst im Heuhaufen herumstochern.«

»Wir wissen es immer noch nicht. Aber zwei Selbstmorde so kurz hintereinander … und dann kannten sich die Opfer auch noch. Das wäre schon ein riesiger Zufall. Auf den Überwachungsvideos lässt sich, wie auf denen von gestern, allerdings immer noch nichts feststellen, was auf Mord hindeuten könnte.«

»Gar nichts?«

»Fast nichts. Wir haben eine Gestalt in schwarzem Anorak und mit Kapuze auf dem Kopf in Sebastian Langners Nähe. Sie steht aber mit dem Rücken zur Kamera, ist auch später auf den anderen Aufnahmen im Treppenschacht und so weiter nirgends zu erkennen. Ob Langner allerdings von dieser Gestalt geschubst wurde, kann man nicht sehen.«

»Warum nicht?«

»Kurz bevor die U-Bahn einfuhr, stellten sich zwei große Leute zwischen die Kamera und die eher kleine Gestalt im Anorak, sodass man sie bis zum Unglück nicht mehr auf den Aufnahmen sieht. Danach wie gesagt auch nicht mehr.«

»Merkwürdig. Ist diese Person mit dem schwarzen Anorak auf den Videos von gestern ebenfalls zu sehen?«

»Nein.«

»Wirklich sehr merkwürdig. Na gut. Dann fahr ich halt erst mal wieder heim.« Max zuckte unwillkürlich die Achseln.

»Scheint mir im Moment das Vernünftigste zu sein. Ich melde mich bei dir, sobald ich mehr weiß. Okay?«

»Logisch, Franzi.«

»Bezahlung geht natürlich vorerst weiter.«

»Umso besser.« Max grinste zufrieden.

Franz sorgte wirklich gut für alte Freunde und Weggefährten. So viel war sicher. Genauso sicher war es allerdings auch, dass der Fall damit nicht beendet war.

# 9

Sie feierten eine wunderschöne Hochzeit. Die gesamte Verwandtschaft war mit Kindern und Kindeskindern aus Nah und Fern angereist. Teils in Tracht, teils in Kostüm oder Anzug. All ihre Garmischer Freunde hatten Maria und Moritz ebenfalls eingeladen. Das herrlich sonnige Herbstwetter trug das Seinige zum Erfolg der Veranstaltung bei.

Brautvater Erwin Singer hatte sich bei der Ausrichtung der Festlichkeiten nicht lumpen lassen. Das Hochzeitspaar wurde am Vormittag in einer geschmückten weißen Pferdekutsche zur Kirche und danach vor den Festsaal des *Garmischer Hofs* gebracht. Eins der besten Hotels am Platze.

Ein gut gelaunter Hochzeitslader sorgte dort für die richtige Stimmung. Für das leibliche Wohl standen ein reichliches kaltes und warmes Büfett, Kaffee und Kuchen sowie Bier, Obstler, Enzian, Wein, Limonade, Säfte und Sekt bereit. Eine professionelle Kapelle heizte den Gästen mit traditionellen und modernen Musikstücken ein. Auch Moritz gab unter großem Applaus das ein oder andere Lied zum Besten. Sogar der skeptische Erwin musste zugeben, dass er das gar nicht so schlecht machte, der Herr Schwiegersohn. Ein professioneller Fotograf hielt das Geschehen in Bildern fest.

Maria sah hinreißend aus. Ganz in Weiß, mit einem kleinen Schleier vor den Augen. Sie strahlte den ganzen Tag über, war nur noch glücklich. Ihre Schwangerschaft sah man ihr in ihrem günstig geschnittenen Brautkleid so gut wie gar nicht an. Andererseits würde die Geburt auch erst in fünf Monaten sein. Bis dahin würde sie bestimmt noch einiges an Gewicht zulegen. Dass sie einen Jungen in sich trug, wusste sie bereits. Auch für einen Namen hatte sie sich schon entschieden: Florian. Moritz war vom Fleck weg damit einverstanden gewesen. Ein schöner Name, meinte er.

Am 1. April des nächsten Jahres war es so weit. Maria lag im Kreißsaal des Kreiskrankenhauses Garmisch-Partenkirchen. Sie schrie und presste aus Leibeskräften. Moritz hatte sich vor einer Viertelstunde nach draußen verabschiedet, obwohl er ursprünglich die ganze Zeit über dabei sein sollte. Das hatten sie fest abgemacht gehabt. Sogar den Geburtsvorbereitungskurs hatte er deswegen mit ihr besucht. Das wäre zwar alles schön und gut und richtig, hatte er gemeint, aber ihm wäre schlecht. Er könne eben kein Blut sehen, müsse unbedingt frische Luft schnappen, würde aber sofort wiederkommen, sobald das Kind da wäre.

Ob alle Männer so feige waren, hatte sich Maria zwischen zwei Wehen gefragt oder war das den sensiblen Musikern dieser Welt vorbehalten? Die nächste Schmerzwelle nahte. Keine Zeit, länger philosophischen Fragen nachzugehen. Außerdem konnte sie Moritz einfach nicht böse sein. In 100 Jahren nicht. Er war schließlich ihr ein und alles, und so sollte es auch bleiben.

Überhaupt durfte sie froh sein, wenn er sie, hässlich, wie sie im Moment war, nicht verließ, sagte sie sich. Ihrer Ansicht nach hatte sie in den letzten fünf Monaten viel zu viel zugenommen. Da war es auf einmal wieder, das von allen gehänselte, dicke Grundschulkind. Voller Misstrauen, Angst und Unsicherheit.

Der Bauch würde nach der Geburt zwar gleich ein Stück weit zurückgehen, hatte der Arzt auf ihre diesbezügliche Frage hin erwidert. Die gesamten Fetteinlagerungen würden ihr allerdings noch eine Weile lang erhalten bleiben. Das wäre von der Natur so vorgesehen. Aber wenn sie das Kind ausgiebig stille und sich Mühe gäbe, nicht zu viel zu essen, könne sie bald wieder genauso schlank wie vor der Schwangerschaft sein.

Hoffentlich hatte er recht. Sie hasste ihre dicken roten Backen, die wabbeligen Schenkel und ihren viel zu großen Hintern mehr als alles andere auf der Welt. Einzig der herzige Blick ihres Sohnes konnte ihre trüben Gedanken verscheuchen und sie für kurze Zeit wieder mit ihrem Dasein aussöhnen.

Ein halbes Jahr nach Florians Geburt zogen sie um. Moritz' Vater hatte eine kleine Wohnung in München Sendling für sie gefunden. Maria freute sich darauf, der psychischen und physischen Enge in den Bergen zu entkommen. Endlich würde sie niemand mehr gängeln. Sie würde ihr eigenes Leben mit Moritz und Florian leben. Selbstbestimmt. Gesundes Essen kochen, das schlank machte. Die kulturellen Angebote der Großstadt genießen. Jemand völlig anderer sein.

Zu Anfang lief auch alles bestens. Da die Unterstützung ihrer beider Eltern nur gerade so zum Leben reichte, machte Moritz den Taxischein und begann zu arbeiten. Nun konnten sie sich gelegentlich sogar einen Babysitter leisten und ins Kino oder zum Essen gehen. Maria kümmerte sich um das Kind und den Haushalt.

Florian gedieh prächtig. Eines Abends kam alles jedoch wieder ganz anders.

»Wie meinst du das, sie haben dir gerade den Führerschein weggenommen? Was ist denn passiert?« Maria starrte Moritz, der leicht wankend vor ihr stand, fassungslos an.

»Nichts.« Er zuckte die Achseln. »Sie meinten, ich hätte zu viel getrunken.«

»Und? Stimmt es?«

»Es waren vier Halbe und vier doppelte Obstler. Normal halt.«

»Normal? Beim Schafkopfen vielleicht. Aber wenn man ein Taxi steuert doch nicht.« Sie schlug entsetzt die Hände über dem Kopf zusammen. Du lieber Himmel. Wie konnte er nur so naiv und verantwortungslos sein! Hatte sie ihn bisher in einem völlig falschen Licht gesehen? »Wieso haben sie dich überhaupt angehalten?«

»Ach, so ein Arsch von Fahrgast hat mich hingehängt. Ich konnte gar nichts dafür.« Moritz winkte genervt ab.

»Einfach so?«

»Logisch. Der Depp wollte nicht bezahlen, da habe ich ihm Prügel angedroht. Aber er, der Herr Oberwichtigtuer muss natürlich gleich mit dem Handy die Polizei rufen. Wichser, blöder.« Moritz schnaubte empört.

»Und die haben dich dann blasen lassen?«

»Genau.«

»Wie viel Promille?« Sie blickte ihn fragend an.

»Zu viel.«

»Wie lange ist dein Führerschein weg?«

»Keine Ahnung.«

»Und der Taxischein?«

»Auch weg.« Moritz ließ sich am Esstisch nieder.

»Ja, merkst du eigentlich noch was? Du hast gerade mal seit vier Monaten den Taxischein und schon ist er wieder weg.« Jetzt war sie an der Reihe, empört zu schnauben.

»Ja mei. Shit happens. Was regst du dich eigentlich so auf? Geh du halt arbeiten. Mir sind die Fahrgäste sowieso zu blöd.« Er zuckte erneut die Achseln.

»Zu blöd?«

»Ja.«

»Ich fasse es nicht. Das darf doch alles nicht wahr sein.« War sie mit einem Erwachsenen verheiratet oder mit einem Dreijährigen? Sie setzte sich auf das blaue Sofa, das der Möbelmarkt gestern geliefert hatte. Wie sollten sie die Raten dafür nach diesem Desaster noch bezahlen? Am besten gaben sie es gleich morgen zurück. »Und wie soll es deiner Meinung nach jetzt weitergehen?«

»Es muss eben mit weniger Geld gehen. Ich muss auf jeden Fall erst mal ein Bier trinken auf den Schock.«

»Noch mehr Bier? Und ich soll so lange hier alleine mit Florian sitzen bleiben und mir den Kopf über unsere Zukunft zerbrechen? Sag mal, geht's noch?« Sie zitterte vor Empörung.

»Logisch. Du bist schließlich seine Mutter. Vielleicht ist er ja gar nicht von mir.« Er legte mit stierem Blick den Kopf schief. Seine Lider flatterten.

»Von wem denn sonst?« Sie glaubte, sich verhört zu haben. Drehte er jetzt völlig durch? Mit Sicherheit hatte er wesentlich mehr als vier Bier und vier doppelte Obstler gehabt. Anders war diese unwirkliche Szene gerade gar nicht zu erklären.

»Was weiß denn ich. Ist mir auch scheißegal. Kannst

ja nebenher schon mal damit anfangen, für den Taxischein zu lernen.« Er grinste überheblich. »Hast du noch Geld hier?«

»Geld? Wofür?«

»Fürs Bier. Wozu sonst, fette Kuh?« Er bedachte sie mit einem langen provozierenden Blick.

»Ich glaube, es hakt.« Wie sprach er denn auf einmal mit ihr? Sie kniff ungläubig die Augen zusammen. »In dem Ton nicht. Ist das klar? Du redest mit mir nicht wie mein Vater früher. Auch wenn du betrunken bist. Das lasse ich mir nicht gefallen.« Tränen stiegen ihr in die Augen.

»Hast du jetzt Geld oder nicht, du alte hässliche Fettel?« Er lachte hämisch.

»So schon gar nicht, besoffenes Arschloch.« Maria bekam Angst. Genau wie damals als Kind. Doch gefallen lassen wollte sie sich seine Beleidigungen auf keinen Fall. Sie hatte lange genug unter ihrem dauergeifernden und prügelnden Vater gelitten. Am besten gab sie Moritz das Geld, das er verlangte. Sollte er seinen Frust doch woanders abladen und nicht bei ihr. Gott sei Dank lag Florian längst drüben in seinem Bettchen und bekam nichts von ihrem ersten heftigen Krach mit.

»Meinst du vielleicht, du hast hier irgendetwas zu melden?«, provozierte er sie weiter. »Du gibst mir sofort alles Geld aus deinem Geldbeutel. Das habe schließlich alles ich verdient. Und deshalb gehört es mir und nicht dir, du voll hässliche Fettel.«

»Hör auf, Moritz. Ich warne dich.« Er geht eindeutig zu weit, sagte sich Maria. Sie spürte auf einmal eine nie gekannte, grenzenlose Wut in sich aufsteigen.

»Einen Dreck tue ich. Du bist fett, und du bist zu faul und zu blöd zum Abnehmen.« Er redete sich immer mehr in Rage. »Seit Monaten redest du schon davon. Wo bleiben die Taten? Na? Wo bleiben sie? Auf meine Kosten mit Schokolade und Pizza vollfressen kannst du dich. Sonst kannst du nichts. Aber auch schon gar nichts.«

»Hör sofort auf damit!« Sie erhob sich ruckartig vom Sofa. »Das muss ich mir von einem erfolglosen Pseudomusiker wie dir nicht sagen lassen.«

»Dass ich nicht lache! Wart's ab. Jetzt geht's erst richtig los. Ich war schon viel zu lange still.« Er fuchtelte wild mit den Armen in der Luft herum. »Weißt du was? Eine reinhauen sollte man dir, jawohl. Aber richtig. Am besten die Zähne ausschlagen. Vielleicht vergeht dir dann endlich der Appetit.«

»Es reicht, Moritz! Endgültig. Ich habe mich anscheinend total in dir getäuscht. Du kannst mich mal.« Sie eilte mit tränenüberströmtem Gesicht zur Tür. »Ich bin in zehn Minuten weg. Den Florian nehme ich mit. Ein schönes Leben noch.«

»Umso besser. Hau doch ab mit deinem Kuckuckskind. Dann bleibt mir mehr zu essen.« Moritz nahm den vollen Kristallaschenbecher vom Tisch und warf ihn in ihre Richtung. Das sündteure Hochzeitsgeschenk ihres Onkels verfehlte sie nur knapp. »Blöde Fettel!«, fügte er noch hinzu. »Friss dich doch tot!«

Das war es also nun, das berühmt berüchtigte böse Erwachen nach der ersten Verliebtheit. Maria zog schnell die Tür hinter sich zu. Sie hatte zum ersten Mal, seit sie denken konnte, panische Angst um ihr Leben. Und um das ihres Sohnes.

# 10

»Ein Ei?« Monika schaute Max fragend an.

Sie machte sich an ihrem Herd zu schaffen, während er sich schon mal zum Frühstück an ihren kleinen runden Küchentisch setzte. Die Sonne lugte zum Fenster herein. Das bisherige schlechte Wetter schien sich endlich zu verziehen. Gott sei Dank. Wer brauchte schon Dauerregen!

»Gerne.« Er blickte kurz von seiner Zeitung auf. »Lauter Verrückte«, murmelte er, während er sich wieder in das Neueste vom Tage vertiefte. »Stell dir vor, Moni. In Thailand ist ein australischer Tourist Amok gelaufen. Er bedrohte Passanten mit einem langen Küchenmesser, weil sein Leihmotorrad zu viel Sprit verbraucht hat.«

»Ist nicht wahr.«

»Doch, es steht hier.« Max tippte mit dem Zeigfinger auf den Artikel.

»Welche Drogen gibt es in Thailand?« Sie grinste amüsiert.

»Alles Mögliche, schätze ich mal. Ich war noch nie dort, wie du weißt.« Er zuckte die Achseln. »Opium, Gras, magische Pilze. So was in der Art halt.«

»Wahrscheinlich hat der Australier alles auf einmal genommen.« Sie lachte.

»Schaut so aus.« Er lachte ebenfalls. Das Ganze war auch zu absurd. »Gott sei Dank ist niemandem etwas passiert.«

Sein Handy spielte *Das Lied vom Tod*. Er nahm es vom Fensterbrett, wo er es gestern Abend wie immer hingelegt hatte, um es an der Steckdose schräg unterhalb des Fensters aufzuladen.

»Servus, Max. Franzi hier.«

»Was gibt's Neues, Herr Hauptkommissar?« Max grinste. Er liebte es einfach, Franz von Zeit zu Zeit mit irgendetwas hochzuschießen. Sei es nur, dass er seinen Titel »Hauptkommissar« so ironisch betonte, als hätte Franz ihn nicht verdient.

»Einiges, Herr Polizeichef. Zum Beispiel ein neues Unfallopfer.«

»Nein! Wieder in der U-Bahn?« Max hielt überrascht inne.

»Ja.«

»Wieder ein Lehrer?«

»Ja. Kein Hinweis auf einen eventuellen Täter. Diesmal hat es Sabine Schüttauf, die Französischlehrerin des Haidhauser Gymnasiums erwischt. Sie war sofort tot.«

»Nicht zu fassen.« Max rieb sich nachdenklich die Stirn. Drei tote Lehrer in drei Tagen. Alle drei stürzten vor die U-Bahn. »Wann ist es passiert?«

»Vor ziemlich genau einer Stunde, um halb neun.«

Max konnte hören, wie sich Franz eine Zigarette anzündete. Er schien also nicht im Büro zu sein. Dort war das Rauchen verboten und meistens hielt sich sein alter Freund und Exkollege auch daran. »Wo bist du?«

»Immer noch hier in der U-Bahnhaltestelle Silberhornstraße, wo das Ganze passiert ist.«

»Das kann wirklich kein Zufall mehr sein, Franzi. Da steckt System dahinter, wenn du mich fragst.«

»Fragt sich nur, welches.«

»Entweder ist es gemeinschaftlicher Selbstmord oder wir haben es mit einem raffinierten gut getarnten Serienkiller zu tun, der es auf Lehrer abgesehen hat. Ich glaube langsam eher an Letzteres.«

»Nachdem auf den Videos kein Täter zu sehen ist, glaube ich inzwischen eher an eine Verabredung zum Selbstmord«, erwiderte Franz. »Vielleicht waren die Opfer allesamt Mitglieder derselben fanatischen Sekte. Es haben sich doch schon einige aus Angst vor dem Weltuntergang gemeinsam selbst umgebracht. Serienkiller gibt es in Filmen und in Amerika, aber nicht hier in unserem schönen München.«

»Warum nicht?«

»Keine Ahnung. Weil es so was nie bei uns gegeben hat?«

»Da täuschst du dich aber gründlich. Ich sage nur Johann Eichhorn, die Bestie von Aubing. Der hat etliche Morde und Vergewaltigungen begangen.«

»Weit vor dem Zweiten Weltkrieg«, protestierte Franz.

»Na und? Sind wir deswegen heute vor Ähnlichem gefeit? Schau dir bloß diesen Russen an, den Andrej Tschikatilo. Das ›Monster von Rostow‹. Er wurde 1992 wegen 52-fachen Mordes hingerichtet. Das ist gerade mal um die 20 Jahre her.«

»Das war aber in der Ukraine.«

»Na und? So weit weg ist die auch wieder nicht. Zumindest nicht so weit wie Amerika.«

»Na ja … stimmt schon«, gab Franz zögerlich zu.

»Wir sollten den Gedanken mit dem Serienmörder auf keinen Fall aus den Augen lassen.«

»Wie du meinst. Magst recht haben. Vielleicht finden wir noch heraus, wie der Täter vorgegangen ist, obwohl er nicht auf den Videos zu sehen ist.«

»Bestimmt. Ihr müsst halt auch mal die Kameras überprüfen, die nicht so nah am Geschehen waren. Sonst noch was Neues bei dir, Franzi?«

»Außer dem erneuten Unfall?«

»Ja. Ermittlungsergebnisse am Rande?« Herrschaftszeiten, lass dir doch nicht schon wieder alles aus der Nase ziehen, Wurmdobler. Manchmal kommt er mir vor, als hätte er Schlaftabletten gefrühstückt.

»Schon.« Franz räusperte sich. »Wir haben bei Bockler einen Zettel gefunden. ›Bald bist du tot‹, stand darauf. Er hatte ihn im Geldbeutel verstaut. Das zweite Opfer, dieser Sebastian Langner, hatte auch so ein Ding bei sich zu Hause liegen.«

»Handschrift?«

»Nein, kleine Buchstaben aus der Zeitung ausgeschnitten.«

»Mist.«

»Stimmt. Außerdem hat sich eine ältere Dame bei uns gemeldet. Sie will gesehen haben, dass Langner mit einem Stock oder so etwas vor die U-Bahn geschubst wurde. Den Täter hat sie aber nicht erkannt. Sie sah ihn nur ganz kurz von hinten. Angeblich war es eine kleine Gestalt in einem schwarzen Anorak mit Kapuze.«

»Da schau her. Wieso sagst du das nicht gleich? Gibt es ja nicht.« Max schüttelte verdutzt den Kopf. »Bestimmt war es die kleine Gestalt im schwarzen Anorak, die auf den gestrigen Videos zu sehen ist. Da haben wir doch unseren Täter. Also nix da Selbstmord.«

»Wenn es nur so einfach wäre.« Franz bekam einen seiner heftigen Hustenanfälle. Das passierte ihm inzwischen so gut wie jedes Mal, sobald er rauchte. Ans Aufhören dachte er trotzdem nicht.

»Natürlich ist es so einfach. Wir müssen einfach noch mal ganz gründlich die Überwachungsvideos von vorgestern und heute nach ihm durchsehen. Wenn er da auch drauf ist, haben wir ihn.«

»Haben wir doch alles längst gemacht«, erwiderte Franz, nachdem er wieder zu Atem gekommen war. »Negativ. Außerdem sieht die alte Dame wohl nicht mehr so gut.«

»Woher willst du das wissen?«

»Sie hat es mir gesagt.«

»Aber schwarzer Anorak, Kapuze? Ich bitte dich, das ist mehr als eindeutig. Dazu brauche ich keine Brille.«

»Weißt du, wie viele Leute bei diesem andauernden Regenwetter in schwarzen Anoraks mit Kapuze herumlaufen? Noch dazu in einer Millionenstadt?«

»Verdammt. Stimmt auch wieder.« Max kratzte sich nachdenklich am Hinterkopf.

»Eben.«

»Aber auch wenn gestern und heute zwei verschiedene Personen im schwarzen Anorak anwesend waren, ich bleibe bei meiner Theorie vom Serienmord. Vielleicht hatte der Täter jedes Mal bloß etwas anderes an.« Wenn sich Max einmal in eine Idee verbissen hatte, konnte er nur schwer wieder davon ablassen. Das hatte ihm manches Mal die Arbeit erschwert, oft genug war es aber gerade diese Eigenschaft, der er seine Erfolge als Ermittler zu verdanken hatte. Den früheren Kollegen bei der

Kripo war er mit seiner Aufklärungsrate jedenfalls immer um eine Nasenlänge voraus gewesen.

»Mag sein. Aber wenn es so sein sollte, haben wir bisher noch nichts, was deine Theorie belegen könnte.«

»Dann nochmal ran an die Videos. So lange, bis ihr es entdeckt.« Max konnte nicht fassen, dass Franz so zögerlich an die Sache heranging. Das war doch sonst nicht seine Art.

»Ja, ja. Mach ich, Max. Geh du bitte ans Haidhauser Gymnasium und befrage das Kollegium dort. Hatte diese Sabine Schüttauf Depressionen oder Feinde oder beides? Lass uns zunächst mal keine Möglichkeit ausschließen. Endgültig auf Mord oder Selbstmord festlegen können wir uns immer noch, sobald brauchbare Indizien oder Beweise für die eine oder andere Theorie auftauchen. Ich will einfach, dass du an der Sache dranbleibst.«

»Weil du eigentlich auch an einen Serienmörder glaubst?«

»Weil ich Druck von oben kriege. Die wollen das aufgeklärt haben, bevor sich bald gar niemand mehr traut, U-Bahn zu fahren. Die Fahrgastzahlen sind gerade enorm rückläufig.«

»Okay. Wird gemacht.« Max trank einen Schluck Espresso aus der kleinen Tasse, die ihm Monika hingestellt hatte.

»Und vergiss die Schüler nicht«, fügte Franz noch hinzu. »Die sind heutzutage alle keine Engel mehr.«

»Alles klar, Herr Hauptkommissar.«

»Servus.« Sie legten auf.

»Was Schlimmes?« Monika sah ihn neugierig an.

»Ja, leider«, erwiderte er nachdenklich. »Es ist schon wieder jemand vor die U-Bahn gestürzt. Eine Lehrerin.«

»Was? Wahnsinn.« Sie schüttelte ungläubig den Kopf.

»Schaut so aus, als würde jemand in unserem schönen München keine Lehrer mögen.« Er biss in die Butterbrezn, die sie ihm liebevoll geschmiert und auf seinen Teller gelegt hatte. Kein Fleckchen ohne Butter, so wie er es am Liebsten hatte.

»Also geht ihr von Mord aus? Habt ihr schon eine Spur?« Monika schenkte ihnen erneut Kaffee ein.

»Mord vielleicht. Weil drei Unfälle innerhalb so kurzer Zeit eigentlich unmöglich sind. Konkrete Spur, nein.« Max fuhr sich geistesabwesend durch die ungekämmten Haare. »Es könnte sich aber genauso gut um verabredete Selbstmorde handeln.«

»Wer macht denn so was?« Sie sah ihn irritiert an.

»Weltuntergangsgläubige zum Beispiel, Sekten. Hat es alles schon gegeben.«

»Was habt ihr jetzt vor?« Sie setzte sich zu ihm.

»Ich soll mir die Lehrerkollegen und die Schüler der Opfer vornehmen. Erst mal werde ich zum Haidhauser Gymnasium fahren. Dann noch mal nach Pasing. Verdammt noch eins, Mord oder Selbstmord. Irgendetwas muss doch herauszufinden sein.« Max biss erneut herzhaft in seine Brezn. »Das wäre doch gelacht.«

# 11

Er fläzte sich bequem in die schwarze Couch gegenüber dem Fernseher. Durch das halb geöffnete Fenster drang helles Tageslicht. Es hatte aufgehört zu regnen. Ein selten nasses Frühjahr dieses Jahr. Zwei Amseln saßen in der Buche vor dem Haus und unterhielten sich laut zwitschernd. Es klang wie ein Streit. Bestimmt hatten sie genau wie die Menschen ihre Sorgen und Nöte. Junge mussten aufgezogen werden, Nahrung beschafft und das Nest musste sauber gehalten werden. Von irgendwoher erklang leise Musik. Klassik.

Er nahm die Fernbedienung zur Hand und schaltete den Fernseher ein. Eine gut aussehende Blondine im engen schwarzen Minikleid verkündete gerade, dass das triste Regenwetter nicht mehr lange anhalten würde.

»Ach, auch schon gemerkt?«, murmelte er kopfschüttelnd. Er zappte weiter. Hochsprung, Leichtathletik. Warum nicht. Im Moment war ihm alles recht.

Er zündete sich eine Zigarette an. Anschließend öffnete er die Flasche Bier, die er sich gerade aus dem Kühlschrank geholt hatte. Es war bereits die dritte. Egal. Für heute hatte er alles erledigt, was zu erledigen war. Er musste nichts mehr tun, würde nur noch den Spielfilm zu Ende ansehen und dann bis morgen durchschlafen. Tief und fest. Seit langer Zeit war er endlich einmal vollkommen zufrieden mit sich und der Welt.

# 12

»Mach doch endlich auf, Maria! Wie oft soll ich mich denn noch entschuldigen?« Moritz stand vor Marias Elternhaus in Garmisch-Partenkirchen. Seit einer halben Stunde, versuchte er nun schon, sie dazu zu bewegen, ihn hereinzulassen. Ihre Eltern schienen nicht da zu sein. Es regnete in Strömen. Er war nass bis auf die Knochen.

»Verschwinde, Moritz!«, ertönte Marias Stimme von drinnen. Ich will dich nie wiedersehen. Hörst du? Nie wieder!«

»Aber es tut mir wirklich leid. Ich war total betrunken und hab mich saudumm benommen. Glaub mir doch bitte endlich.« Er begann zu frieren. Wenn sie ihn noch länger hier draußen stehen ließ, würde er bestimmt eine Lungenentzündung bekommen. Zumindest eine saftige Erkältung. »Bitte, Maria, ich flehe dich an. Lass mich doch wenigstens rein, bevor ich mir hier noch den Tod hole. Ich geh auch gleich wieder, sobald es zu schütten aufhört.«

»Nein!«

»Bitte!«

»Na gut.« Die Haustür schwang langsam auf. »Aber nur bis es aufgehört hat, zu regnen. Dann bist du wieder weg.« Sie brachte es einfach nicht übers Herz, ihn in der Kälte stehen zu lassen. Nicht etwa, weil sie ihm verziehen hatte. Nein, nein. Es handelte sich hierbei lediglich um reines Mitleid, so wie sie es auch mit jedem Tier gehabt hätte.

»Versprochen.« Er eilte in den warmen Hausflur.

»Bleib hier stehen. Du machst sonst alles nass. Ich hole dir ein Handtuch.« Maria verschwand im Badezimmer.

»Danke.«

»Hier.« Sie kam mit einem großen weißen Badetuch zurück, das sie ihm aus sicherer Entfernung zuwarf. Nicht dass sie in seiner direkten Nähe auf einmal schwach wurde und ihm am Ende doch noch die Chance gab, sich mit ihr zu versöhnen. Er hatte sie tödlich beleidigt. Das war absolut unverzeihlich. Sogar ihre Eltern hatten das gesagt, nachdem sie vorgestern tränenüberströmt mit Florian hier bei ihnen angekommen war.

»Danke.« Er rubbelte sich die Haare trocken. Dann zog er sein Sweatshirt und das Unterhemd aus, um mit seinem vor Kälte zitternden Oberkörper weiterzumachen.

»Maria …«, wandte er sich währenddessen an sie.

»Nichts!« Sie hob streng den Zeigefinger. »Ich will nichts hören.«

»Bitte, hör mir doch wenigstens zu. Nur ganz kurz.« Er setzte den Dackelblick auf, gegen den sie sich von Anfang an noch nie hatte wehren können.

»Na gut. Aber du bleibst da drüben bei der Haustür. Und ich bleibe hier. Also, was gibt's? Sag schon.« Sie warf stolz den Kopf nach hinten.

»Ich wollte dich von ganzem Herzen um Verzeihung bitten. Ich war einfach total frustriert, weil sie mir den Taxischein genommen haben. Ich weiß, dass ich ekelhaft und gemein zu dir war und es tut mir wahnsinnig leid.«

»Das darf es auch.« Sie blickte ihm unverwandt in die Augen. »Und was noch?«

»Ich wollte dich bitten, dass du mit Florian wieder nach Hause kommst. Wir finden gemeinsam eine Lösung für alles. Ich kann doch auch etwas anderes jobben, außer Taxifahren.«

»Und wenn du das nächste Mal betrunken bist, gehst du wieder auf mich los? Weißt du eigentlich, wie verletzend du warst?« Sie stemmte empört die Fäuste in die Hüften. Glaubte er wirklich, dass es so einfach war? Er kam einfach her, sagte seine Entschuldigung auf und dann war alles wieder gut?

»Weiß ich, Maria. Ich war ein echtes Arschloch. Das mit der ›blöden Fettel‹ tut mir wahnsinnig leid. Und auch alles andere, was ich gesagt habe. Ich weiß doch, dass dein Gewicht nur von der Schwangerschaft kommt, und dass du bald wieder in alter Schönheit erstrahlst.«

»Meinst du das auch ehrlich?« Hatte er gerade wirklich gesagt, dass sie ›in alter Schönheit erstrahlen‹ würde? Das Misstrauen in ihrer Miene war drauf und dran, sich zu verflüchtigen.

»So wahr ich hier vor dir stehe.« Er nickte eifrig.

»Und du suchst dir einen neuen Job?« Ein leises Lächeln umspielte ihre Lippen. Moment mal, Maria. Geht das gerade nicht ein bisschen zu schnell?

»Aber sicher. Ganz sicher. Ich verspreche es dir.«

»Versprechen reicht nicht.« Sie kniff die Lippen zusammen. Ganz so einfach, wie er vielleicht meinte, würde sie es ihm nicht machen.

»Also gut. Ich schwöre es.«

Noch am selben Abend lagen sie im großen Doppelbett in ihrem gemeinsamen Münchner Schlafzimmer und liebten sich wie schon lange nicht mehr. Florian hatten sie nach nebenan ins Kinderzimmer verfrachtet. Er schlief zum ersten Mal seit der Geburt durch. Anscheinend spürte er, dass es in dieser Nacht sehr wichtig war, Mama und Papa in Ruhe zu lassen.

»Ich möchte jetzt schon mit dem Studium beginnen«, meinte Maria, bevor sie das Licht löschten. »Sobald es möglich ist.«

»Jetzt schon? Echt? Aber woher sollen wir das Geld nehmen?« Moritz klang beunruhigt.

»Meine Eltern bezahlen für mich und Florian. Du musst nur für dich etwas zu dem Geld von deinem Vater dazuverdienen.«

»Und wir teilen die Kosten?«

»Ja.« Sie nickte.

»Bist du dir auch ganz sicher, dass du das willst?«

»Ja. Ich will arbeiten. Als Gymnasiallehrerin verdiene ich so viel, dass du nur noch Musik machen kannst.« Sie gab ihm einen zärtlichen Kuss.

»Das klingt super. Na gut. Dann machen wir das so. Dann jobbe ich nur halbtags und kümmere mich den Rest der Zeit um Florian. Was meinst du?«

»Hört sich sehr gut an. Kochen wirst du auch lernen müssen.« Sie grinste verschämt.

»Oh je. Mir brennt doch sogar das Eierwasser an.« Er grinste ebenfalls. »Aber gut. Auf dein Risiko.«

Sie lachten.

»Gute Nacht, mein zukünftiger Rockstar.«

Sie gab ihm einen letzten Kuss für heute. Gott sei Dank war alles geklärt. Sie würde als Lehrerin arbeiten, und sie würde ihre beiden Männer nie mehr hergeben müssen. Moritz würde es auf jeden Fall zu schätzen lernen, dass sie ihm seinen großen Traum von der Musikerkarriere finanzierte.

# 13

»Hey, Wichser. Finger weg!«

Max richtete sich wieder auf. Er ließ den Fußball wieder fallen, den er gerade aufheben und zu der kleinen Gruppe Jugendlicher zurückwerfen wollte, die links von ihm im Pausenhof des Haidhauser Gymnasiums stand.

»Scheiße! Jetzt lässt der Penner den Ball auch noch auf die Straße rollen.« Ein schmaler Jüngling im Kapuzenshirt rannte an Max vorbei zum Tor hinaus, um sein Spielzeug zu erwischen, bevor es von einem Auto überfahren wurde.

»Seid ihr hier alle so höflich?«, erkundigte sich Max derweil bei den anderen, drei Jungs und zwei Mädchen. Sie hatten Tätowierungen auf den Armen und unterschiedlichste Piercings im Gesicht.

»Willst du uns anmachen, Alter?« Ein dunkelhaariger, kräftig gebauter Bursche kam direkt auf ihn zu.

»Nur wenn es unbedingt sein muss«, erwiderte Max betont sachlich. Die Sonne stand direkt hinter dem Kopf seines Gegenübers am Himmel. Max musste seine Hand vor die Augen halten, um etwas zu sehen. »Aber eins kann ich euch jetzt schon sagen: An eurem Umgangston müsst ihr auf jeden Fall arbeiten. So bekommt ihr später keine Arbeit.«

»Was geht dich das an?« Der kräftige Bursche blieb einen halben Meter weit vor ihm stehen. Er baute sich mit bedrohlichem Blick vor ihm auf.

»Nur ein guter Rat.« Max grinste ausdruckslos.

»Wenn wir einen Rat brauchen, holen wir ihn uns. Kapiert, Penner?« Der schmale Jüngling im Kapuzenshirt war wieder aufgetaucht. Seinen Ball trug er unter dem Arm. Er stellte sich direkt neben seinen Kumpel.

»Kapiert.« Max nickte. »So, und jetzt halten alle erst mal die Luft an, sonst gibt es Stress, hamma uns?« Er blickte streng von einem zum anderen.

»Bist du komplett irre, Alter? Dich machen wir gleich platt. So schaut es aus und nicht anders.« Der kräftige Bursche schnappte nach Luft, so als könnte er nicht fassen, dass es irgendwer auf dieser Welt wagte, sich ihm entgegenzustellen.

»Wie heißt du?«, fragte Max unbeeindruckt.

»Was geht dich das an?«

»Okay.« Max hatte genug. Er packte den Unterarm des Jungen, drehte ihn ihm auf den Rücken und drückte ihn so lange Richtung Schultern, bis er laut aufschrie.

»Hey, bist du wahnsinnig? Du brichst mir den Arm!«

»Ach, wie schrecklich. Also noch mal: Wie heißt du?«

»Sage ich nicht.«

»Na gut.« Max drückte den Unterarm seines jugendlichen Kontrahenten weiter nach oben. Langsam, aber stetig.

»Ah! Aua! Scheiße, hör auf!«

»Wie du heißt, will ich wissen.«

»Matthias Schneider.«

»Matthias. So ein schöner alter Name und so ein Rotzlöffel. Deine Eltern haben bestimmt jede Menge Freude an dir.« Max ließ ihn wieder los. »Ein Schritt oder nur eine falsche Bewegung und du bekommst richtig Ärger. Geht das rein in deinen kleinen Gymnasiastenschädel?«

»Ja, verdammte Scheiße.« Matthias rieb sich mit schmerverzerrtem Gesicht die Schulter.

»Gut, dann hätten wir das zumindest schon mal geklärt.« Max lächelte humorlos. Weichei, dachte er. Erst den großen Maxe markieren und dann gleich zusammenbrechen, sobald er Kontra kriegt. »Hast du auch ein Problem?«, wandte er sich an den schmalen Burschen, der die kleine Unterweisung in puncto Benehmen, die seinem respektlosen Kumpel gerade zuteil geworden war, mit erschrockener Miene beobachtet hatte.

»Nein, Mann«, murmelte er unwillig und ängstlich zugleich.

»Name?« Max hob auffordernd sein Kinn an.

»Bernd Reisinger.«

»Bernd. Aha. Die anderen kommen bitte auch mal hierher. Aber flott.« Max nickte dem Rest der Truppe zu.

Widerstrebend setzten sie sich in Gang.

»So, und jetzt unterhalten wir uns wie Erwachsene. Höflich und laut und deutlich. Verstanden?« Er bedachte sie mit einem eindringlichen Blick.

Sie nickten wortlos.

»Das freut mich.« Am Gymnasium hätte ich mir eigentlich schon einen anderen Ton erwartet als an der Mittelschule. Offenbar haben die Jugendlichen heute durch die Bank kein Benehmen mehr. »Wer von euch kennt die Französischlehrerin Sabine Schüttauf?«

»Da kann ja jeder kommen und uns über die Lehrer ausfragen«, antwortete Matthias. »Bist du ein Bulle oder was?«

»Privatdetektiv.« Max zeigte ihnen seinen Ausweis. »Außerdem heißt das nicht Du, sondern Sie.«

Matthias nickte.

»Die Schüttauf kennt doch jeder. Hat sie sich wieder mal mit einem Schüler eingelassen?« Bernd machte nach wie vor ein aufmüpfiges Gesicht.

»Wie bitte?« Max wurde hellhörig. »Sie hatte mal was mit einem Schüler? Ist das sicher?«

»Nicht nur mit einem. Da können Sie jeden an der Schule fragen.« Matthias lachte höhnisch. »Die ist scharf auf junges Frischfleisch, die geile Alte. Männer in ihrem Alter scheinen sie voll zu langweilen.«

»Wisst ihr auch, mit wem sie was hatte?« Max ließ seinen Blick über ihre Köpfe hinweg streifen.

»Mit Robert Keller aus der Zwölften auf jeden Fall. Das war der Letzte, soweit ich weiß.« Bernd hörte sich nicht an, als würde er lügen. »Vor Kurzem hat sie mit ihm Schluss gemacht.«

Die anderen nickten.

»Da schau her. Da war er doch bestimmt ganz schön sauer, dieser Robert. Woher weißt du das alles so genau?«

»Mein großer Bruder Alex geht mit Robert in dieselbe Klasse und im Fußballverein sind sie auch gemeinsam.

Alex hat seitdem gar keine Zeit mehr für mich. Und sauer ist Robert auf jeden Fall auf die Schüttauf.«

»Bist du auch sauer, weil Alex wegen Robert keine Zeit mehr für dich hat?«

»Na ja, schon«, gab Bernd zögerlich zu.

»Du machst Robert gerade aber nicht deswegen schlecht, oder?«

»Totale Scheiße, Mann. Nein.« Bernd schüttelte heftig den Kopf. »Das weiß doch jeder, dass er einen Hass auf die Schüttauf hat, weil sie ihn so eiskalt abserviert hat.«

»Eben«, bestätigte Matthias.

Die anderen nickten nur erneut.

»Und wo finde ich Robert Keller?«

»Der ist gerade auf dem Sportplatz«, wusste Bernd. »Leichtathletik.«

»Mit deinem Bruder?«

»Genau.«

»Wie sieht er aus?«

»Mein Bruder?«

»Nein, Robert.«

»Groß, blond, schlaksig, Sommersprossen, lange Nase, Ohrring rechts, schwarze Lederjacke.«

»Und ihr? Habt ihr keinen Unterricht?«

»Freistunde.« Bernd zuckte die Achseln.

»Ach wirklich?« Max runzelte ungläubig die Stirn.

»Ja, Mann. Wir lügen nicht.« Matthias stellte sich breitbeinig hin und verschränkte die Arme vor der Brust. »Aber was soll das alles mit der Schüttauf? Hat man sie endlich wegen Unzucht mit Minderjährigen verhaftet?«

»Da schau her, die Gesetze kennt ihr anscheinend«, erwiderte Max, ohne auf seine Fragen einzugehen. »Und

Moralapostel scheint ihr auch zu sein. Warum benehmt ihr euch dann selbst so ungehobelt?«

»Wir benehmen uns ganz normal.«

»Es ist also normal, einen Fremdem ›Wichser‹, ›Penner‹ und ›Alter‹ zu nennen?«

»Bei uns schon. Ist doch nicht schlimm. Aber Arm umdrehen ist schlimm. Das ist Körperverletzung.«

»Ist das so?« Max straffte sich. Würde der ganze Schmarrn gleich von vorn losgehen? Hoffentlich nicht. Er hatte Wichtigeres zu tun, als sich mit renitenten Rotznasen herumzustreiten.

»Ja, das ist so«, erwiderte Matthias. »Mein Vater ist Rechtsanwalt. Wenn Sie mir noch mal wehtun, macht er Sie fertig, versprochen.« Er zog die Augen zu engen Schlitzen zusammen.

Da schau her, schmunzelte Max innerlich. Wie der gute alte Charles Bronson damals zu seiner Jugendzeit in *Ein Mann sieht rot* oder wie Bud Spencer in *Vier Fäuste für ein Halleluja*. Wahrscheinlich wusste Matthias gar nicht, dass die Westernkomödie damals als reine Lachnummer konzipiert war. Es sei denn, er interessierte sich für alte Filme. Er sah aber eher nach neuen Actionknallern oder irgendeinem albernen Schrott mit Zombies und Monstern aus.

»Ich hab jetzt schon Angst.« Max grinste nur. »Wo ist der Sportplatz?«

»Dort hinten.« Bernd zeigte die Straße in südlicher Richtung hinunter.

»Was ist denn jetzt mit der Schüttauf?«, hakte Matthias nach. »Ich habe sie heute noch gar nicht gesehen.«

»Das wird euch euer Direktor sicher bald mitteilen«, erwiderte Max.

»Sag schon, Mann. Ist ihr was passiert?«

»Auf Wiedersehen, Herrschaften. Herzlichen Dank für die Kooperation.« Max lächelte ihnen emotionslos zu. Er drehte sich um.

Während er die kleine unbelebte Straße Richtung Süden ging, wie es ihm Bernd gezeigt hatte, überlegte er, wie ein eifersüchtiger und eventuell tatverdächtiger Jugendlicher mit seiner Theorie eines U-Bahn-Serientäters, der es auf Lehrer im Allgemeinen abgesehen hatte, zusammenpasste. Eigentlich so gut wie gar nicht. Herrschaftszeiten aber auch.

Er erwischte Robert Keller gerade, als er den Sportplatz verließ, um ins Schulhaus zurückzukehren. Matthias und seine Freunde hatten ihn so treffend beschrieben, dass Max ihn sofort erkannte.

»Robert Keller?«, fragte er dennoch sicherheitshalber nach.

»Wer will das wissen?« Robert blieb stehen. Er sah ihn fragend an.

»Max Raintaler, mein Name. Ich ermittle für die Münchner Kripo.« Max zeigte ihm seinen Detektivausweis.

»Und was wollen Sie von mir?« Robert wurde rot, wie jemand, der gerade beim Lügen ertappt wurde.

Es sah ganz so aus, als hätte er per se ein schlechtes Gewissen. Vielleicht hatte er Drogen dabei und bekam es deshalb gerade gehörig mit der Angst zu tun. Woher sollte er auch ahnen, dass es Max vielmehr einzig und allein um den plötzlichen Tod von Sabine Schüttauf ging. Es sei denn, er hatte sie eigenhändig vor die U-Bahn geschubst und wusste deshalb längst Bescheid.

»Sie kannten Sabine Schüttauf, die Französischlehrerin?«

»Ja, warum?« Robert schaute misstrauisch drein.

»Wie gut kannten Sie sie?«

»Wir waren bis vor zwei Wochen zusammen. Na ja … sozusagen. Es musste geheim bleiben. Keiner durfte es erfahren. Lehrer und Schüler und so.« Er errötete. »Auf jeden Fall hat sie mit mir Schluss gemacht.«

»Wütend?«

»Sie?«

»Nein, Sie.« Max blickte ihm unverwandt ins Gesicht.

»Na klar war ich wütend.« Robert nickte. »Bin ich immer noch. Aber da ist nichts zu machen. Wenn sich Sabine etwas in den Kopf gesetzt hat, zieht sie es gnadenlos durch.« Robert senkte den Blick. Es sah ganz so aus, als wäre ihm die Angelegenheit peinlich.

»Wo waren sie heute Morgen um halb neun?«

»Im Klassenzimmer. Wir hatten Deutsch.« Robert sah Max verwirrt an. »Wieso wollen Sie das wissen? Was ist mit Sabine? Hat sie etwas Schlimmes getan?«

»Nein, es ist eher andersherum.« Max versuchte dem Burschen möglichst schonend beizubringen, dass seine Ex-Geliebte nicht mehr am Leben war. »Sie ist gestorben.« Egal, jetzt war es raus.

»Was? Wie?« Robert starrte ungläubig drein.

»Frau Schüttauf hatte heute Morgen um halb neun einen tödlichen Unfall.«

»Einen Unfall? Aber …« Robert wurde kreidebleich. Seine Knie sackten ein. Er setzte sich unverzüglich auf den Boden, bevor er umkippte. »Stimmt das auch wirklich?«, fragte er mit weinerlicher Stimme von dort aus.

»Leider.« Max nickte mit zusammengekniffenen Lippen. »Es könnte aber auch Selbstmord oder Mord gewesen sein.«

»Mord?«, stieß Robert ungläubig hervor. »Aber wer sollte so etwas tun? Das ist doch … reiner Wahnsinn!« Er vergrub sein Gesicht in den Händen und begann bitterlich zu weinen.

»Das möchte ich herausfinden.«

Max wusste nicht so recht, wo er hinschauen sollte. Er war hin und her gerissen. Einerseits hatte er Mitleid mit dem Burschen und wollte ihn am liebsten trösten. Andererseits war Robert ein Tatverdächtiger. Zumindest so lange, bis sein Alibi eindeutig bestätigt war. Selbst dann hätte er den Mord an seiner Ex-Geliebten immer noch in Auftrag gegeben haben können. Das verletzte Ego eines verlassenen Liebhabers war kein neues Tatmotiv. Vielleicht war der Bursche dem Opfer hörig gewesen. In solch einem Fall gewannen die Emotionen bekanntermaßen schnell die Oberhand über den Verstand, auch die negativen und unkontrollierten.

»Fällt Ihnen jemand ein, der sich Frau Schüttaufs Tod gewünscht haben könnte?«, fragte Max, nachdem sich Robert wieder etwas beruhigt hatte.

»Nein. Sabine war überall beliebt. Jeder mochte sie.«

»Aha.« So, so, jeder mochte sie, anscheinend aber vor allem die männlichen Jugendlichen, dachte Max. »War jemand eifersüchtig darauf, dass sie mit Ihnen zusammen war? Ein früherer Liebhaber vielleicht, ein Mädchen aus Ihrem Umfeld?«, fuhr er fort.

»Neidisch waren viele.« Robert sah mit tränenüberströmtem Gesicht zu ihm auf. »Aber direkt eifersüchtig?

Keine Ahnung. Oh, Mann. Das kann doch alles gar nicht sein. Ich hatte sie doch so lieb. Meine Sabine tot. Bitte nicht!« Langsam ließ er den Kopf sinken und begann erneut zu weinen. Laut und untröstlich. »Bitte erwischen sie den Kerl, der ihr das angetan hat.«

# 14

»Ich hab's geschafft, Mama! Mit Bravour bestanden, stell dir vor!« Maria quietschte die gute Nachricht lauthals in ihr Handy hinein. »Deine Tochter wird Lehrerin. Was sagst du jetzt?« Sie wischte sich mit zitternden Fingern die Freudentränen aus dem Gesicht. Gerade eben hatte sie die Prüfungsergebnisse bekommen und daraufhin vor dem Unigebäude sofort ihre Mutter angerufen.

»Was? Das ist ja super, Kind.« Gerda Singers Lautstärke stand der ihrer Tochter in nichts nach. »Gratuliere! Toll gemacht.«

»Weinst du?« Maria meinte, ein leises Schluchzen vernommen zu haben.

»Na ja, schon.« Gerda schluchzte noch einmal etwas kräftiger. »Aber aus Erleichterung, Maria. Du weißt gar nicht, wie stolz ich auf dich bin. Da wird dein Vater aber schauen, wenn er das erfährt.«

»Aber ganz sicher. Er hätte mir das nie zugetraut,

stimmt's?« Maria hielt stolz ihr Gesicht in die wärmenden Sonnenstrahlen des herrlichen Sommertages.

»Vielleicht nicht so ganz«, gab Gerda zu. »Aber du weißt, dass er trotzdem immer stolz auf dich ist, genau wie ich.«

»Weiß ich, Mama.« Maria wusste zwar sehr genau, dass es nicht so war. Ihr Vater hatte ihr noch nie etwas zugetraut. Aber wozu sollte sie ihrer Mutter das Leben noch schwerer machen, als es ohnehin für sie war. Einen Mann wie den selbstgerechten Erwin Singer aus Garmisch-Partenkirchen an seiner Seite musste man erst einmal verkraften. Einfach war das auf gar keinen Fall. Seit er kurz nach seiner Pensionierung in den Gemeinderat gewählt worden war, benahm er sich daheim noch unerträglicher. Ein arroganter Klugscheißer vor dem Herrn, dachte Maria jedes Mal über ihn, wenn sie mit Florian zu Besuch bei den Eltern war.

»Hast du es Moritz schon erzählt?« Gerda hörte sich immer noch ganz aufgeregt an.

»Nein.« Maria senkte unwillkürlich den Blick. »Ich wollte es zuerst dir sagen. Außerdem sitzt er, glaube ich, mit Freunden im Biergarten. Wie immer.« Sie zuckte resigniert die Achseln.

»Was? Er hat dich nicht einmal heute an deinem Ehrentag abgeholt?«

»Nein. Wir gehen meistens getrennte Wege, Mama. Habe ich dir doch bereits gesagt.« Marias Stimme klang auf einmal traurig. »Aber er kümmert sich eine Hälfte der Woche zuverlässig um Florian. Ich mich die andere. Also in den Kindergarten bringen und abholen und so, du weißt schon.«

»Wird höchste Zeit, dass der Bub in die Ganztagsschule kommt. Dann kannst du ihn allein aufziehen.« In Gerdas Stimme mischten sich Unmut und leise Verbitterung.

»Nur noch ein Jahr, dann ist es so weit.«

Maria hatte ihrer Mutter natürlich davon erzählt, dass Moritz wieder zu trinken begonnen hatte und nur äußerst sporadisch Arbeit annahm, wenn überhaupt. Die meiste Zeit über hing er vor dem Fernseher herum oder besuchte irgendwelche dubiosen Kneipen mit seinen sogenannten Freunden.

»Dann schmeißt du ihn aber raus, diesen Nichtsnutz. Der Moritz ist ein Schnorrer, das sage ich dir.«

»Aber ich mag ihn immer noch. Ist halt so.«

»Werde endlich vernünftig, Kind.«

»Lass uns heute ausnahmsweise einmal nicht darüber reden, Mama. Ich freue mich so sehr, dass ich die Prüfungen so super geschafft habe.« Maria merkte, dass ihre Mutter auf dem besten Wege war, sich unglaublich aufzuregen. Wie immer in letzter Zeit, sobald die Sprache auf Moritz kam. Dabei hätte sie sich genauso gut über ihren eigenen Mann aufregen können. Tat sie aber nicht. Weil sie es noch nie getan hatte. Zumindest nicht vor Maria.

»Du hast auch allen Grund, stolz auf dich zu sein, Kind. Als Gymnasiallehrerin verdienst du gut und bekommst Anerkennung.«

»Ja, bestimmt, Mama.« Mit dem Geld mag sie vielleicht recht haben, dachte Maria. Aber hoffentlich ist das mit der Anerkennung auch so. Hier an der Uni war ich nicht gerade eine der Beliebtesten. Ist aber kein Wunder. Statt abzunehmen, habe ich auch noch diesen Ausschlag im

Gesicht bekommen, der einfach nicht mehr weggeht. Ich sehe aus wie ein Monster. Besonders gesellig bin ich seit Florians Geburt ebenfalls nicht gerade. Eigentlich kann ich es niemandem verdenken, der sich nicht um meine Gesellschaft reißt.

»Schlägt er dich?« Gerda senkte ihre Stimme.

»Nein. Doch, manchmal, Mama.« Maria wusste nicht so recht, was sie sagen sollte. Einerseits war es ihr unangenehm, etwas derart Privates auszuplaudern. Selbst ihrer Mutter gegenüber. Andererseits drängte es sie mit aller Macht dazu. »Aber bitte hör jetzt auf damit«, fuhr sie fort. »Heute ist Examensfeier.«

»Dein Vater schlägt mich auch«, kam es leise vom anderen Ende der Verbindung.

»Was?« Maria hatte zwar längst geahnt, dass sie nicht die Einzige war, die Erwin Singers kräftige Handschrift zu spüren bekommen hatte. Das plötzliche Geständnis aus dem Mund ihrer Mutter kam dennoch überraschend für sie.

»Er schlägt mich«, wiederholte Gerda. »Zum Beispiel immer dann, wenn ihm das Essen zu kalt oder zu heiß ist. Ich weiß gar nicht mehr, was ich tun soll. Geht man mit so was zur Polizei?« Sie begann erneut zu weinen. Diesmal wohl sicher nicht aus Erleichterung.

»Natürlich gehst du zur Polizei und zeigst ihn an«, erwiderte Maria aufgebracht. »Das darfst du ihm nicht durchgehen lassen. Am Ende schlägt er dich eines Tages noch ohnmächtig oder tot.«

»Gehst du zur Polizei wegen Moritz?«

»Nein. Aber das ist etwas anderes.«

»Warum?«

»Na ja, weil …« Maria schwieg betroffen.

»Na, siehst du.«

»Aber Mama, du musst dich unbedingt dagegen wehren«, beharrte Maria. »Er bringt dich sonst vielleicht wirklich noch um.«

»So weit geht er nicht.«

»Woher willst du das wissen?«

»Ich weiß es eben.«

»Maria?« Eine vertraute Männerstimme erklang hinter hier.

»Warte mal kurz, Mama.« Sie hielt den Hörer zu und drehte sich erstaunt um. »Moritz? Was machst du denn hier?«

»Ich wollte dir gratulieren.«

Sie bedeutete ihm mit einer schnellen Geste, einen Moment zu warten. »Moritz ist gekommen, Mama«, sprach sie wieder ins Telefon. »Ich ruf dich später noch mal an, okay?«

»Ist recht, Kind. Aber lass dich nicht wieder von ihm ausnützen, hörst du?«

»Ja, Mama. Versprochen. Bis dann. Servus.«

»Servus, Maria.«

Sie legte auf und verstaute ihr Handy in ihrer Handtasche. »Wie komme ich zu der unerwarteten Ehre?«, wandte sie sich währenddessen erneut an Moritz. »Wolltest du mir nur gratulieren oder mit mir Essen gehen und feiern?«

»Nur gratulieren.«

»Auch gut.« Sie nickte knapp, wollte ihn ihre Enttäuschung nicht spüren lassen. Am Ende bildete er sich noch etwas darauf ein. Diesen Triumph wollte sie ihm auf keinen Fall gönnen. »Das hast du ja dann hiermit auch getan«, fuhr sie achselzuckend fort. »Ist sonst noch was?«

»Ja.«

»Und was genau?« Sie sah ihn erwartungsvoll an.

»Ich möchte mich scheiden lassen, Maria.«

»Was?« Er schlug von selbst eine finanziell abgesicherte Zukunft an der Seite einer Beamtin aus? Alles hätte sie von ihm erwartet. Das nicht.

»Schau, Maria. Wir streiten nur noch. Ich trinke für deinen Geschmack zu viel. Ich bin dir nur ein Klotz am Bein. Außerdem brauche ich meine Freiheit.« Er blinzelte nervös.

»Aha.« Ihr Mund blieb einen Moment lang vor Staunen offen stehen. »Und was wird aus Florian?«

»Der hat es bei dir viel besser als bei mir. Ich habe nicht mal einen richtigen Job.« Er hob hilflos die Arme.

»Können wir das ein anderes Mal besprechen? Ich wollte heute eigentlich mein Examen feiern.« Marias Stimme zitterte vor Empörung über so viel Rücksichtslosigkeit. Konnte es nicht wenigstens ein einziges Mal um sie gehen? Immer waren die Anliegen der Männer in ihrem Leben wichtiger als ihre eigenen. Zuerst die ihres Vaters und danach die von Moritz.

»Nein, können wir nicht. Schau mal hier, ich habe einen Bekannten die Scheidungsvereinbarung aufsetzen lassen.« Er zog einen braunen Umschlag aus der Einkaufstüte in seiner linken Hand. »Ich verzichte auf jeglichen Unterhalt. Dafür muss ich keine Alimente für Florian bezahlen. Ist doch fair, oder? Was meinst du?«

»Du … willst … deinen Sohn … einfach so … aufgeben?« Maria blieb die Luft weg. Sie bekam die Worte fast nicht über ihre Lippen.

»Ja, euch beide.« Moritz nickte. »Ich will nach Amerika gehen und dort Rockstar werden. Man hat mir ein grandioses Angebot gemacht.« Er grinste selbstgefällig. »Außerdem hab ich mich bisher immer aufopfernd um Florian gekümmert. Nächstes Jahr geht er in die Schule und du bist eine gut verdienende Lehrerin. Ihr braucht mich doch gar nicht mehr.«

»Ihr braucht mich doch gar nicht mehr …« Maria bemerkte nicht, dass sie seinen letzten Satz exakt wiederholte. So viel zum Thema Dankbarkeit. Sie nahm den Umschlag mit den Scheidungspapieren wie in Trance entgegen. Es kostete sie große Mühe, aufrecht stehen zu bleiben.

## 15

Max kehrte vom Sportplatz ins Haidhauser Gymnasium zurück. Während der Pause fragte er im Lehrezimmer bei Roberts Deutschlehrer Wieland nach, ob Robert Keller pünktlich in der ersten Stunde da gewesen sei. Der bejahte. Max nahm es zufrieden zur Kenntnis. Er hatte sowieso nicht geglaubt, dass Robert ein Mörder war. Es hätte nicht zu ihm gepasst.

Anschließend verhörte er noch den Großteil des Kollegiums wegen Sabine Schüttauf, brachte dabei aber weder ein überzeugendes Motiv für Mord oder Selbstmord noch einen hinreichenden Hinweis auf einen eventuellen Täter ans Tageslicht. Also entschloss er sich, wieder in seinen roten Kangoo zu steigen und erneut zum Pasinger Gymnasium zu fahren. Hier hatte es schließlich zwei Tote gegeben. Das mit dem nahezu zeitgleichen Unfall von Sabine Schüttauf war vielleicht doch nur ein dummer Zufall, sagte er sich, obwohl er daran andererseits nicht so recht glauben wollte.

Sein Handy machte sich lautstark mit dem *Lied vom Tod* bemerkbar. Er ging ran.

»Max? Franzi hier. Wie schaut es aus?«

»Außer ein paar Jugendlichen Benehmen beibringen, war nicht viel am Haidhauser Gymnasium. Diese Sabine Schüttauf scheint überall sehr beliebt gewesen zu sein. Vor allem bei den männlichen Schülern.« Max grinste flüchtig.

»Bei den männlichen Schülern? Ist sie, hat sie …?«

»Genau, Franzi. Sie hatte anscheinend eine Vorliebe für 15- bis 20-Jährige.«

»Aber das ist doch verboten.«

»Ach wirklich?«

»Hm. Unzucht mit Abhängigen. Vielleicht wollte sie jemand hinhängen …«

»… und hat sie deswegen umgebracht? Schmarrn.« Max schüttelte den Kopf. »Wenn, dann wäre es doch umgekehrt gewesen.«

»Was, wenn sie Wind davon bekommen hat oder erpresst wurde und sich deswegen selbst umbrachte?«, fuhr Franz unbeirrt fort.

»Möglich. Allerdings passt das nicht zu unseren bisherigen Theorien mit den verabredeten Selbstmorden oder dem Serienmörder.«

»Stimmt.«

»Kann aber natürlich sein.«

»Eben. Der Selbstmord der Schüttauf muss ja nicht zwingend etwas mit den anderen beiden Opfern zu tun haben.«

»Aber sehr wahrscheinlich ist es, wie gesagt. Sonst wäre es ja …«

»… ein viel zu großer Zufall. Ich weiß.«

»Genau.« Max nickte.

»Hast du eigentlich schon mal überlegt, warum ausgerechnet jeden Tag einer stirbt?«

»Hunderte sterben jeden Tag.«

»Schmarrn, Depp. Ich meine die U-Bahnunfälle von Montag bis heute. Jeden Tag gab es ein Unfallopfer. Drei Tage, drei Opfer.« Seinem Ton nach schien Franz im Moment nicht zu albernen Scherzen aufgelegt zu sein. Selten genug, aber es kam vor.

»Eine überzeugende Erklärung habe ich nicht dafür«, erwiderte Max eine deutliche Spur ernsthafter. »Vielleicht hatten sie es in ihrer Verabredung zum Selbstmord so festgelegt. Oder es war, im Falle von Mord, zu kompliziert für den Täter, alle auf einmal umzubringen? Vielleicht will er seinen zukünftigen Opfern damit Angst einjagen. Angenommen, sie wissen, warum die anderen vor ihnen sterben mussten, dann wissen sie damit auch, dass sie die Nächsten sein könnten.«

»Du meinst, es könnte sich um einen groß angelegten, geplanten Racheakt handeln?«

»Warum nicht?« Max zuckte die Achseln.

»Stimmt schon. Möglich ist alles.«

»Vielleicht folgt der Täter aber auch einem Ritual, von dem wir nichts wissen können.«

»Irgend so ein okkultes Zeug?«

»Nicht unbedingt okkult.« Max kratzte sich nachdenklich am Hinterkopf. »Aber viele Serientäter folgen einem Muster. Ein bestimmtes Datum oder Bibelstellen oder Orte, an denen etwas geschah, von dem nur sie wissen. Da bleibt viel Spielraum für Spekulation, solange wir nichts Konkretes haben.«

Möglicherweise waren seine Bemühungen in den Kollegien völlig umsonst und irgendein dahergelaufener Irrer beging die Morde. Sein einziges Motiv: grenzenloser Hass auf Lehrer. Die drei Toten waren dabei willkürlich ausgewählt, ohne eine Gemeinsamkeit zu haben. Also nix da gemeinsame Verabredung zum Selbstmord. Denkbar war es. Na gut. Diesen Weg konnte er später noch genauer überprüfen. Jetzt erst mal zum Naheliegenden, dem täglichen Umfeld der Opfer.

»Habt ihr die Frauen von Bockler und Langner verhört?«, fuhr er fort.

»Haben wir. Logisch«, erwiderte Franz. »Sie stehen aber immer noch unter Schock. Soweit man bisher sagen kann, scheinen beide eine harmonische Ehe geführt zu haben.«

»Wenigstens was.«

»Hoffentlich finden wir bald was Brauchbares. Sonst können wir uns einen Profiler aus Amerika holen.«

»Schmarrn, Franzi. Das schaffen wir schon selbst. Hast du denn inzwischen mehr über die Videos herausgebracht? Haben sich weitere Zeugen gemeldet?« Max bog in die Landsberger Straße ein. Nicht mehr weit, dann wäre er am Ziel.

»Leider nein. Aber der Chef macht vermehrt Druck, weil er selbst Druck von ganz oben kriegt. Die Sache macht München nicht gerade sicherer.« Franz hustete. »Außerdem fallen drei tödliche U-Bahnunfälle in drei Tagen einfach unangenehm auf«, fuhr er fort, nachdem er wieder zu Atem kam.

»Unbedingt fällt das unangenehm auf.« Komisch, dass er hustet. Er hat sich doch gar keine Zigarette angezündet, wunderte sich Max. Hoffentlich bekommt er keine Lungenentzündung, und hoffentlich hat er mich nicht angesteckt. »Druck bringt aber gar nichts. Wir brauchen gute Ideen. Vielleicht sollten wir später auf ein Brainstorming in den Biergarten gehen. Was meinst du?«

»Auf alle Fälle. Sobald ich hier weg kann und du mit deinen Ermittlungen für heute fertig bist.«

»Machen wir. Ich melde mich.«

»Okay.« Franz hustete erneut.

»Bist du krank?«

»Nein, ich rauche gerade.«

»Aha.« Also doch. Alles klar.

»Servus, Max.«

»Servus, Franzi.«

Sie legten auf.

Max stellte sein Auto in der kleinen Seitenstraße neben dem Pasinger Gymnasium ab. Die große Pause hatte er zwar verpasst. Trotzdem würde er so viele Schüler und Lehrer wie möglich befragen. Ihm blieben das Lehrerzimmer und die Pausen zwischen den Stunden. Das sollte genügen, um in diesem Fall weiterzukommen.

Günther Stechert schien bezüglich eines eventuellen gewaltsamen Todes von Gerhard Bockler und Sebastian Langner als Verdächtiger erst einmal aus dem Spiel zu sein, obwohl ihn Jürgen Klosteig gestern als Neider auf Bocklers Position angeschwärzt hatte. Zumindest sein bisheriges Motiv, die verpasste Karriere am Pasinger Gymnasium an Bockler vorbei, wäre durch die nun insgesamt drei Morde infrage gestellt. Wohl auch bereits durch die vorherigen zwei. Wozu hätte er Langner umbringen sollen, wenn es ihm als Mörder nur um Bocklers Stelle gegangen wäre, und wozu dann zu allem Überfluss noch Sabine Schüttauf? Das machte überhaupt keinen Sinn. Außerdem, wenn er wirklich vor langer Zeit von Bockler um den Job als Direktor gebracht worden war, warum hatte er ihn dann nicht längst ermordet?

Herbert Sachsler sollte heute wieder da sein. War sein Alibi mit der Beerdigung in Dresden wasserdicht? Das würden Franz' Leute herauszufinden versuchen. Blieb noch die Frage nach seinem möglichen Mordmotiv. Darum wollte sich Max zuerst kümmern.

Wieso hatte Stechert eigentlich erwähnt, dass Sachsler gerne Direktor geworden wäre und sich mit Langner nicht gut verstand. Wollte er den Verdacht auf Sachsler lenken? Wozu? Weil er jemanden schützen wollte? Am Ende doch sich selbst? Merkwürdig, dass er Sachsler im gleichen Atemzug aber das Alibi mit der Beerdigung zugestanden hatte. Wie auch immer.

Nachdem er im Sekretariat nachgefragt hatte, fand er Sachsler auf dem Sportplatz.

»Herr Sachsler! Auf ein Wort.« Er winkte den Sport- und Chemielehrer des Pasinger Gymnasiums zu sich an den Spielfeldrand.

»Was kann ich für Sie tun? Wer sind Sie?«, erkundigte sich Sachsler, während er vor Max stehen blieb.

»Max Raintaler. Ich arbeite für die Kripo München. Grüß Gott.« Er reichte dem athletischen Mann in kurzen Turnhosen und Sporthemd die Hand.

»Grüß Gott, Herr Raintaler. Ist etwas passiert?« Sachsler betrachtete ihn mit neugierigem Blick und gerunzelter Stirn. Er hob das Kinn an und stellte sich so in Positur, dass seine Arm- und Beinmuskeln unter leichter Spannung standen, was ihm wohl das Aussehen eines erfolgreichen Olympioniken verleihen sollte. Zumindest sollte es aber ganz sicher beeindruckend wirken.

Herrje, manche Zeitgenossen hatten echt sauber einen an der Waffel. Max schüttelte innerlich den Kopf.

»Sie haben doch sicher vom Ableben Ihrer Kollegen Bockler und Langner gehört«, sagte er.

»Günther und Basti. Schrecklich. Ganz schrecklich.« Sachsler machte ein der Situation angemessen betroffenes Gesicht.

»Wie kamen Sie mit den beiden aus?«

»Gerhard war als Vorgesetzter manchmal ein Ekel. Er konnte einen ganz schön zur Minna machen. Aber halb so wild.« Sachsler winkte ab. Er lächelte verbindlich. »Ich musste das schließlich nicht alleine durchstehen. Das ging uns allen so.«

»Man hört, dass Sie gerne seine Stelle gehabt hätten.«

»Wer behauptet das?«

»Tut nichts zur Sache.«

»Das ist Quatsch.« Sachsler fuhr sich durch die Haare. »Stimmt schon, ich wollte mal Direktor werden, weil meine damalige Freundin es mir eingeredet hatte. Aber das ist zwei Jahre her. Genau betrachtet, wäre es mir auch echt zu stressig. Zu viel langweiliger Verwaltungskram. Als Sport- und Chemielehrer geht es mir viel besser.«

»Wie war ihr Verhältnis zu Herrn Langner?«

»Der Basti war der reinste Engel. Mit dem hätte sich nur ein sehr böser Mensch streiten können. Wirklich, Herr Raintaler.«

»Gar kein Streit, kein Ärger mit ihm? Ich kriege es sowieso heraus.«

»Nein«, erwiderte Sachsler mit fester Stimme.

»Na gut.« Warum log er? Stechert hatte bezüglich Basti und ihm doch etwas ganz anderes gesagt. Oder log Stechert? »Sie waren bis gestern auf der Beerdigung Ihrer Mutter?«

»Ja, unsere arme Mutti. Krebs im Endstadium. Da war nichts mehr zu machen.« Sachsler blickte mit betroffener Miene zu Boden.

»Mein Beileid.« Max räusperte sich. »Wir werden Ihre Anwesenheit dort natürlich überprüfen.«

»Natürlich. Und danke, Herr Raintaler.« Sachsler lächelte tapfer. »Viele Tote zu beklagen im Moment. Aber wie heißt es so schön? Das Leben geht weiter.«

»Da kann ich Ihnen nur recht geben.« Besonders erschüttert scheint er mir nicht zu sein. Aber der Eindruck kann täuschen. Wer weiß, was wirklich in ihm vorgeht. »Das war es vorerst, Herr Sachsler. Sagen Sie, kennen Sie zufällig eine Sabine Schüttauf?«

»Sabine Schüttauf. Oberflächlich. Sie war bei einigen Schulveranstaltungen hier dabei. Warum? Ist etwas mit ihr?«

»Sie hatte ebenfalls einen Unfall.«

»Was? Sabine?« Sachsler wurde blass. Er schwankte. »Wie? Wann?«

»U-Bahn. Heute Morgen.«

»Wie die anderen?« Sachslers Hände zitterten.

»Ja. Kannten Sie sie etwa doch besser?« Max neigte neugierig den Kopf. Er beobachtete sein Gegenüber genau.

»Nein, nein.« Sachsler räusperte sich. »Aber die ganze Sache kann einem langsam regelrecht Angst machen.«

»Das stimmt wohl.« Max nickte. »Meinen Sie, ich könnte kurz mit Ihren Schülern sprechen?«

»Natürlich, Herr Raintaler. Ich rufe sie.« Sachsler nahm die schwarze Trillerpfeife, die um seinen Hals hing, zur Hand und blies kräftig hinein. Er vergaß dabei nicht, den Bizeps seines rechten Armes besonders stark und imponierend anzuspannen. »9a! Alle mal herkommen, bitte!«

»Servus, allerseits«, begrüßte Max die neugierig dreinblickenden Jungs und Mädchen im Sportoutfit. »Ihr habt sicher gehört, dass euer ehemaliger Direktor und Herr Langner gestern und vorgestern verunglückt sind.«

Zustimmendes Gemurmel und Kopfnicken.

»Hat jemand beobachtet, dass sich einer der Toten mit jemandem gestritten hat?«

Verneinendes Gemurmel und Kopfschütteln.

»Ich lasse Herrn Sachsler meine Visitenkarte da. Falls einem von euch doch noch etwas einfallen sollte oder ihr von jemand anderem etwas in der Richtung erfahrt, bitte ich euch, mich unverzüglich anzurufen. Macht ihr das?«

Erneutes zustimmendes Gemurmel und Kopfnicken.

»Vielen Dank. Das war's vorerst. Viel Spaß noch.«

Sie trollten sich aufgeregt schwatzend.

»Sie hatten also wirklich nie Streit mit Herrn Langner?« Max nahm sein Gegenüber genau ins Visier.

»Na ja ... Wir waren manchmal nicht so ganz einer Meinung«, gab Sachsler zu. »Das stimmt schon. Aber richtigen Streit konnte man das nicht nennen. Eher lautstarke Auseinandersetzungen. Wir haben uns auch immer schnell wieder verstanden.«

»Sind Sie ganz sicher? Gerade sagten Sie noch, dass sie nie Streit miteinander hatten.«

»Für mich war das so gesehen auch kein Streit.«

»Na gut, Herr Sachsler. Dann noch einen schönen Tag. Auf Wiederschauen.«

Wenig später betrat Max das Schulhaus. Da er unmöglich alle Schüler einzeln befragen konnte, hängte er einen Zettel mit seiner Telefonnummer ans Schwarze Brett. Wer etwas zum Tod von Günther Bockler und Sebastian Langner zu sagen habe, der solle sich umgehend bei ihm melden, hatte er darauf geschrieben. Hoffentlich war unter ihnen kein Amokläufer, der mit seinem Werk erst begonnen hatte. So wie in Amerika. Das wäre nicht so optimal. Herrschaftszeiten, so ein unguter Fall. Zu viel Wirrwarr.

Nachdem er fertig war, machte er sich ein weiteres Mal auf ins Sekretariat, um sich zu erkundigen, wann und wo er Regina Lechner sprechen könne, die ihm der Mathe- und Physiklehrer Klosteig und der jetzige Interimsdirektor Stechert für weitere Informationen vor allem bezüglich Sebastian Langner ans Herz gelegt hatten. Mit Klosteig würde er sich später auch sehr gerne noch einmal unterhalten. Er hatte zwar so getan, als würde ihn eine Karriere als Schulleiter nicht interessieren, aber stimmte das auch wirklich?

Sein Handy spielte das *Lied vom Tod.* Was konnte Franz schon wieder von ihm wollen? Er ging ran.

»Max? Moni hier.«

»Ach, Moni. Ich dachte schon, der Herr Wurmdobler ist es. Schön, dass du anrufst.« Er lachte erfreut.

»Wie geht es dir?«

»Bisserl viel Stress und mit dem Fall geht es nur zäh voran. Aber sonst alles gut. Bei dir?«

»Geht so. Hast du heute am späten Nachmittag Lust auf einen Kaffee?«

»Gerne. Ich muss danach aber noch weiter in den Biergarten. Franzi und ich wollen ein Brainstorming machen.«

»Ein Brainstorming? Trinkt ihr nicht so schon genug?« Sie klang verwundert.

»Das hat nichts mit Trinken zu tun«, klärte Max sie auf. »Dabei geht es mehr um eine Ideensammlung.«

»Verstehe. Und weil es nichts mit Trinken zu tun hat, geht ihr dazu in den Biergarten. Alles klar. Klingt ja auch total logisch.«

»Du verstehst mich nicht, Moni. Ich erkläre es dir nachher beim Kaffee, okay?«

»Da bin ich jetzt schon gespannt.« Sie lachte spöttisch und legte auf.

»Weiber«, murmelte er kopfschüttelnd. »Keine Ahnung von moderner Ermittlungsarbeit.«

# 16

Maria setzte ihren überstolzen Erstklässler Florian vor seiner Ganztagesschule ab. Er liebte es geradezu, in die Schule zu gehen. Zum einen, weil seine Mutter selbst Lehrerin war und er endlich wie sie in die Schule durfte. Zum anderen aber auch deswegen, weil er eine richtig liebe Lehrerin hatte.

Maria wartete ab, bis er in der Eingangstür verschwand. Dann fuhr sie weiter zu ihrer Schule, wo sie seit einem halben Jahr eine Referendarstelle als Englisch- und Französischlehrerin innehatte. Die Kollegen schienen ganz nett zu sein, obwohl sie zu keinem von ihnen näheren Kontakt hatte. Sie war einfach noch nicht wieder bereit, sich anderen Menschen zu öffnen. Die Erfahrung mit Moritz hatte sie zu sehr mitgenommen. Angst und Misstrauen allen Menschen gegenüber steckten ihr nach wie vor in den Knochen. Also konzentrierte sie sich lieber auf ihre Arbeit und auf Florian.

Ohnehin nicht so einfach, das Leben als alleinerziehende Mutter. Um ausnahmslos alles musste sie sich selbst kümmern. Einkaufen, Haushalt, Erziehung, Arztbesuche, Krankenpflege, abends vorlesen und so weiter. Dadurch kam sie kaum noch aus ihrer Wohnung heraus, um einmal etwas alleine zu unternehmen. Außer wenn sie mit Florian die Großeltern in Garmisch-Partenkirchen besuchte. Ihr Vater übernahm die Aufsicht über seinen Enkel liebend gerne. Endlich hatte er jemanden, mit dem er Fußball spielen und ausgiebig über Fußball fachsimpeln konnte. Die Zwei waren unzertrennlich. Unentwegt steckten sie die Köpfe zusammen. Stundenlang kickten sie auf dem nahe gelegenen Sportplatz oder im Garten miteinander.

Maria nahm es erfreut, aber gleichzeitig auch ein kleines bisschen wehmütig zur Kenntnis. Anscheinend hatte sie ihrem Vater nie das geben können, was Florian ihm gab, und Florian konnte sie offenbar nicht das geben, was sein Großvater ihm gab. Klar, sie war schließlich kein Mann. Wer hatte eigentlich behauptet, das Leben sei in irgendeiner Art und Weise fair? Niemand, oder? Nein, ganz bestimmt niemand. Das hätte sie doch sonst mitbekommen.

Der Scheidungstermin war so weit problemlos verlaufen. Moritz als Nichtverdiener hatte auf Unterhaltszahlungen durch sie verzichtet. Dafür musste er im Gegenzug auch keine Alimente bezahlen, so wie er das bereits in seiner anfänglichen Scheidungsvereinbarung vorgeschlagen hatte. Auf Marias Retourkutsche, dass er damit auch kein Besuchsrecht für Florian bekomme, ging er ohne zu zögern ein.

Mit was für einem gefühllosen Monster war sie da nur jahrelang zusammen gewesen? Unglaublich. Mit jedem Tag, den sie getrennt von ihm verbrachte, wurde ihr klarer, was für einem grenzenlos rücksichtslosen Egoisten sie aufgesessen war. Immer brutaler war er obendrein geworden, vor allem, wenn er getrunken hatte. In letzter Zeit hatte er nicht nur sie mehrfach, sondern auch Florian bereits zweimal mit der Faust geschlagen. Nach dem zweiten Mal hatte der sogar schlimm aus der Nase geblutet und panische Angst vor seinem Vater bekommen. Maria hatte daraufhin zum ersten Mal in ihrem Leben einen lodernden Hass in sich gespürt, gepaart mit tiefer Verzweiflung.

Alles in allem konnten sie alle beide nur heilfroh sein, dass sie den großkotzigen Blender und vermeintlichen Popstar Moritz Meier aus Garmisch-Partenkirchen wieder los waren, bevor noch etwas Schlimmeres passierte.

Solange ihr Vater während ihrer Wochenendbesuche daheim mit Florian auf dem Sportplatz herumturnte, unternahm Maria, wie früher als Kind, lange Wanderungen mit ihrer Mutter. Sie verstanden sich dabei wie beste Freundinnen, vertrauten einander ihre Sorgen und Nöte an, trösteten sich gegenseitig, gaben sich Halt. Blieb nur zu hoffen, dass Maria und Florian jetzt sicher vor weiteren Übergriffen durch Moritz waren.

# 17

»Frau Lechner hat in der nächsten Stunde Freistunde. Dann müsste sie im Lehrerzimmer sein.« Agnes Bichler, die junge blond gelockte Assistentin des Direktors am Pasinger Gymnasium lächelte Max besonders freundlich an.

»Das passt wunderbar.« Max lächelte besonders freundlich zurück. »Danke, Frau Bichler. Schönes Hemd übrigens.« Er zeigte auf die mit bunten Blumen bedruckte Bluse über ihrer beachtlichen Oberweite.

»Meine Bluse? Meinen Sie wirklich, Herr Raintaler?« Sie errötete, während sie an sich selbst hinuntersah.

»Steht ihnen sehr gut. Ganz ausgezeichnet.« Wäre Franz mit im Raum gewesen, hätte er ihm gerade bestimmt zugeraunt, dass er ein alter Depp und Süßholzraspler sei. Ganz unrecht hätte er damit wohl nicht gehabt.

»Oh, vielen Dank.« Sie kicherte glockenhell, während sie verlegen den Blick senkte. »Habe ich im Schlussverkauf in der Stadt bekommen. Ein richtiges Schnäppchen.«

»Merkt man gar nicht. Sieht eher nach einer exklusiven Boutique aus.« Gar nicht übel die Dame, dachte Max. Sie macht wirklich einen sehr sympathischen Eindruck. Also, insgesamt gesehen, mit all ihrem Drum und Dran. Ich sollte sie glatt mal zum Essen ausführen. Natürlich nur zum Essen. Nicht mehr. Sonst kriege ich bloß Probleme mit Moni. Obwohl, muss sie das überhaupt wissen? Hm.

Ach was, Raintaler. Lass den Schmarrn lieber. Du bist nicht mehr der, der du früher warst. Begreif das endlich. Die wilden Zeiten sind vorbei. Du bist ein alter Sack und du bleibst es bis zu deinem Tod. Daran ändert auch dein blödes Grinsen nichts mehr. Hör schon auf, dich lächerlich zu machen, Depp. Basta.

»Ich habe um 14 Uhr Schluss, Herr Raintaler. Hätten Sie Lust, danach irgendwo eine Kleinigkeit mit mir zu essen? Oder auf einen Kaffee?« Agnes riss ihre wunderschönen braunen Augen auf und machte ein unwiderstehliches Schmollmündchen.

»Äh, wie bitte …?« Hatte sie das gerade wirklich gesagt oder hatte er es bloß geträumt?

»Kaffee?« Sie hauchte das Wort wie die Liebeserklärung einer leicht bekleideten Prinzessin aus *Tausendundeiner Nacht* zu ihm hinüber.

»Äh, ach so, Kaffee … natürlich, gern … warum nicht. Logisch.« Er nickte hektisch. Wusste nicht recht, wo er hinschauen sollte. Herrschaftszeiten, sie fragte ihn tatsächlich, ob er sich nachher mit ihr treffen wollte. Wahnsinn. Es sah so aus, als ginge doch noch was mit den Damen. Sogar ohne dass er selbst die Initiative ergreifen musste. Erstaunlich. Aber irgendwie auch genial.

»Warten Sie um kurz nach 14 Uhr vor dem Schulhaus auf mich?«

»Mach ich, Frau Bichler. Gerne.« Er nickte erneut, bevor sie es sich noch anders überlegte. »Ich bin übrigens der Max.«

»Agnes.« Sie warf ihm einen langen schmachtenden Blick zu.

»Ja, äh, … wunderbar. Also bis dann, Agnes.« Er zwinkerte ihr freundlich zu.

»Bis dann, Max.« Sie winkte ihm, während er ihr Büro verließ.

Regina Lechner saß am Konferenztisch im Lehrerzimmer. Sie ordnete Papiere. Max erkannte sie sofort an der Beschreibung, die ihm Agnes gegeben hatte. Schlank, um nicht zu sagen dürr, lange blonde Haare, dicke schwarze Hornbrille, bunter Strickpullover und Bluejeans. Er näherte sich ihr.

»Frau Lechner?«

»Ja. Und wer sind sie?« Sie schaute fragend zu ihm auf.

»Max Raintaler. Ich ermittle im Auftrag der Kripo wegen der Unfälle ihrer Kollegen Langner und Bockler.« Max stellte sich neben sie.

»Schrecklich, nicht wahr? Bitte, nehmen sie doch Platz, Herr Raintaler.« Sie zeigte auf den freien Stuhl neben sich.

»Danke.« Er setzte sich. Warum wurde sie denn rot? Er hatte sie doch noch gar nichts gefragt.

»Der arme Basti. Unbegreiflich, dass er nicht mehr bei uns sein soll.« Sie legte ihre Papiere auf einen großen Haufen und sah ihn mit traurigem Blick den Kopf schüttelnd an.

»Kannten Sie ihn gut?«

»Wir kamen sehr gut miteinander aus.«

»Auch privat?«

»Wie meinen Sie das?« Sie errötete noch mehr.

»So, wie ich es sage.« Max zog abwartend die Brauen hoch. Herrschaftszeiten. Sie schien etwas zu verbergen. Was war denn so schwer daran, einfach nur die Wahrheit zu sagen?

»Also, wir hatten nichts miteinander, falls Sie das meinen. Wir waren nur gute Freunde.«

»Mit Herrn Bockler waren Sie auch befreundet?«

»Nein. Gerhard war ein Mensch mit Ecken und Kanten, den so gut wie niemand im Kollegium mochte. Aber als Chef muss man auch nicht unbedingt geliebt werden.«

»Schon gar nicht als toter Chef, stimmt's?« Max zuckte die Achseln. »Zu allem Überfluss ist heute Morgen auch noch eine Lehrerin vom Haidhauser Gymnasium verunglückt. Damit haben wir bereits drei tote Lehrer in drei Tagen.«

»Vom Haidhauser Gymnasium, sagen Sie?« Regina blickte ihn verwundert an. »Um Gottes willen, wer denn?«

»Eine gewisse Sabine Schüttauf, Französischlehrern.«

»Was?« Sie sprang erschrocken von ihrem Stuhl auf.

»Kannten Sie sie etwa?« Max bemerkte, dass sie unwillkürlich am ganzen Körper zu zittern begann.

»Aber ... sicher ... natürlich kannte ich Sabine. Wir alle hier kannten sie. Sie war mit Basti im selben Volleyballverein. Genau wie Gerhard, also Herr Bockler und Günther, Herr Stechert, meine ich. Der Herbert Sachsler war auch dabei.« Sie setzte sich wieder. Ihr Gesicht war leichenblass. »Sie war bei unseren Geburtstagsfeiern dabei und auch auf der Wiesn, wenn das Kollegium dort feierte.«

»Tatsächlich?« In Max' Augen flackerte Interesse auf. Eine erste Gemeinsamkeit der drei Opfer. Damit konnte man auf jeden Fall etwas anfangen. Das galt es so schnell wie möglich genau zu überprüfen. Warum hatte Stechert nicht erwähnt, dass er mit drei seiner Kollegen in derselben Volleyballmannschaft spielte? Er hatte doch behauptet, er habe keine privaten Kontakte zu Kollegen. Und warum hatte Sachsler vorhin nicht gesagt, dass die Tote so gut mit dem Kollegium bekannt war? Merkwürdig. Wahrscheinlich kannte er sie einfach nicht so gut wie Frau Lechner. Aber wie konnte das sein, wenn er außerdem mit ihr im selben Volleyballverein spielte, was er Max ebenfalls verschwiegen hatte? Na gut, sicher war sie in der Damenmannschaft und er bei den Herren. Da sah man sich wohl nicht sehr oft. Aber irgendetwas stimmte trotzdem nicht. Er würde sich den Sport-

und Chemielehrer ein weiteres Mal vornehmen müssen. Stechert natürlich bei nächster Gelegenheit auch.

Zusammenfassung: Nur Stechert und Sachsler lebten von den ursprünglich fünf volleyballspielenden Lehrern noch. War einer von ihnen das nächste Opfer oder war einer von ihnen am Ende sogar der Täter? Herrschaftszeiten, wenn Franz' Leute nur endlich beweisen könnten, dass die Lehrer tatsächlich geschubst wurden. Dann wäre wenigstens zweifelsfrei klar, dass Max hier wegen Mordes ermittelte. Außerdem wäre es sicher leichter, weitere Beweise für die Taten beizubringen. »Sind weitere Kollegen von Ihnen in diesem Volleyballverein Mitglied?«, fuhr er fort.

»Soweit ich weiß, nein«, erwiderte sie.

Sie setzte sich wieder. Der Schock stand ihr nach wie vor deutlich ins Gesicht geschrieben. Tränen schimmerten in ihren Augenwinkeln. Sie nahm ihre Brille ab und wischte sie mit einem Papiertaschentuch weg. »Basti wollte mich immer wieder dazu überreden, aber Sport ist nicht mein Ding. Spazieren gehen jederzeit, aber Sport, nein danke. Nichts für mich.« Sie machte eine abwehrende Handbewegung.

»Gut, Frau Lechner. Das war's vorerst. Oder fällt Ihnen noch irgendetwas ein, das mir bei der Klärung der Todesfälle helfen könnte?«

»Im Moment nicht.« Die Kunstlehrerin schüttelte den Kopf. Sehr langsam und immer wieder, wie ein Elektrospielzeug mit eingebautem Motor.

»Na gut.« Max erhob sich. »Dann auf Wiederschauen. Falls Ihnen doch noch etwas einfällt, rufen sie mich bitte an.« Er reichte ihr seine Visitenkarte.

»Ist gut, Herr Raintaler.« Sie nickte kraftlos.

Warum hatten ihm Sachsler und Stechert ihre Mitgliedschaft in diesem Volleyballverein nur verschwiegen? Er trat aus dem Lehrerzimmer in den Flur hinaus. War Stechert ein notorischer Lügner oder hatte er gute Gründe zu schweigen? Genau wie Sachsler? Hatten sie es etwa getan, weil einer von beiden der Täter war oder den Täter kannte? Immerhin waren sie mit allen drei Opfern befreundet gewesen. Zumindest bei einem der drei, nämlich Bockler, hätte Stechert zudem ein überzeugendes Tatmotiv gehabt. Max war schon sehr gespannt, wie Stechert ihm das erklären wollte.

Wenn Franz nur endlich anrufen würde. Ohne klare Hinweise von ihm auf drei tatsächlich begangene Morde, war es relativ sinnlos, hiermit weiterzumachen. Da konnte man genauso gut in den Biergarten gehen. Zum Beispiel mit der schönen Agnes Bichler. Er sah auf seine Armbanduhr. Kurz vor halb eins. Erst in eineinhalb Stunden würde er sie vor dem Schultor abholen. Viel Zeit, um die bisherigen Erkenntnisse noch einmal gründlich zusammenzufassen und zu analysieren. Am besten bei einem schönen Espresso irgendwo in der Nähe.

# 18

»Ich hole erst einmal Bier für uns. Das Essen danach, okay?« Max sah Agnes fragend an.

»Das kann ich doch inzwischen holen«, erbot sie sich. »Was willst du? Spareribs? Hühnchen?«

»Die Spareribs sollen nicht schlecht sein«, erwiderte er. »Aber mir ist es lieber, ich gehe später noch mal extra wegen dem Essen und du hältst uns solange diesen wunderbaren Platz hier frei.« Er deutete auf den länglichen Tisch neben ihnen, der genau unter einer Kastanie stand.

»Wie du meinst.« Sie zuckte die Achseln und setzte sich mit Blick auf das riesige Gehege für das Damwild.

Er hatte Stecherts attraktive Assistentin wie verabredet um kurz nach zwei vor dem Schultor abgeholt und war anschließend in seinem roten Kangoo mit ihr hierher in den weitläufigen Hirschgarten gefahren. Obwohl es nachmittags an einem ganz normalen Arbeitstag war, hatten sie Mühe gehabt, einen freien Schattenplatz zu finden. In München schienen sehr viele Leute sehr viel Zeit und sehr viel Geld zu haben. Sehr sonnenempfindlich schienen sie obendrein zu sein.

»Bis gleich.« Er trabte in Richtung Schänke los.

Sie lehnte sich derweil genüsslich in ihrem grünen Gartenstuhl zurück und genoss ihren wohlverdienten Feierabend.

Zehn Minuten später war er mit zwei gut gefüllten Masskrügen zurück. »Was willst du essen, Agnes? Hühnchen? Salat?« Er lächelte sie offen an.

»Ich nehme gern die Spareribs. Von mir aus können wir uns eine Portion teilen.« Sie lächelte zurück.

»Teilen? Auf gar keinen Fall.« Er winkte kategorisch ab. »Ich bringe für jeden eine eigene. Falls du deine Portion nicht schaffst, helfe ich dir.«

»Du hast wohl Angst zu verhungern.« Sie lachte.

»Lieber zu viel als zu wenig, hat mein Vater immer gesagt. Und der war ein weiser Mann.«

»Weniger ist manchmal mehr. Spruch von meiner Mutter. Auch kein dummer Mensch.«

Jetzt lachten beide.

»Schmeckt's?«, erkundigte er sich 20 Minuten später, während sie vergnügt vor sich hin kauten.

»Super!« Agnes verzog ihre fetttriefenden Lippen zu einem zufriedenen breiten Grinsen.

Nach dem Essen fiel ihm auf einmal ein, dass sie Stechert und Bockler als deren Assistentin sicher besser kannte als mancher Lehrer. Herrgott noch mal. Wieso war er nicht längst darauf gekommen? Blinde Verliebtheit? Das musste es gewesen sein. Garantiert. Normalerweise machte er solche Fehler nicht. Auf gar keinen Fall.

»Sag mal, Agnes. Fiel dir irgendetwas an Herrn Bockler auf, bevor er am Montag seinen Unfall hatte?«, fragte er sie, während er sich den verschmierten Mund mit einer der zahlreichen weißen Papierservietten, die er vorsorglich mitgebracht hatte, abwischte. »Kam er dir in letzter Zeit irgendwie komisch vor? Depressiv? Verängstigt?«

»Eigentlich nicht«, erwiderte sie kopfschüttelnd. »Er war nur grantig und unausstehlich wie immer.«

»Telefonierte er vielleicht mit jemandem und benahm

sich dann anders?« Max spülte den letzten Bissen Spare-ribs mit einem großen Schluck Bier hinunter. »Egal, was dir aufgefallen ist. Selbst die geringste Kleinigkeit könnte sehr wichtig für mich sein.«

»Wie das?«

»Nun, es gäbe auch die Möglichkeit, dass er sich mit Absicht in den Tod gestürzt hat.«

»Du meinst, Selbstmord?« Sie hielt erstaunt inne.

»Könnte sein. Vielleicht wurde er aber auch gestoßen und die anderen zwei Opfer ebenfalls.«

»Die anderen *zwei* Opfer? Ich dachte, nur der Bockler und Herr Langner hatten einen Unfall.«

»Heute Morgen verunglückte eine weitere Lehrerin tödlich. Sabine Schüttauf vom Haidhauser Gymnasium.«

»Was? Etwa … auch … in der U-Bahn?«

»U-Bahnhof Silberhornstraße.« Er nickte langsam.

»Drei Unfälle in drei Tagen? Das ist ja schrecklich.« Sie starrte erschrocken ins Leere.

»Es könnte in allen drei Fällen auch Selbstmord oder Mord gewesen sein. Rein theoretisch.«

»Der Bockler und Selbstmord? Niemals. Warum hätte er das tun sollen? Da hätte eher ich Grund gehabt, mich umzubringen, mit so einem grantigen Chef. Sorry, aber das stimmt nun mal.« Sie errötete. Anscheinend wurde ihr gerade bewusst, dass man nicht schlecht über Tote sprechen sollte. »Günther Stechert ist auch nicht besser«, fügte sie noch hinzu. Sie leckte sich schmatzend die rote Soße für die Spareribs von den Fingern.

»Genauso grantig?«

»Ja.« Sie nickte resolut. »Herr Langner hat allerdings immer recht traurig in die Gegend geschaut. Der könnte gut depressiv gewesen sein. Burn-out heißt das ja heute. Zu gutmütig für diese Welt war er auf jeden Fall.«

»Aha.«

Dass Langner gutmütig und eine empfindsame Seele war, hatten Stechert und Sachsler bereits erwähnt. Mal sehen, was die anderen Lehrer dazu sagen, dachte Max. Stechert und Sachsler werde ich mir sowieso noch mal vornehmen. Allein schon wegen der Sache mit dem Volleyballverein. Herrschaftszeiten, hoffentlich findet Franz bald die nötigen Beweise für meine Serientätertheorie. In den luftleeren Raum hinein zu ermitteln, macht einfach keinen Spaß.

»Bocklers Tod scheint dir nicht besonders nahezugehen«, fuhr er laut fort. »Wie kommt's? Er war immerhin dein Chef.«

»Er hat mich nie interessiert. Ich habe für ihn gearbeitet und unter ihm gelitten. Außerdem arbeite ich erst seit einem Vierteljahr an der Schule.« Sie zuckte gleichmütig die Achseln. »Die vorherige Assistentin wurde krank.«

»Das erklärt natürlich einiges.« Er blinzelte ihr lächelnd zu. Hatte sie in dieser kurzen Zeit etwa Streit mit ihrem Chef gehabt und ihn umgebracht? Unwahrscheinlich. Aber nichts war unmöglich. So viel war sicher. »Wo warst du eigentlich am Montag zwischen 17 und 18 Uhr?«

»Ich? Bin ich etwa verdächtig?« Agnes riss empört die Augen auf. Ihr Tonfall veränderte sich blitzartig. Sie klang auf einmal überraschend kalt und angriffslustig.

»Schmarrn, reine Routine.« Er winkte ab. »Kein Grund, sich aufzuregen.«

»Na gut. Wenn das so ist.« Sie beruhigte sich wieder. »Ich war daheim.«

»Kann das jemand bezeugen?«

»Meine Mutter. Ich habe zwei Stunden lang mit ihr telefoniert.«

»Zwei Stunden lang?«

»Ja, was dagegen?« Der aggressive Unterton von gerade eben schlich sich erneut in ihre Stimme.

»Nein. Kommt mir nur ziemlich lange vor.« Er zuckte die Achseln. Herrschaftszeiten, hatte die Lady ein Temperament. Ob sie unter Bluthochdruck litt wie er?

»Wir Frauen reden eben noch miteinander. Männer schweigen natürlich lieber. Ist ja bekannt.«

»Festnetz oder Handy?« Anscheinend hatte sie schlechte Erfahrungen mit Männern gemacht, so grantig, wie sie sich gerade anhörte.

»Was?«

»Hast du sie vom Festnetz aus angerufen?« Max bemühte sich, langsam und deutlich zu sprechen. So wie man mit kleinen Kindern oder mit dementen Erwachsenen sprach.

»Ich habe sie nicht angerufen. Sie hat mich angerufen.«

»Auf dem Handy?«

»Nein. Auf meinem normalen Telefon daheim.«

»Das wollte ich hören.« Er nickte zufrieden.

»Na dann.« Sie blickte konzentriert auf die Wildtiere im Freigehege. Offenbar hatte sie momentan nicht die geringste Lust, ihn anzusehen.

Nach einer ausgiebigen Weile des Schweigens versuchte Max, ihre Aufmerksamkeit zurückzugewinnen.

»Themenwechsel«, schlug er vor. »Du wolltest also

mit mir zum Essen gehen, weil du mich total unwiderstehlich findest?« Er grinste von einem Ohr zum anderen.

»Natürlich«, erwiderte sie kopfschüttelnd. »Nur deswegen. Und damit ich wie eine Mörderin behandelt werde.« Sie schaute nach wie vor stur geradeaus.

»Tut mir leid, Agnes«, unternahm er einen erneuten Anlauf. »Aber in einem eventuellen Mordfall darf ich keine Spur außer Acht lassen. Auch diejenigen nicht, die normalerweise sowieso ins Leere führen.«

Er nahm ihre Hand. Sie ließ es sich gefallen.

»Du hast also nicht ernsthaft geglaubt, dass ich Bockler umgebracht habe?« Sie sah ihn fragend an.

»Nein.« Er lächelte. »Du bist viel zu hübsch für eine Mörderin.«

Sie musste grinsen.

»Wieder gut?«

»Okay.« Sie nickte

Sie stießen an und tranken.

»Und jetzt? Was machen wir mit dem angebrochenen Nachmittag?« Er sah sie erwartungsvoll an.

»Erst mal muss ich dir wohl gestehen, warum ich in Wahrheit mit dir hierhergegangen bin.« Sie errötete.

»Also nicht, weil ich so ausnehmend intelligent bin und so verdammt gut aussehe?« Er grinste weiter. Nur nicht mehr ganz so überzeugt von sich selbst wie zuvor.

»Nicht nur«, antwortete sie diplomatisch.

»Da ist also noch etwas anderes?«

»Ja.«

»Raus mit der Sprache.«

»Aber nicht böse sein.«

»Schönen Frauen kann ich gar nicht böse sein.« Kann ich zwar schon, aber ich würde es mir nicht anmerken lassen, dachte er. Zumindest solange ich noch etwas von ihnen will. Bin ich berechnend? Schaut ganz so aus.

»Schleimer.«

»Ich meine das ganz im Ernst.« Er lachte.

»Du bist unmöglich.«

Agnes musste ebenfalls laut lachen. Die Gäste an den anderen Tischen drehten sich neugierig zu ihnen um.

»Also, warum sind wir hier?« Er sah wieder ernst aus.

»Wegen meinem Nachbarn. Er ist Grieche, heißt Jorgo und wohnt in der Wohnung über mir.«

»Ist er etwa auch hier?«

Max schaute sich schnell in alle Richtungen um. Natürlich war er enttäuscht darüber, dass sie nicht wegen ihm hier saßen. Aber in der Öffentlichkeit weinen? Das kam gar nicht infrage. Niemals. Daheim schon eher. Bei Liebesfilmen zum Beispiel, die mit dem Tod eines Partners endeten. Da standen die Schleusen bei ihm schon mal zu gerne weit offen.

»Nein. Er ist bei uns zu Hause. Wie immer.«

»Brav.« Max zuckte ratlos die Achseln. Was will sie bloß, Herrschaftszeiten noch mal? Mir ihren Liebeskummer beichten? Dafür soll sie sich besser einen anderen Blöden suchen.

»Er verfolgt mich.«

»Wie? Ist er also doch hier?« Er zeigte verwirrt ins bunte Biergartenrund.

»Nein.« Sie schüttelte den Kopf. »Er steht in unserem Treppenhaus, wenn ich dort ankomme und beim

Metzger ums Eck. Wenn ich in die Arbeit fahre, wartet er beim Harras an der U-Bahnhaltestelle und schaut andauernd zu mir rüber.«

»Du wohnst also am Harras?«

»Nicht direkt. In einer kleinen Seitenstraße.«

»Aha.« Dann weiß ich das jetzt zumindest auch. Obwohl es mir wahrscheinlich nicht viel nützt. Egal, was soll's?

»Glaub mir doch, er ist hinter mir her.«

»Kann ich ihm nicht verdenken.« Er taxierte sie mit einem eindeutigen Blick.

»Das ist nicht lustig, Max. Ich habe Angst vor ihm.«

»Mein Gott, Agnes. Dieser Jorgo wohnt bei dir im Haus.« Er schnaubte ungeduldig. »Da ist es doch ganz normal, wenn man sich über den Weg läuft.«

»Aber nicht so oft.«

»Woher willst du das wissen? Kann alles reiner Zufall sein.«

»Ist es aber nicht.«

»Na gut. Er sieht dich verdächtig oft. Aber selbst wenn es so ist. Davor musst du doch keine Angst haben. Was sollte er dir denn tun?«

»Er könnte mich zum Beispiel vergewaltigen.«

»Ist er so hässlich, dass er das nötig hätte?« Max nahm die Angelegenheit immer noch nicht ernst. Solange sie keine konkreten Beweise oder Indizien für ihre Behauptungen hatte, konnte sie ihm viel erzählen. Zu oft hatte er es während seiner Zeit bei der Kripo mit paranoiden überängstlichen Frauen zu tun gehabt. Vor allem wenn sie so unverschämt gut aussahen wie Agnes.

»Ich habe Angst vor ihm«, wiederholte sie mit ernster

Miene. »Er ist total unheimlich. Hat so einen lauernden Blick. Hässlich ist er außerdem.«

»Was soll ich denn deiner Meinung nach mit ihm machen?« fragte er. »Ich kann doch niemanden verhaften, bloß weil er einen lauernden Blick hat. Hässlich sein ist auch nicht ungesetzlich. Leider«, fügte er flüchtig grinsend hinzu.

»Ich dachte, du könntest ihm …« Sie zögerte.

»Was?«

»Vielleicht könntest du ihm einfach mal sagen, dass er Ärger bekommt, wenn er mich nicht in Ruhe lässt.« Ihre Hände begannen zu zittern. Die Sache schien sie tatsächlich mitzunehmen.

»Was soll das bringen? Welchen Ärger sollte ich ihm machen? Er tut nichts Ungesetzliches.« Max trank nachdenklich einen Schluck Bier. »Wer weiß? Vielleicht wird er dann erst recht auf dich aufmerksam.«

»Du könntest ihm mit einer Anzeige drohen.«

»Ich weiß nicht. Schwierig.« Er betrachtete unschlüssig seine Fingernägel.

»Warum?«

»Weil er dir bisher nichts getan hat. Ich bin kein russischer Schlägertyp, der herumläuft und Leute bedroht.«

»Aber wenn diese Leute andere Leute bedrohen?« Sie gab nicht nach.

»Hat er dich denn bedroht? Hat er irgendetwas in dieser Richtung gesagt? Konkret?«

»Nein«, erwiderte sie kopfschüttelnd, nachdem sie eine Weile lang nachgedacht hatte. »Er sagt nur solche Sachen wie ›Guten Morgen, schöne Frau‹ oder ›Schöner Tag heute, schöne Frau‹. Aber immer mit so einem gefährlichen Unterton.«

»Mit einem gefährlichen Unterton? So, so.« Sie scheint auf jeden Fall leicht paranoid zu sein, dachte er. Warum ist das Leben nur immer so vorhersehbar? »Geh weiter, Agnes. Wahrscheinlich will er dir einfach nur zeigen, dass du ihm gefällst. Das ist nicht verboten. Auch wenn man es manchmal gern hätte. Kenne ich von mir selbst.«

»Du hilfst mir also nicht?« Sie lachte nicht. Stattdessen sah sie ihn lange fragend an.

»Doch. Nein. Weiß nicht. Muss überlegen.« Schon reichlich merkwürdig, dass sie Langners und Bocklers Tod so kalt ließ.

# 19

Er schlief unruhig. Immer wieder wachte er auf. Gedanken an früher schossen ihm durch den Kopf.

Eines Nachts waren sie gekommen, hatten ihn aus dem Bett gezerrt, ihm den Schlafanzug ausgezogen, ihn mit billigem Sirup übergossen, seine Bettdecke aufgeschlitzt und die Federn über ihn ausgelehrt. Danach hatten sie ihm damit gedroht, dass sie ihm, wenn er auch nur einen Laut von sich gäbe oder verriete, wer ihm das angetan hatte, so lange das Kissen aufs Gesicht drücken würden, bis er ein für alle Mal nicht mehr atmete. Damit er sah, dass sie es ernst meinten, demonstrierten sie es ihm gleich einmal, bis er tatsächlich fast erstickt wäre.

Es war nicht das erste Mal gewesen, dass sie ihn gequält hatten und auch nicht das letzte Mal. Sie taten es nicht etwa, weil er ihnen einen Anlass dafür gegeben hätte. Sie hatten einfach Spaß daran, anderen wehzutun, und er als Jüngster war ihr beliebtestes Opfer.

Einmal hatten sie ihn mitten im Winter im Schlafanzug unter die eiskalte Dusche gezerrt und ihn so lange darunter stehen lassen, bis er nur noch am ganzen Leib gezittert hatte. Fünf Wochen lang war er daraufhin mit einer schweren Lungenentzündung im Krankenhaus gelegen und fast daran gestorben. Als er wieder nach Hause kam, drohten sie ihm, ihn auf der Stelle umzubringen, wenn er irgendwann irgendwem von der nächtlichen Duschaktion erzählte.

Natürlich hatte er sie nicht verraten und natürlich hatten sie ihn trotzdem weiter gepiesackt. Fortwährende Faustschläge und brutale Tritte in die Weichteile und auf den Kopf gehörten dabei zu den kleineren Übeln.

# 20

Das Läuten der Glocken klang über die Köpfe der Trauergäste hinweg. Hunderte von ihnen hatten sich auf dem Friedhof der katholischen Kirche versammelt, um dem verstorbenen Ehemann, Vater und spät berufenen Stadtrat von Garmisch-Partenkirchen, Erwin Singer die letzte Ehre zu erweisen.

Maria stand neben ihrer Mutter ganz vorn am Grab. Florian hielt die Hand seiner Oma von der anderen Seite her. Maria wollte gar nicht recht glauben, wie beliebt und geachtet ihr Vater anscheinend in der ganzen Stadt gewesen war. Zu Hause hatte er es stets hervorragend verstanden, seine positiven Eigenschaften zu verbergen. Bis auf die Momente, die er mit seinem Enkel verbrachte. Da war er wirklich ein guter Großvater gewesen. So gerecht musste sie schon sein.

»Erwin Singer hat seine Familie über alles geliebt, vor allem seinen Enkel Florian«, verkündete der Pfarrer prompt. Er nickte Marias Sohn aufmunternd zu.

Maria und Gerda nahmen das fragwürdige Kompliment mit einem sanftmütigen Lächeln entgegen. Wozu sollten sie sich auch großartig aufregen? Erwin konnte ihnen nichts mehr anhaben. Der Hirnschlag, der ihn letzte Woche überraschend ereilt hatte, war sofort tödlich und endgültig gewesen. Er würde nie wieder aus seiner hellbraunen Holzkiste klettern und ins Leben zurückkehren. So viel war sicher.

»Und Erwin Singer hat seine Heimat geliebt«, fuhr der beleibte glatzköpfige Vertreter Gottes auf Erden mit salbungsvollem Tremolo in der Stimme fort. »Genauso wie seine Heimat ihn geliebt hat. Seine späte Berufung in den Stadtrat zeigt uns dies deutlich. Andere hätten sich nach der Pensionierung als leitender Angestellter vielleicht einen faulen Lenz gemacht. Erwin Singer nicht. Er arbeitete weiter, und zwar für das Gemeinwohl. Immer couragiert und engagiert für eine bessere Welt. Ein Vorbild für jeden von uns.«

Gerührtes Schniefen, Hüsteln und Füßescharren.

Maria sah sich ungläubig um. Wurde hier ein Heiliger beigesetzt oder ihr Vater, der jahrelang seine Frau und seine einzige Tochter verprügelt hatte? Ein grantiger und sturer oberbayerischer Dumpfschädel, der sein Leben lang nichts anderes als seine eigene Meinung gelten ließ und im Prinzip nur über seinen verdammten Fußball reden konnte. Offenbar hatte er sich der Öffentlichkeit absolut überzeugend als Gutmensch präsentiert. Herrgott noch mal, was für ein ausgemachter Blender. Nicht zu fassen.

Eine gute halbe Stunde später nahmen Gerda, Maria und Florian die Beileidsbekundungen der Anwesenden entgegen. Sie luden alle noch ins Wirtshaus auf einen großen Leichenschmaus ein, weil Erwin das so verfügt hatte. Das Bier und der Schnaps flossen in Strömen. Niemand sagte etwas Schlechtes über den Verstorbenen. Die Kosten waren weiter kein Problem. Erwin hatte bereits vor Jahren einen erklecklichen Betrag dafür zurückgelegt.

Nachdem die Trauergäste gegangen waren und sie die Rechnung bezahlt hatten, kehrten Maria und Gerda mit

Florian ins Haus der Singers zurück. Die Frauen machten sich nach dem Abendessen eine gute Flasche Wein aus Erwins wohlgehütetem Vorrat auf und setzten sich damit auf die Terrasse. Sie leerten sie auf sein Wohl. Anschließend holte Gerda Nachschub aus dem Keller.

Es dauerte nicht lange, bis sich fröhliches Gekicher und Gelächter seinen Weg durch die halb geöffneten Fenster ins Wohnzimmer hineinbahnte. Florian schaute sich dort gerade das Champions League-Spiel der Bayern an. Er weinte dabei unentwegt dicke Krokodilstränen der Trauer um seinen geliebten Opa. Er fehlte ihm. Genau wie ihm sein Vater Moritz fehlte. Klar hatte der ihn einige Mal ungerechterweise geschlagen, bevor Mama sich von ihm scheiden ließ. Aber letztlich war das doch alles nicht so schlimm gewesen. Mit Mama und Oma allein zu sein, war schlimmer.

## 21

Max fuhr Agnes zur S-Bahnhaltestelle *Hirschgarten*, von wo aus sie den Heimweg nach Sendling antreten wollte. Obwohl sie ihn mit ihrem angeblichen Interesse an ihm derart hinters Licht geführt hatte, versprach er ihr zuletzt doch noch, bei diesem Jorgo, der sie angeblich so schrecklich belästigte, vorbeizuschauen. Gleichzeitig sagte er sich aber, dass dabei sicher nicht viel herauskommen würde. Wer wollte es diesem Griechen verdenken, dass sie ihm gefiel?

Nachdem sie ihm links und rechts ein hinreißendes Abschiedsküsschen gegeben hatte und ausgestiegen war, machte er sich zu dem Volleyballverein nach Haidhausen auf, in dem die bisherigen Unfallopfer sowie Günther Stechert und der Sport- und Chemielehrer des Pasinger Gymnasiums, Herbert Sachsler, Mitglieder waren. Vielleicht fanden sich dort, am anderen Ende der Stadt, Hinweise auf etwaige Gemeinsamkeiten der vier Personen.

Eine Dreiviertelstunde später parkte er nicht weit vom Vereinsgebäude hinter dem Ostbahnhof entfernt. Kurz darauf betrat er einen spartanisch eingerichteten Vorraum mit Empfangstresen.

»Servus«, begrüßte er den schlaksigen blonden jungen Mann dahinter, während er zu ihm an den Tresen trat. »Raintaler, mein Name.«

»Servus. Was kann ich für Sie tun?« Der junge Mann sah ihn erwartungsvoll an.

»Zunächst können Sie mir Ihren Namen verraten.« Max hielt ihm seinen Detektivausweis entgegen.

»Ein Detektiv? Ist etwas passiert?«

»Wie heißen Sie?« Wieso konnte eigentlich niemand eine klare Antwort geben, wenn er etwas gefragt wurde? Hörten die Leute nicht mehr zu, wenn man etwas sagte?

»Bierteig. Bernhard Bierteig«, haspelte Bernhard schnell.

»Da schau her. Da haben Sie ja dieselben Initialen wie Boris Becker oder Brigitte Bardot.« Max grinste flüchtig.

»Den Becker kenne ich. Die Frau nicht. Spielt die auch

Tennis? Oder ist das die, die mal mit Sylvester Stallone zusammen war?« Bernhard leckte sich nervös die Lippen.

»Nein, das war Brigitte Nielsen, die Dschungelkönigin.« Sieht ganz so aus, als hätte er ein schlechtes Gewissen, registrierte Max. Wegen was auch immer. Vielleicht hat er Drogen bei sich. Egal, nicht mein Bier.

»Die aus Tarzan?«

»Nein.« Max winkte ab. Er entschloss sich überdies, keine weiteren Prominamen ins Spiel zu bringen. Letztlich tat das momentan nichts zur Sache. »Ich komme wegen Günther Stechert, Sebastian Langner, Herbert Sachsler, Sabine Schüttauf und Gerhard Bockler.«

»Seniorentraining findet erst übermorgen wieder statt.« Bernhard wischte geschäftig den Tresen sauber. »Wollen Sie etwas trinken? Ich habe einen genialen Energiedrink da. Der weckt Tote auf. Oder lieber einen Obstsaft oder einen leckeren Gemüsesaft?«

»Gibt es auch Kaffee?«

»Selbstverständlich. Es gibt Espresso, Espresso doppio, Cappuccino, Latte Macchiato, Milchkaffee, einen normalen Kaffee, eine Portion, ein Haferl. Sie haben die Wahl.«

Bernhard blickte stolz erhobenen Hauptes zu Max hinüber. Sein Chef hatte großes Glück. Der junge Mann schien seinen Beruf mit Herz und Seele auszuüben. Begeisterte Barkeeper gaben ihre gute Laune an die Gäste weiter. Das war gut fürs Geschäft und verband die Welt miteinander. Eine typische Win-win-Situation, von der alle etwas hatten.

»Einen Espresso doppio, bitte.« Zu Max' Zeit hatte es keinen Kaffee im Sportverein gegeben. Höchstens Bier oder Radler in der Vereinsgaststätte. Ja mei, alles wurde immer komfortabler und kommerzieller. Eine echte »k&k-Gesellschaft«. Wie bei den Österreichern früher. »Aber ich bin nicht wegen meinem Durst hier«, fuhr er fort. »Und Ihre Trainingszeiten interessieren mich nur am Rande. Kannten Sie die Herrschaften, die ich gerade aufgezählt habe?«

»Sicher.« Bernhard nickte eifrig. »Die Herren spielen in unserer Herrenseniorenmannschaft, Frau Schüttauf bei den Damen. Wie gesagt, Training am Donnerstag. Aber wieso kannten? Ich kenne sie immer noch.« Er sah Max verwirrt an.

»Lesen Sie keine Zeitung?«

»Doch. Aber in den letzten Tagen war nur Stress. Da kam ich nicht dazu.« Bernhard nickte erneut wie ein Wackeldackel auf der Hutablage.

»Also gut, es ist so. Herr Langner, Herr Bockler und Frau Schüttauf sind tot. Alle drei verunglückten in den letzten drei Tagen in der U-Bahn. Einer nach dem anderen. So ähnlich wie die zehn kleinen Negerlein.«

»Wie, äh, … was?« Bernhard hörte auf, den Tresen zu wischen. Er starrte Max mit großen Augen an. »Tot, sagen Sie?«

»Ja. Leider.«

»Ach je. Und alle drei in der U-Bahn verunglückt? Das gibt es doch gar nicht.« Er schüttelte ungläubig den Kopf. »Aber Günther und Herbert leben noch? Herr Stechert und Herr Sachsler, meine ich. Die sind nämlich auch Lehrer.«

»Ja, sie leben noch.« Max beobachtete sein Gegenüber genau. Kein verräterisches Muskelzucken, keine

Schweißperle, kein flackernder Blick würde ihm entgehen. »Kannten sie die drei Opfer gut?«

»Wie man sich halt kennt in einem Sportverein.« Bernhard zuckte die Schultern. Er drehte sich zu der Espressomaschine hinter seinem Rücken um und begann routiniert damit zu hantieren. »Man scherzt, redet, unternimmt etwas zusammen«, fuhr er währenddessen fort. »Letzten Winter waren wir zum Beispiel mit den Seniorenmannschaften in der Türkei im Trainingslager.«

»Damen und Herren?«

»Ja.«

»Aber dann kennt man sich doch recht gut.«

»Eher oberflächlich. Ich war zum Beispiel noch nie bei einem der älteren Senioren zu Hause. Die bleiben eher unter sich und wir Jüngeren bleiben unter uns. Im Trainingslager haben Herren und Damen außerdem verschiedene Quartiere.« Bernhard stellte den Espresso für Max vor ihm auf dem Tresen ab. »Zucker?«

»Logisch.«

»Bitte.« Bernhard reichte ihm ein schweres Streuglas mit braunem Zucker.

»Können Sie mir etwas über die Beziehung der drei Opfer zu Herrn Stechert und Herrn Sachsler sagen?«, fragte Max unterdessen weiter.

»Nicht viel. Gelegentlich gab es Reibereien unter den anderen Lehrern, wegen Sabine. Sie schienen sich alle vier in sie verguckt zu haben. Das hatte aber nichts mit dem Verein zu tun. Eher von der Schule her.«

»Woher wissen Sie das?«

»Das wusste jeder.«

»Gibt es Damen, mit denen ich mich einmal über Frau Schüttauf unterhalten könnte?«

»Sicher.« Bernhard nickte eifrig. »Wie gesagt. Die Senioren trainieren am Donnerstag.«

»Aha. Gut. So, so, dann hatten sich die Herren also in ihre Lehrerkollegin verguckt?«, fuhr Max fort.

»Ja, genau. Sie sah für ihr Alter auch wirklich super aus. Ist sie wirklich tot? Nicht zu fassen.« Bernhard blickte nachdenklich ins Leere. »Herbert hatte als Einziger von allen mehr mit ihr laufen«, fuhr er nach einer Weile fort. »Den anderen hat das bestimmt sauber gestunken.«

»Ach!« Hat der Herr Sport- und Chemielehrer seine Kollegen also glatt ausgestochen, dachte Max. Das hätte ich ihm gar nicht zugetraut. Aber war sie nicht eher auf Jugendliche fixiert? Warum hat er mir bloß nichts von seinem Verhältnis mit Sabine Schüttauf gesagt? Er trank nachdenklich seinen Espresso.

»Und er hat seine Kollegen hier hereingebracht«, fuhr Bernhard fort.

»Wer? Sachsler?«

»Ja.«

»Da schau her.« Herrschaftszeiten. Nur mal angenommen, Langner, Bockler und Stechert hatten Sabine Schüttauf gemeinsam vergewaltigt. Dann konnte es doch gut sein, dass sich Sachsler jetzt dafür an ihnen gerächt hatte. Stechert würde demnach, wie die anderen, auch bald dran glauben müssen. Morgen, um genau zu sein. Obwohl es im Falle einer Vergewaltigung wohl eher keinen Sinn gemacht hätte, dass Sachsler Sabine Schüttauf auch noch umbrachte. Schließlich wäre sie dabei das Opfer gewesen. Obendrein hätte sie sicher längst nichts mehr mit den anderen zu tun haben wollen. Also nichts wie ab in den Müll mit dieser Schmarrntheorie.

Wenn Sachsler die Morde begangen hatte, musste es aus einem anderen Grund gewesen sein. Eifersucht auf die anderen drei Lehrer wäre ein denkbares Motiv. Hatte die Schüttauf sich mit allen dreien oder einem von ihnen eingelassen? Oder war alles ganz anders? War doch Stechert der Mörder und Sachsler unschuldig? Beide lebten auf jeden Fall. Fragte sich nur, wie lange noch. Hing am Ende etwa dieser Mathe- und Physiklehrer Klosteig irgendwie in der Sache mit drin? Ein sehr merkwürdiger Typ. Oder doch ein Schüler?

Herrgott noch mal. Es war zum Aus-der-Haut-Fahren. Ohne konkret zu wissen, ob es wirklich um Mord ging, in einem Mordfall zu ermitteln, stellte sich, genau betrachtet, als ein Ding der Unmöglichkeit dar. Er merkte, dass er sich gedanklich nur noch im Kreis drehte.

»Wissen Sie denn auch, was Herbert Sachsler und Sabine Schüttauf konkret laufen hatten? Waren sie zusammen? Hatten sie ein Verhältnis?«

»Wie man's nimmt. Eher nicht. In so einem Klub war er jedenfalls mit ihr.« Bernhard räumte Max' leere Espressotasse in die Spüle.

»In was für einem Klub?« Max wurde hellhörig. Was kam jetzt? Das wurde gerade tatsächlich immer interessanter.

»So ein Klub halt, wo man Sex der etwas anderen Art haben kann.« Bernhard war deutlich anzusehen, dass ihm das Thema nicht behagte.

»Sex der etwas anderen Art?« Max zog verwundert die Stirn kraus. »Was soll denn das heißen?«

»Mit Fesseln und Auspeitschen und so.« Bernhard senkte verlegen den Blick.

»Etwa ein Sadomaso-Klub? Herbert Sachsler und Sabine Schüttauf waren dort beide Mitglied?« Deshalb wollte er also mir gegenüber nicht mit seiner Beziehung zu ihr rausrücken. Klar, er hatte Angst, dass das herauskam. Es hätte wohl ein schnelles Ende seiner Schulkarriere bedeutet.

»Ja. Er mit, sie ohne.«

»Was?«

»Bloß ein Witz.« Bernhard errötete.

»Aha. Mit Glied und ohne, verstehe. Lustig.« Wenn ich das Franzi erzähle, schmeißt er sich weg. Andererseits lieber nicht. Sonst kommt er uns allen damit nur wieder an jedem gemütlichen Kneipenabend in den nächsten Wochen. »Woher wollen Sie das alles eigentlich wissen? Ich denke, man interessiert sich hier bei Ihnen nicht für die privaten Belange der anderen.«

»Das ist normalerweise auch so.« Bernhard errötete.

»Und nicht normalerweise?«

»Na ja … Sabine hat mich eines Tages gefragt, ob ich mitkommen möchte. Herbert wäre auch dabei.«

»Hatten Sie auch etwas mit ihr?«

»Nein.« Bernhard klang sehr bestimmt. »Ich war ihr, glaube ich, zu alt. Sie stand mehr auf Jüngere unter 20. Zumindest privat.«

»Was heißt das?«

»Außerhalb von diesem Sexklub, meine ich.«

»Nur beim Sadomaso war ihr das Alter egal?« Max versuchte sich, in die Psyche der Toten zu versetzen, gab es aber gleich wieder auf. Es gelang ihm nicht.

»Anscheinend.«

»Also war Herbert Sachsler nur für den Sexklub gut. Außerhalb davon hatte sie nichts mit ihm am Hut.«

»Schätze ich mal.« Bernhard zuckte die Achseln.

»Haben Sie die Adresse von diesem Klub?« Da schau her. Die Bildungselite unseres Landes in Lack und Leder. Sauber. Das war ja wie im Kriminalroman. Max grinste breit.

»Die müsste irgendwo hier herumliegen. Herbert hat einmal Visitenkarten von dort mitgebracht.« Bernhard durchwühlte die Postkarten- und Zeitschriftenstapel, die auf dem hüfthohen Regal hinter ihm lagen. »Hier ist eine.« Er reichte Max ein kleines dunkelrotes Stück Pappe.

»Danke schön.« Max nahm sich vor, dort bei Gelegenheit auf jeden Fall auch noch vorbeizuschauen. Irgendwo musste der rote Faden, der die Tode der drei Lehrer verband, schließlich beginnen.

Sein Handy spielte das *Lied vom Tod*. Er ging ran.

»Herr Raintaler? Regina Lechner hier.«

»Hallo, Frau Lechner. Was kann ich für Sie tun?«

»Mir ist noch etwas eingefallen.«

»Nur zu. Ich bin ganz Ohr.« Max runzelte neugierig die Stirn. Er entfernte sich ein Stück weit vom Tresen. Bernhard Bierteig musste nicht wissen, was er mit der Kunstlehrerin des Pasinger Gymnasiums zu bereden hatte.

»Sie haben gestritten.«

»Wer hat gestritten?« Er kniff verwirrt die Augen zusammen.

»Günther Stechert und Gerhard Bockler.« Sie sprach

leise. Wahrscheinlich war sie nicht alleine und wollte nicht, dass jemand mithörte.

»Weswegen?«

»Das bekam ich leider nicht mit. Aber es ging heftig zur Sache. Die beiden brüllten sich an wie Orang-Utans.«

»Wann war das?«

»Letzte Woche Freitag. Gegen Abend. Ich war gerade dabei, den Kunstraum für den Montag vorzubereiten, als die beiden im Flur vorbeiliefen.«

»Und Sie haben kein einziges Wort verstanden?«

»Nein, leider nicht.«

»War sonst noch jemand im Schulhaus?«

»Ich glaube, wir waren die Letzten.«

## 22

Gerda Singer verkaufte das große Haus in Garmisch-Partenkirchen nur wenige Wochen nach der Beerdigung ihres Mannes. Was sollte sie auch alleine hier? Ihre Verwandtschaft lebte weit entfernt im Chiemgau und echte Freunde hatte sie nicht. Da zog sie viel lieber zu Tochter und Enkel nach München. Dort konnte sie der gestressten alleinerziehenden Mutter Maria nützlich sein, zum Beispiel indem sie auf Florian aufpasste, ihm Mittagessen kochte und ihn bei seinen Schularbeiten beaufsichtigte.

Zusammen mit ihrer Witwenrente hätten sie genug Geld, um zu dritt in die Ferien zu fahren, sobald ihnen danach war oder um notwendige Anschaffungen zu machen, ohne dabei jeden Cent zweimal umdrehen zu müssen. Die 400.000 Euro aus dem Hausverkauf legte Gerda auf die hohe Kante. Maria und Florian würden die Summe eines Tages erben, und sich damit vielleicht ein schönes weiteres Leben machen.

Maria war heilfroh über ihre neue Dreier-WG. Die Entlastung tat ihr gut. Endlich konnte sie ab und zu wieder abends ausgehen und dabei vielleicht einen neuen Freund finden. Ganz ohne Mann war das Leben zu leer. Allerdings müsste es diesmal einer sein, dem sie unbedingt trauen konnte. Noch so einen Reinfall wie mit Moritz würde sie nicht überstehen.

Neulich war ihr in der Stadt ein äußerst charmanter Mensch über den Weg gelaufen. Harald. Er hatte sie vom Fleck weg auf einen Kaffee eingeladen. Danach hatten sie ihre Telefonnummern ausgetauscht. Prompt hatte er sich tags drauf bei ihr gemeldet und gefragt, ob sie sich treffen könnten. Sie hatte ihn spontan vertröstet, obwohl sie große Lust dazu gehabt hätte. Aber irgendwie ging ihr das Ganze dann doch zu schnell. Kurz darauf bereute sie ihre Entscheidung schon wieder.

»Und du meinst wirklich, ich soll mit ihm ausgehen?« Maria sah ihre Mutter von ihrem Sitzplatz am Küchentisch aus unsicher an.

»Aber natürlich, Kind. Ein Rechtsanwalt. Etwas Besseres kann dir nicht passieren.« Gerda rührte in dem Gulasch, das sie heute als Abendessen für alle gekocht hatte.

»Ich weiß nicht. Ich habe Angst, dass er mich hässlich findet.« Maria knabberte nervös an ihren Fingernägeln.

»Unsinn, Kind. Du bist nicht hässlich. Wie oft muss ich dir das denn noch sagen? Du bist etwas mollig, aber auf keinen Fall hässlich.« Gerda schwang den Kochlöffel in ihrer Hand wie einen Taktstock, während sie redete. »Außerdem bist du eine gute Partie als Lehrerin am Gymnasium.«

»Mollig oder dick? Sag schon, Mama.« Marias Miene schwankte zwischen Unsicherheit und Angst. Wenn sie ganz ehrlich zu sich selbst war, wusste sie genau, dass sie viel zu dick war.

»Mollig. Dick ist etwas anderes.« Gerda stöhnte geplagt auf. Offensichtlich hatte sie wenig Lust, das ewig gleiche Thema immer wieder von vorne durchzukauen.

»Wirklich?« Maria stand auf, um sich zu zeigen.

»Wirklich.« Gerda nickte ihrer Tochter aufmunternd zu. »Lass uns essen. Holst du Florian?«

»Ja, mach ich. Aber vorher rufe ich Harald an und sage ihm doch noch zu für heute Abend.«

Maria eilte ins Wohnzimmer hinüber und telefonierte mit ihrem Verehrer. Dann eiste sie ihren Sohn vom Fernseher los. Gerda goss währenddessen die Spätzle ab, die sie wie immer selbst gemacht hatte. Nicht unbedingt original bayerisch, aber köstlich. Sie hatte das Rezept einmal von einer Cousine aus Stuttgart bekommen. Nachdem sie die schwäbischen Eiernudeln anschließend zum ersten Mal für Erwin und Maria zubereitet hatte, musste sie immer wieder welche machen. Je öfter, umso besser. Florian hatte die Leidenschaft der beiden bereits als Dreijähriger übernommen.

»Spätzle, genial!«, rief er dementsprechend begeistert, als er mit seiner Mutter in die Küche kam.

Nach dem Essen machte sich Maria hübsch. Sie zog ihr knielanges graues Kleid an, legte ihre silberne Kette mit dem Kreuz um und schlüpfte in die neuen Ballerinas, die sie sich vor drei Tagen in der Innenstadt gekauft hatte. Zuletzt streifte sie ihre dunkelgraue Wolljacke über. Dann ging sie ins Wohnzimmer zu den anderen.

»Wie sehe ich aus?« Sie drehte sich wie ein Model um die eigene Achse.

»Wundervoll«, erwiderte ihre Mutter. »Ein bisschen mehr Farbe täte allerdings nicht schaden.«

»Du weißt doch, dass ich nicht so gerne auffalle. Mama.«

»Ja, leider.« Gerda nickte seufzend.

»Super, Mama«, meinte Florian, der nur flüchtig hingesehen hatte, da im Fernsehen gerade ein Zeichentrickfilm lief.

»Na gut. Wenn ihr das sagt, dann will ich es euch mal glauben.« Sie lächelte einigermaßen beruhigt. Dann sah sie auf ihre Armbanduhr. »Oh, gleich 20 Uhr. Höchste Zeit. Servus, ihr beiden.«

»Servus, Mama«, erwiderte Florian, ohne seinen Blick vom Bildschirm zu nehmen.

»Viel Spaß, Kind. Und viel Glück.« Gerda drückte ihr wohlwollend grinsend die Daumen.

»Danke, Mama.«

Wenig später erreichte Maria die Weinstube in der Residenz, wo sie sich vorhin am Telefon verabredet hatten. Sie marschierte mit einem unsicheren Lächeln im Gesicht durch die Reihen der Gäste im Viersäulensaal, bis sie Harald entdeckte. Er saß ganz hinten allein am Tisch.

»Hallo, Maria. Gut siehst du aus«, begrüßte er sie, während er sich erhob, um darauf zu warten, dass sie sich setzte.

»Hallo, Harald. Vielen Dank.«

Es gab ihn also doch noch, den viel zitierten Gentleman der alten Schule. Sie nahm Platz. Er tat es ihr gleich.

»Das Grau steht dir ganz hervorragend.« Er zeigte auf ihr Kleid.

»Nicht doch«, wehrte sie errötend ab. »Ich werde noch ganz verlegen.«

»Schöne Frauen müssen nicht verlegen werden.«

»Schluss jetzt.« Sie lachte glockenhell. Der trägt ja ganz schön dick auf, dachte sie. Ach was, sei nicht gleich wieder misstrauisch und paranoid, Maria. Bestimmt will er nur nett sein. Außerdem haben Florian und Mama auch gesagt, dass du gut ausschaust.

»Was möchtest du trinken? Weiß oder rot?« Er sah sie fragend an.

»Weiß und trocken«, erwiderte sie. »Ich mag keinen süßen Wein.«

»Das passt hervorragend. Ich habe mir bereits erlaubt, eine Flasche Grauburgunder zu bestellen.« Er zeigte auf die Weinflasche, die zwischen ihnen im Kühler auf dem Tisch stand. »Wäre der für dich in Ordnung?«

»Ja.« Sie nickte. »Was hättest du denn gemacht, wenn ich ihn nicht mag?«, wollte sie anschließend wissen.

»Ich hätte ihn alleine getrunken und dir eine neue Flasche bestellt.« Er schenkte ihr mit einem selbstbewussten Lachen ein. »Wenn du willst, können wir später noch zu mir gehen«, fuhr er fort.

»Geht das nicht ein bisschen zu schnell?«, fragte sie

stirnrunzelnd. Einerseits machte er ihr ein wenig Angst. Andererseits fühlte sie sich geschmeichelt von seiner stürmischen Art. Er schien sie wirklich zu begehren. Fast nicht zu glauben. Was sollte so ein Prachtexemplar von Mann ausgerechnet von einem unscheinbaren Pummelchen wie ihr wollen? Er war groß, schlank, sportlich, schwarzhaarig, hatte eine gerade Nase, lange kräftige Finger und ebenmäßige Gesichtszüge. Der dunkle Geschäftsanzug, den er trug, unterstrich sein respektables Äußeres. Sie war einfach nur dick und hässlich. So sah sie selbst das zumindest.

»Ganz wie du magst, Maria. Ich habe noch niemanden zu irgendetwas gezwungen.« Er zuckte die Achseln.

»Jetzt möchte ich auf jeden Fall erst einmal etwas trinken.« Merkwürdig. Er war ein absoluter Traumprinz. Trotzdem beunruhigte sie gerade irgendetwas nachhaltig an ihm. Schmarrn, Maria. Du spinnst wieder mal. Freu dich lieber darüber, dass du mit ihm hier bist. So eine Gelegenheit kommt sicher nicht so schnell wieder. Sie hob ihr Glas und stieß mit ihm an. »Prost!«

»Prost, schöne Frau. Auf einen mindestens ebenso schönen Abend.«

»Ja.«

Sie tranken.

Danach erzählte Harald von sich. Jahrelang hatte er als erfolgreicher Anwalt gearbeitet. Dann erwischte er seine Frau mit seinem besten Freund im Bett. Der Klassiker. Scheidung, Haus weg, Auto weg, Berufsverbot, weil er betrunken Mist gebaut hatte. Seitdem war es mit ihm kontinuierlich bergab gegangen. Momentan hielt er sich mit Gelegenheitsjobs über Wasser. Lagerarbeiten, Umzugshelfer. Was halt so anfiel. Aber bald würde es sicher wieder bergauf gehen. Wenn er nur nicht so viel trinken würde. Das machte ihm ab und zu wirklich schwer zu schaffen.

Ganz so als wollte er seine Erzählung mit glaubwürdigen Beweisen unterlegen, bestellte er noch eine Flasche Grauburgunder.

Maria wurde es immer unbehaglicher zumute. Noch eine kaputte Existenz, dachte sie. Warum um alles in der Welt geriet sie nur dermaßen zielsicher an solche Typen? Es sah fast so aus, als hätte ihr die Erfahrung mit Moritz noch nicht genügt. Sie ging einerseits innerlich auf Abstand, um sich selbst zu schützen, so wie es jede andere Frau an ihrer Stelle wohl auch getan hätte. Andererseits erregte Harald ihr Mitleid und erweckte dabei unter anderem ihren Mutterinstinkt.

Der arme Kerl, sagte sie sich. So gut im Geschäft und dann so tief abgestürzt. Das war mehr als tragisch. Vielleicht konnte sie ihm ja wieder auf die Beine helfen. Prinzipiell faul, wie Moritz, schien er nicht zu sein. Außerdem hatte er sich wirklich hervorragend gehalten. Der viele Alkohol war ihm nicht anzusehen. Oder spielte er ihr die ganze Mitleidstour nur vor? Hatte er intuitiv gespürt, dass sie eine Schwäche für Hilfsbedürftige hatte und hoffte, so leichter an sie heranzukommen? Wie auch immer. Er sah wirklich blendend aus.

Als er sie, nachdem sie die Rechnung bezahlt hatte, draußen auf der Straße fragte, ob sie noch auf einen letzten Schluck mit zu ihm nach Haidhausen kommen wolle, willigte sie ein. Ein bisschen zögerlich und ängstlich zwar. Aber sie war neugierig darauf, wie er wohnte, und wenn er sie küsste oder mit seinen schönen Händen berührte, würde sie sich wahrscheinlich nicht großartig wehren.

»Lass uns hier lang gehen.« Harald zeigte auf den kleinen Kiesweg, der rechts hinter der Maximiliansbrücke abging.

Er hatte vorgeschlagen, zu Fuß zu laufen. Sie war gleich damit einverstanden gewesen. Frische Luft tat immer gut. Selbst in der Stadt, wo sie naturgemäß nicht ganz so frisch wie in den Bergen war.

»Am Isarufer entlang? Aber da ist es dunkel.« Maria blieb stehen.

»Ist aber eine Abkürzung. Außerdem gibt es dort Laternen und es ist romantisch.« Er nahm ihre Hand und küsste ihre Finger. Einen nach dem anderen.

»Na gut, Harald. Aber du passt auf uns auf.« Sie lehnte sich leicht gegen seine Schulter. Es wird mir schon nichts passieren, sagte sie sich. In München passiert so gut wie nie etwas. Außerdem muss man auch mal ein Risiko eingehen. Sonst ist das Leben viel zu langweilig und man kommt zu nichts.

»Versprochen. Großes Pfadfinderehrenwort.« Er lachte keckernd, während er schnell vorausging. »Komm schon.«

»Warte auf mich.«

»Ja.«

»Ich sehe dich nicht.«

»Hier bin ich!« Seine Stimme kam von vorne.

»Wo denn?« Es war immer noch nichts von ihm zu sehen.

»Geradeaus.«

»Wo bist du denn genau?« Sie tastete unsicher in der Dunkelheit umher, bekam jedoch nur die stacheligen Äste eines Busches zu fassen. »Herrgott, das ist nicht lustig, Harald.«

»Hier.« Er war schlagartig neben ihr aufgetaucht, umschlang sie von hinten, packte ihre Brüste und begann sie brutal zu kneten. »Na, wie fühlt sich das an, du geile Schlampe?«

»Was?« Maria glaubte sich verhört zu haben. Umgehend versuchte sie sich aus seinem klammernden Griff zu lösen. »Hey, lass sofort los. Was soll das denn, Harald?«

»Das weißt du doch ganz genau«, erwiderte er mit bedrohlichem Unterton in der Stimme. »Mach schon. Runter mit den Klamotten. Oder muss ich sie dir erst vom Leib reißen?« Er packte sie noch fester.

»Du spinnst wohl! Lass mich in Ruhe!« Während sie wild zappelte, um sich trat und schlug und laut um Hilfe schrie, traf sie ihn zufällig mit ihrem Ellenbogen im Gesicht.

»Verdammt!« Er schrie vor Schmerzen auf. »Na warte, dich mach ich fertig, du Sau.«

Er ließ sie los, um seinerseits zuzuschlagen. Doch Maria kam ihm glücklicherweise zuvor. Sie traf ihn irgendwie mit der Faust direkt zwischen den Beinen. Dann trat sie mit aller Kraft noch mal in dieselbe Richtung und landete dabei erneut einen Volltreffer. Er sank wimmernd zu Boden.

»Du Schwein!«, schrie sie. »Du mieses dreckiges Schwein! Und dir wollte ich helfen.« Grenzenloser Hass und wilde Empörung stiegen in ihr hoch. Dass sie gerade noch Angst vor ihm gehabt hatte, war ihr nicht mehr bewusst. Wie von Sinnen trat sie ihm mit aller Kraft gegen den Kopf. »Na, wie fühlt sich das an, Arschloch?« Sie bebte vor Wut, trat erneut zu.

»Bitte nicht mehr schlagen«, jammerte er. »Es ist genug!«

»Mieses Schwein!« Sie spuckte auf ihn hinunter.

Dann machte sie auf dem Absatz kehrt. Zurück auf der Straße, bemerkte sie einen Streifenwagen, der zufällig vorbeikam. Sie ließ ihn weiterfahren. Harald würde ihr bestimmt nicht mehr gefährlich werden.

# 23

Nach seinem Besuch im Volleyballverein fuhr Max ins Pasinger Gymnasium zurück. Er wollte gleich mal bei Günther Stechert nachfragen, was für ein Streit mit Gerhard Bockler das genau gewesen war, von dem ihm Regina Lechner zuvor am Telefon erzählt hatte. Kurz nach vier. Der stellvertretende Direktor sollte normalerweise noch dort sein. Ansonsten würde Max sich von Franz seine Privatadresse geben lassen. Herrschaftszeiten, vielleicht war hier endlich das Motiv für einen Selbstmord oder Mord zu finden. Warum ihm Stechert seine Mitgliedschaft im Volleyballverein verschwiegen hatte, hätte er zu gerne außerdem gewusst.

Er ging geradewegs ins Direktorat. Und tatsächlich, Stechert saß hinter seinem Schreibtisch. Max sprach ihn ohne Umschweife auf den Streit mit Bockler an.

»Von wem haben Sie das?«, fragte Stechert. Er winkte gleich darauf ab. »Unerheblich. Ich kann's mir schon denken. Von der Lechner, stimmt's? Von wem sonst? Die belauscht doch alles und jeden.«

»Um was ging es in dem Streit?«

»Die Lechner ist doch bloß eifersüchtig auf alle anderen, weil sie es nicht einmal zum Vertrauenslehrer bringt, die grüne Lusche.« Stecher schien nicht die geringste Lust zu haben, auf Max' Frage einzugehen. Er lief vor Ärger rot an, wurde laut. »Jeder, der etwas draufhat und weiterkommen will, ist bei der doch gleich verdächtig. Eine ganz üble Person. Die hätten sie gut bei der Stasi gebrauchen können, die hinterfotzige Kuh.« Den letzten Satz brüllte er regelrecht.

»So, so.« Max musste angesichts der Heftigkeit von Stecherts Gefühlsausbruch grinsen. Besonders harmonisch schien das Betriebsklima am Pasinger Gymnasium wirklich nicht zu sein. »Trotzdem würde ich gerne wissen, um was es in Ihrem Streit mit Herrn Bockler letzten Freitag ging.«

»Nichts als grüne Kommunisten wie die Lechner sind es, die unsere Gesellschaft zu dem Tummelplatz für Arschlöcher machen, der sie heute ist«, fuhr der bayerische Deutsch- und Geschichtslehrer, statt eine Antwort zu geben, Gift und Galle spuckend fort. »Wer braucht solche Leute? Wenn wir mehr von denen hätten, wäre unser schönes Land garantiert schon im Eimer.«

»Ach was? Was wäre denn dann?« Max hob neugierig die Brauen.

»Die Ausländer übernehmen endgültig die Macht in Deutschland und dann heißt es ade, du schöne Welt. Dann können wir alle miteinander einpacken. Eine gescheite Führung gehört her. Früher lief das hier alles noch ganz anders. Das kann ich Ihnen sagen, Herr Raintaler.« Stechert hatte sich nun regelrecht in Rage geredet. Seine Stimme überschlug sich.

»Geh, so ein Schmarrn, Herr Stechert. Das glauben Sie doch selbst nicht, was Sie da erzählen.« Max schüttelte verständnislos den Kopf.

War es wirklich immer noch so, dass nach dem starken Mann gerufen wurde? Sogar von einem Gymnasiallehrer, dem man an und für sich einen ausreichend hohen Bildungsgrad für eine differenziertere Meinung attestieren sollte? Eine Diktatur war außerdem gar nicht mehr zeitgemäß. Heute wurde Lobbyarbeit gemacht. Das funktionierte mehr als perfekt im Sinne der eigentlichen Machthaber, der Industrie und des Kapitals. Wer brauchte da einen politischen Führer? Braver Befehlsempfänger und unkritischer Abnicker wären die weitaus treffenderen Bezeichnungen dafür gewesen.

»Natürlich glaube ich das.« Stechert ballte die Fäuste vor Zorn. »Diese pseudoliberale linke Soße hat bisher nichts anderes als Elend über die Menschen im Land gebracht.«

»Jetzt übertreiben Sie aber wirklich.« Max musste erneut grinsen. Die hysterische Aufregung des Lehrers amüsierte ihn einerseits. Andererseits beunruhigte sie ihn auch etwas. Was, wenn Stechert nur einer von vielen war, die so dachten? Würde es dann bald wieder einen Mob geben, der Juden, Schwule, Andersdenkende und Ausländer umbrachte? Geh, Schmarrn. Gar nicht mehr möglich heutzutage. »Ich übertreibe?«, fuhr Stechert lautstark fort. »Wer hat es denn geschafft, dass es uns allen hier so gut geht? Die Roten sicher nicht.«

»Ich würde mal sagen, das war die Wirtschaft.«

»Die Roten und Grünen gehören auf jeden Fall alle erschossen oder vor die U-Bahn geworfen, aber nicht unschuldige Lehrer, die die mangelnde Erziehung durch die asozialen Eltern und den Scheiß, den diese sogenannten linken Arschlochpolitiker tagtäglich anrichten, ausbaden dürfen.« Der stellvertretende Direktor des Pasinger Gymnasiums war aufgesprungen. Er rannte wie ein Tiger im Käfig in seinem Büro auf und ab.

»Jetzt reicht es aber, *Herr* Stechert.« Max erhob nun ebenfalls die Stimme. Er hatte keine Lust mehr, sich weiter dem endlosen Frust des unbeherrschten Cholerikers auszusetzen. »Niemand wird hier erschossen oder vor die U-Bahn geworfen. Passen Sie lieber auf, was Sie sagen! Sonst sitzen sie ganz schnell ganz woanders.«

»Vielleicht hat die Lechner die anderen selbst geschubst und will das vertuschen, indem sie mich dafür verantwortlich macht«, fuhr Stechert ungerührt fort. »Zuzutrauen wäre es ihr allemal. Sie hasst mich. So wie sie jeden vernünftigen Menschen an der Schule hasst.«

»Ein gewagter Verdacht, den Sie da aussprechen. Würden Sie diese Beschuldigungen auch offiziell zu Protokoll geben?« Max blickte seinem Gegenüber streng in die Augen.

»Wohl eher nicht«, lenkte Stechert atemlos ein. »Trotzdem haben wir unser ganzes Chaos in Deutschland der rot-grünen Soße zu verdanken. Wenn es nach der blöden Schlampe Lechner ginge, hätten wir hier ein Irrenhaus, in dem jeder machen kann, was er will. Das ist so sicher wie das Amen in der Kirche.«

»Würden Sie jetzt bitte endlich meine Frage beantworten? Um was ging es in Ihrem Streit mit Herrn Bockler letzten Freitag?«

»Um nichts.«

»Wenn es um nichts ging, wieso wurden sie dann laut?«

»Wer sagt, dass wir laut waren?«

»Also?« Max sah ihn abwartend an.

»Na gut. Es ging um eine Frau.« Stechert atmete hörbar aus.

»Um Sabine Schüttauf?«

»Woher wissen Sie das?« Stechert bedachte ihn mit einem sehr überraschten Blick.

»Um was ging es in dem Streit?«

»Gerhard meinte, dass Sabine gesagt hätte, ich wäre impotent. Aber das war natürlich Schmarrn von ihr.«

»Wieso tat sie das?«

»Das kann ich nur vermuten.«

»Und?«

»Sie wollte mich einmal überreden, in so einen komischen Sadomaso-Klub mit ihr zu gehen. Ich sagte nein. Da war sie stocksauer und fing an, Gerüchte über mich zu verbreiten.«

»Und dann?« Da schau her. Rufmord. Wenn das kein überzeugendes Motiv war, jemanden zum Schweigen zu bringen, was dann?

»Ich sagte zu Gerhard, dass, wenn hier überhaupt einer impotent wäre, er das sei.«

»Weiter?«

»Ein Wort gab das andere. Können Sie sich ja denken.«

»Und?«

»Nichts.« Stechert zuckte die Achseln. »Wir haben unsere Standpunkte geklärt und fertig. Schließlich haben wir alle hier Wichtigeres zu tun, als uns mit solch einem Blödsinn aufzuhalten.«

»Für manche ist Impotenz ein echtes Problem. Es zuzugeben, ist oft der erste Schritt zur Heilung.« Nachdem er gerade das unschuldige Opfer von Stecherts endlos nervender Tirade geworden war, konnte sich Max den provokanten Kommentar einfach nicht verbeißen.

»Ich bin nicht impotent!«, herrschte ihn Stechert an. Das Rot seiner Gesichtsfarbe wechselte dabei in ein gefährlich anmutendes Lila. Der stellvertretende Direktor schien nur noch einen winzigen Schritt von einem Schlaganfall entfernt zu sein.

»Das hat auch niemand gesagt.« Max blieb ruhig.

Er reflektierte ein weiteres Mal seine Erkenntnisse. Hatte am Ende doch Regina Lechner die Opfer vor die U-Bahn gestoßen? Aus welchem Grund auch immer? Wollte sie tatsächlich nur die Schuld auf Stechert schieben, um von sich selbst als Täterin abzulenken? Als Frau wäre es auf jeden Fall locker machbar gewesen, die Leute zu schubsen. Alle Opfer waren weder besonders athletisch noch besonders schwer gewesen. Aber was hieß das alles schon? »Sonst hatten sie nichts mit Frau Schüttauf?«

»Was hätte ich mit ihr haben sollen?«

»Ein Verhältnis zum Beispiel.«

»Hätte ich gerne gehabt«, gab Stechert unumwunden zu. »Aber sie wollte nichts davon wissen. Sie schien die Jüngeren von uns zu bevorzugen.«

»Und deshalb haben Sie sie umgebracht.«

»Natürlich, Herr Raintaler. Ich bringe jede Frau um, die kein Verhältnis mit mir haben will.« Stechert schnaubte fassungslos. »Arbeiten Sie tatsächlich im Auftrag der Kripo?«

»Gegenfrage: Warum haben Sie mir nicht von Ihrer Mitgliedschaft in diesem Volleyballverein erzählt? Sie sagten doch, Sie pflegten keine privaten Kontakte mit Ihren Kollegen.« Max überhörte die Provokation geflissentlich. Er wusste, dass es absolut richtig von ihm war, zu versuchen, Stechert aus der Reserve zu locken. Wie auch immer. Bei Mordverdacht heiligte der Zweck so gut wie jedes Mittel. Legal musste es natürlich sein. Logisch. Sonst stand man als Ermittler nicht besser da als die Gesetzesbrecher. Am Ende sogar selbst vor dem Richter.

»Volleyball ist Sport und nicht privat.«

»Und ein Sadomaso-Klub?«

»Aber ich war doch gar nicht mit ihr dort!«

»Trotzdem.«

»Was wollen Sie hören?«

»Die Wahrheit.«

»Na gut, Herr Raintaler.« Stechert stöhnte genervt auf. »Ich hielt das nicht für wichtig. Deshalb habe ich es verschwiegen. Genau wie meine Mitgliedschaft im Volleyballverein.«

»Ich hätte gerne noch die Personalakten der drei Opfer. Wäre das möglich?«

»Wir haben hier nur Nebenakten. Die Grundakten müssen sie sich schon beim Kultusministerium holen.«

Stechert nahm wieder in seinem Chefsessel Platz. Er setzte ein blasiertes Gesicht auf. Wenigstens hatte er sich wieder beruhigt. Seine normale Gesichtsfarbe kehrte langsam zurück.

»Dann geben Sie mir bitte auf jeden Fall Kopien Ihrer Nebenakten mit.« Max nahm sich vor, Franz, gleich nach dem Schulbesuch hier, um die Beschaffung der Grundakten beim Kultusministerium zu bitten. Am besten beauftragte er jemanden vom uniformierten Fußvolk damit. Die hatten Zeit für so etwas. Ein Privatdetektiv, der einen schwierigen Mordfall aufzuklären hatte, der andererseits zugegebenermaßen noch keiner war, musste sich um wichtigere Dinge kümmern.

»Natürlich. Kein Problem.« Stechert nickte. »Sie hören zu sehr auf Regina Lechner, die alte Krampfhenne, und konzentrieren sich deshalb hier nur auf die Lehrer«, meinte er dann. »Haben Sie schon einmal daran gedacht, dass zum Beispiel der wütende Vater eines Schülers der Täter gewesen sein kann? Falls meine Kollegen tatsächlich ermordet wurden, wie sie behaupten.«

»Ist Ihnen in der Richtung etwas bekannt?« Merkwürdig. Erst sollte es Regina Lechner gewesen sein, jetzt der Vater eines Schülers. Es schien so, als wollte Stechert immer wieder nur von sich ablenken.

»Mehr als mir lieb ist. Der krasseste Fall in letzter Zeit war der eines Schülers, den Gerhard und Basti dieses Jahr durchfallen lassen wollten, weil er zu oft fehlte und deshalb nur ungenügende Leistungen brachte. Sein Vater wollte das nicht glauben. Er stand mehrmals erst bei Basti, dann bei Gerhard auf der Matte deswegen. Völlig aufgebracht. Er drohte beiden mit schwerwiegenden Konsequenzen.«

»Sagte er wörtlich ›schwerwiegende Konsequenzen‹?«

»Ja. Soweit ich mich erinnere, sprachen alle davon.« Stechert nickte. »Es könnten aber auch Freunde des Schülers gewesen sein, die meine Kollegen umbrachten.«

»Wie kommen Sie darauf?«

»Er hat Kontakte zu einer gefährlichen Clique außerhalb der Schule. Rocker oder Fußballfans. Auf jeden Fall tragen sie schwarze Kleidung, auch Lederjacken.«

»Sie meinen, die bringen mal eben drei Lehrer um, weil ihr Kumpel schlechte Noten hat?« Max konnte nur den Kopf schütteln über die leichtsinnige Behauptung. Wir sind doch hier nicht in einem amerikanischen Actionreißer, dachte er.

»Warum nicht? Solchen Halbkriminellen ist alles zuzutrauen.«

»Dann müssten längst viel mehr Lehrer gestorben sein. Überall bei uns im Land.« Schon wieder präsentiert er mir neue potenzielle Täter, dachte Max. Nur er soll andauernd der Unschuldige sein. »So etwas muss man erst einmal beweisen, bevor man es sagt.«

»Das ist Ihre Sache und die der Polizei.« Stechert verschränkte trotzig die Arme vor der Brust. »Oder der betroffene Schüler selbst war es«, fuhr er fort. »Kann genauso gut sein. Er hat Basti ebenfalls gedroht.«

»Womit?«

»Er sagte zu Basti, dass der bald merken würde, dass es besser gewesen wäre, ihn nicht durchfallen zu lassen.«

»Sehr konkret klingt das nicht.«

»Finde ich schon.« Stechert schien prinzipiell keinen Widerspruch zu vertragen. Es war ihm deutlich anzusehen, dass er erneut vor Ärger rot anlief.

»Wie heißt der Junge?«

»Karl Weber. Er geht in die 10b. Basti war dort der Klassenleiter.«

»Sie könnten diesen Karl holen lassen. Dann wissen wir mehr.« Max zuckte die Achseln.

»Mal sehen.« Stechert erhob sich erneut. Er fuhr mit dem Finger über den Stundenplan an der Wand zu seiner Rechten. Dann blickte er auf seine Armbanduhr. »Doch, kann ich. Er müsste noch da sein. Die 10b hat heute Nachmittagsunterricht. Ich lasse ihn schnell ausrufen.« Er verließ das Büro.

Max nutzte die Gelegenheit, um Franz anzurufen und ihn um die Erledigung der Sache mit den Akten beim Kultusministerium zu bitten. Für 20 Uhr im Biergarten verabredeten sie sich obendrein.

Danach starrte er nachdenklich zum Fenster hinaus. Draußen fuhr gerade eine voll besetzte Trambahn vorbei. Junge Leute saßen und standen darin. Ihren lachenden Gesichtern nach, schienen sie sich bestens zu amüsieren. War es falsch gewesen, die Schüler der Opfer zunächst bei den Ermittlungen außen vor zu lassen? Er hatte einfach nicht glauben wollen, dass sie ihre Lehrer umbrachten. Genau betrachtet, wollte er es immer noch nicht glauben.

»Er müsste ihn fünf Minuten hier sein«, verkündete Stechert, als er zu ihm zurückkehrte.

# 24

»Servus, Herr Weber. Oder darf ich Karl und Du sagen?« Max sah den rothaarigen, leicht übergewichtigen Burschen mit dem runden Nasenfahrrad und mit dem übergroßen grünen Sweatshirt am Leib fragend an.

Stechert hatte das Zimmer wieder verlassen. Max hatte ihn darum gebeten. Er wollte alleine mit dem Jungen reden.

»Von mir aus.« Karl schob gelangweilt seine feuchte Unterlippe vor.

»Setz dich doch erst mal.« Max zeigte auf den Besucherstuhl neben seinem. Sobald Karl Platz genommen hatte, fuhr er fort. »Pass auf. Warum du hier bist. Ich muss herausfinden, warum Herr Langner und Herr Bockler sterben mussten.«

»Was habe ich damit zu tun? Ich denke, die hatten beide einen Unfall.« Karl zuckte gleichmütig die Achseln. Er wich Max' Blick aus, schaute lieber geradewegs auf die Spitzen seiner Turnschuhe.

»Das ist eben die Frage. Hatten Sie wirklich einen Unfall? Oder wollte jemand, dass sie sterben?«

»Keine Ahnung.« Karl hob den Kopf. Sein Gesichtsausdruck war ein einziges großes Fragezeichen.

»Wieso hast du mir eigentlich nichts von deinem Streit mit Herrn Langner erzählt, als ich bei euch in der Klasse war? Ihr solltet mir doch von allem Ungewöhnlichen berichten.«

»Ich hatte keinen Streit mit ihm.«

»Da habe ich aber etwas ganz anderes gehört.« Max hob belehrend den Zeigefinger. »Er wollte dich durchfallen lassen und du hättest zu ihm gesagt, dass er das bereuen würde.«

»Stimmt nicht. Ich sagte, dass es besser für ihn wäre, wenn er mich durchkommen lassen würde.«

»Und das ist keine Drohung?«

»Nein. Ich meinte damit nur sein schlechtes Gewissen.«

»Ach, tatsächlich.« Der lügt doch wie gedruckt, dachte Max kopfschüttelnd. Andererseits musste er innerlich fast schon wieder grinsen. Die Chuzpe, die der Bursche zeigte, musste man einem gestandenen Ermittler gegenüber mit knapp 17 Jahren erst einmal an den Tag legen. Als Münchner Gymnasiast natürlich. In der Bronx war das sicher etwas anderes. »Wo warst du am Montagabend zwischen 17 und 18 Uhr?«

»Bei einem Freund, Playstation zocken.«

»Kann der das bestätigen?«

»Klar. Seine Schwester und seine Mutter auch.« Karl nickte eifrig.

»Und gestern früh zwischen sieben und acht? Wo warst du da?«

»In der S-Bahn. Ich wohne in Unterschleißheim.«

»Da gehst du hier in die Schule?«

»Ja, leider. Mein Vater wollte es so. Jetzt sieht er ja, was er davon hat.«

»Warst du alleine in der S-Bahn?«

»Nein, in Moosach stiegen noch der Ferdl und der Jogi ein.«

»Klassenkameraden von dir?«

»Ja. Kann ich jetzt gehen?« Karl rutschte ungeduldig auf seinem Stuhl hin und her.

»Kannst du.« Max nickte. »Aber vorher brauche ich die Telefonnummer deines Vaters.«

»Okay.« Karl schrieb die Nummer auf einen Zettel und reichte ihn Max. »Kann ich jetzt …?«

»Nein, Moment. Ich brauche noch etwas von dir.«

»Was denn?«

»Du sollst ein paar Freunde haben, die es ganz gerne mal sauber krachen lassen.«

»Wie?« Karl blickte verwirrt drein.

»Ich sag mal ›Fankurve‹, ›Rockergang‹ …«

»Ach, Sie meinen die *Bad Haters*, den Motorradklub.«

»Keine Ahnung. Sag du's mir.« Max zuckte die Achseln.

»Ich kenne einen von denen. Er hat mich ein paar Mal mit seiner Maschine vor der Schule abgeholt. Die anderen kenne ich nicht näher.«

»Und wie heißt dieser Mann, den du kennst?«

»Alle sagen Charlie zu ihm. Wie er richtig heißt, keine Ahnung.« Karl hob die Schultern. Er sah Max geradewegs in die Augen. Zu lügen schien er im Moment nicht.

»Wohin seid ihr gefahren, als er dich abgeholt hat?«

»Nirgends. Er hat mich heimgebracht.«

»Sonst nichts.« Max legte konzentriert die Stirn in Falten.

»Nein. Wir kennen uns vom Fußball.«

»Du spielst Fußball?« Max musterte ihn überrascht. Dafür war der gute Karl doch viel zu schwer.

»Nein. Aber ich bin Fan, genau wie Charlie und ein paar seiner Freunde.«

Ach so. Alles klar. Nur Fan, kein Spieler. Da durfte man auch ein paar Kilo zu viel auf den Rippen haben.

»Von welchem Verein?«

»Im Fernsehen halte ich zu den 60-ern und sonst treffen wir uns bei den Spielen von unseren Jungs vom TSV.«

»Wo spielen die?«

»In Unterschleißheim. Zumindest wenn sie Heimspiel haben.« Karl sah Max an, als hätte er das Gefühl, er müsste ihm das Einmaleins erklären.

»Klar. Logisch.« Max nickte wissend.

»Und weiter hast du keinen Kontakt zu dieser Motorradgang?«

»Nein.« Karl sah ihn offen an.

»Na gut. Du kannst gehen.« Max war geneigt, ihm zu glauben.

Während sich Karl auf den Rückweg in sein Klassenzimmer machte, fasste der blonde Exkommissar mit dem Dreitagebart die Ergebnisse des bisherigen Tages noch einmal innerlich zusammen. Viel Nützliches bezüglich der tödlichen U-Bahn-Unfälle hatte er nicht herausgefunden. Auch Karl schien ihm kein typischer Mörder zu sein. Aber wer war das schon? Mit dem aufgebrachtem Vater des Jungen würde er auf jeden Fall noch reden. Doch zuerst einmal wollte er Herbert Sachsler ein paar Fragen stellen. Der hatte es schließlich versäumt, ihm so einige Dinge zu erzählen. Egal ob wissentlich oder nicht.

Er schnappte sich die Personalakten, die Stechert ihm herausgelegt hatte, verließ das Büro des Direktors und machte sich auf den Weg in den Chemiesaal, wo er den Chemie- und Sportlehrer Sachsler zunächst einmal naturgemäß vermutete. Hoffentlich war er noch nicht nach

Hause gegangen. Die Turnhalle und der Sportplatz wären weitere Optionen gewesen, nach ihm zu sehen.

Er musste quer durchs Schulhaus. Während er seine Schritte durch die langen leeren Flure hallen hörte, stiegen Erinnerungen an seine eigene Schulzeit in ihm hoch. Engel waren wir auch keine, dachte er. Aber wirklich nicht. Wir hatten selbst Lederjacken und Motorräder, den Auspuff aufgebohrt, damit sie gefährlicher klangen. Wir feierten ausschweifende Partys an der Isar und am See vor der Stadt. Wir hatten Alkohol, Drogen, Sex. Dagegen war die heutige Jugend ein eingeschüchterter Haufen braver Klosterschülerinnen, wenn man es genau betrachtete.

Wenig später betrat er den Chemiesaal. Es roch streng nach allem Möglichen. Faule Eier waren auch darunter. Sachsler saß hinter seinem Pult. Vor ihm ein Stapel Blätter. Wahrscheinlich korrigierte er irgendwelche Arbeiten. Zumindest sah es so aus.

»Hallo, Herr Sachsler!«, rief Max von der Tür aus.

»Herr Raintaler. Kann ich noch etwas für Sie tun? Ich dachte, es wäre alles gesagt.« Sachsler sah ihn neugierig an. Ein bisschen von oben herab, wie es Lehrer ab und zu gewohnheitsmäßig taten.

»Leider nicht.« Max näherte sich ihm, bis er vor dem Lehrerpult stehen blieb. »Ich müsste noch ein paar Dinge von Ihnen wissen.«

»Was denn, um Himmels willen?« Sachsler riss erstaunt die Augen auf.

Seine Stimme klang nicht mehr ganz so forsch wie bei der der Begrüßung. Wer genau hinhörte, konnte eine leichte Verunsicherung heraushören. Max hörte genau hin. Wie immer.

»Zum Beispiel würde ich gerne wissen, warum Sie mir verschwiegen haben, dass Sie mit ihren verstorbenen Kollegen Langner und Bockler, Herrn Stechert und Sabine Schüttauf im selben Volleyballverein waren.« Max stützte sich mit den Händen auf Sachslers Lehrerpult auf. Er fixierte ihn, wie die Schlange das Kaninchen.

»Hatte ich ganz vergessen. Ich hielt es wohl nicht für wichtig. Ist es denn wichtig?« Sachsler war die Ruhe selbst. Er schien sich sehr sicher zu fühlen.

»Nur insofern, als dass sie auch privaten Kontakt mit Ihren verstorbenen Kollegen hatten. Und insofern, als dass sie als Einziger näher an Sabine Schüttauf herankamen. Sehr zum Leidwesen der anderen Herren.«

»Sabine und ich … was … woher …?« Sachsler errötete. Er wich Max' durchdringendem Blick aus.

»Sie hatten ein Verhältnis mit ihr?«

»Nein.«

»Aber Sie kannten Sie näher als die anderen?«

»Kann man so auch nicht sagen.« Sachsler schüttelte den Kopf.

»Was war dann zwischen Ihnen? Wollen Sie es mir nicht verraten? Hatten Sie nun ein Verhältnis oder nicht?«

»Kein Verhältnis. Aber so was Ähnliches vielleicht.« Sachsler rutschte unruhig auf seinem Stuhl hin und her.

»Was heißt das?«

»Wir waren nicht zusammen, wenn Sie das meinen. Es war eher eine lockere Verbindung. Sehr locker. Ohne Besitzansprüche und so. Total harmlos.«

»Also gab es Sex nur im SM-Klub?«, legte Max noch einen drauf.

»Wie bitte?« Sachsler sprang empört auf. Er errötete

noch mehr. Sein Gesicht bekam die Farbe einer noch nicht ganz reifen Tomate. Die Frage schien ihn höchst peinlich zu berühren.

»Sie haben mich genau verstanden.« Max sah nicht so aus, als könne man im Moment auch nur im Geringsten mit ihm spaßen.

»Ach so … Sie meinen Sabines Sadomaso-Klub.« Sachsler lachte hölzern. »Na ja, sie hat mich ein-, zweimal dorthin mitgenommen.« Er sprach fast unhörbar leise, hüstelte verlegen, blickte sich andauernd um, wohl aus Angst, dass sie jemand belauschen könnte.

»Ein-, zweimal?« Max bedachte ihn mit einem forschenden Blick.

»Es kann auch ein paar Mal mehr gewesen sein.«

»Aha.« Schau nur, wie er sich windet, Raintaler. Wie ein Wurm am Haken. Der verschweigt bestimmt noch mehr. »Es war aber nicht so, dass sie Streit mit ihr hatten?«

»Nein. Niemals. Sabine und ich waren so etwas wie … beste Freunde. Wenn Sie verstehen, was ich meine.« Sachsler hatte begonnen, unruhig hinter seinem Pult hin- und herzulaufen.

»Nervös?«

»Nein. Ich brauche nur viel Bewegung. Sportlehrer.«

»Aha. Ich gebe mir alle Mühe, Sie zu verstehen, Herr Sachsler. Aber ich verstehe immer noch nicht, warum Sie mir das alles verschwiegen haben. Sie wissen, dass Sie sich damit verdächtig machen?«

»Sie meinen, ich soll … einem der Toten etwas angetan haben?« Sachsler blieb abrupt stehen. Er sah Max fragend an.

»Warum nicht. Wer einmal lügt, tut es auch zweimal.«

»Das können Sie sich ganz schnell wieder aus dem Kopf schlagen, Herr Raintaler.« Sachsler wurde laut. »Ich habe weder mit dem Tod von Sabine etwas zu tun noch mit dem der anderen beiden. Außerdem war ich bis gestern Abend in Dresden, wie Sie bereits wissen. Sie können gerne meine gesamte Verwandtschaft fragen.«

»Das werden wir. Keine Angst. Wo waren Sie heute Morgen zwischen acht und neun?«

»Hier. Wo sonst?«

»Kann das jemand bezeugen?«

»Wozu wollen Sie das überhaupt wissen? Wegen Sabine? Ich sage Ihnen doch, ich habe sie nicht umgebracht. Ich könnte niemanden umbringen. Ich bin Pazifist, verdammt noch mal.« Sachsler verlor immer mehr die Fassung. Er spuckte riesige Fontänen in den Raum, während er sprach.

»Kann es jemand bezeugen oder nicht?« Max ließ sich nicht aus der Ruhe bringen.

»Reicht Ihnen die gesamte 7a?«

»Na gut. Wir werden das überprüfen, Herr Sachsler.«

»Gerne. Tun Sie das, Herr Privatdetektiv.« Sachsler klang jetzt nur noch empört. Er ballte die Fäuste, zog seine Augen zu schmalen Schlitzen zusammen.

»Werden Sie in Zukunft alleine in den Sadomaso-Klub gehen?« Max grinste flüchtig. Ob meine Lehrer damals auch schon perverse Spielchen liebten?, fragte er sich. Wenn ja, hatten sie es auf jeden Fall wesentlich besser vertuscht als dieses seltene Exemplar hier. Seine kleine übergewichtige Französischlehrerin kam ihm in den Sinn. Schwer vorzustellen, dass sie, in Lack und Leder gekleidet, die Peitsche schwang. Sein Grinsen kam noch einmal zurück. Es wurde breiter.

»Wollen Sie mir das etwa verbieten, Herr Raintaler?«

»Nein. Das war's, Herr Sachsler.« Max nickte ihm knapp zu. »Wenn ich weitere Fragen habe, komme ich noch mal auf Sie zu. Auf jeden Fall werde ich Sie im Auge behalten.« Er drehte sich grußlos um und trat auf den Flur hinaus.

»Der reinste Polizeistaat«, rief ihm Sachsler hinterher. »Schlimmer als damals bei uns im Osten.«

Max schaute beim Physiksaal vorbei. Er hätte gerne noch einmal mit Klosteig gesprochen, wenn er schon hier war. Vielleicht hatte der verklemmte Mathematik- und Physiklehrer ihm bei der ersten Befragung auch so einiges verschwiegen, weil er meinte, es wäre nicht wichtig. Allerdings schien, außer ihm selbst und Sachsler, niemand mehr im Schulhaus zu sein. Egal, morgen war auch noch ein Tag.

Während er das Pasinger Gymnasium verließ, meinte er ab und an, Schritte hinter sich zu hören. Doch sobald er sich umdrehte, war niemand zu sehen.

# 25

»Servus, Max. Ich wollte mich aus dem Urlaub zurückmelden.« Josef war am Handy.

»Servus, Josef. Dann tu's halt.«

»Was?«

»Nix. Bloß Schmarrn.« Max lachte. »Wie war's auf dem schwarzen Kontinent, alte Fischhaut? Hast du einen Elefanten erlegt?«

»Nein. Es war eine Fotosafari. Habe ich dir doch gesagt.«

»Ach so, logisch.«

»Wie lief es hier?«

»Ich habe gerade einen saublöden Fall an der Backe. Mord, Selbstmord oder Unfall. Sehr verwirrend alles.« Max lehnte sich in seinem Schreibtischstuhl zurück.

»Hast du Lust, nachher im Biergarten bei einem Schluck zu entspannen? Ich brauche unbedingt ein bayerisches Bier. Habe schon Entzugserscheinungen.«

»Logisch. Ich wollte mich sowieso mit Franzi in unserem kleinen Biergarten in den Isarauen treffen. Wegen diesem saublöden Fall. Vielleicht kannst du uns dabei helfen. Um 20 Uhr sind wir dort.«

»Wunderbar, ich komme hin. Freue mich schon darauf, euch wiederzusehen. Auf den Fall natürlich auch.«

»Ich mich auch, Josef. Bis dann.«

Sie legten auf.

Max war nach seinem Schulbesuch am späten Nachmittag noch kurz bei Monika in ihrer kleinen Kneipe zum

Kaffeetrinken gewesen. Draußen im Wirtsgarten unter der großen Kastanie. Ihr genialer Espresso hatte ihm wie immer wunderbar geschmeckt. Er hatte ihr von seinen bisher erfolglosen Ermittlungen berichtet. Sie hatte ihn ermutigt dranzubleiben.

Danach war er hierher nach Hause gefahren und hatte damit begonnen, anhand der Akten, die er aus Stecherts Büro mitgenommen hatte, die Vergangenheit der Opfer auf Gemeinsamkeiten zu durchforsten.

Es läutete. Was war denn jetzt schon wieder los? Da wollte man einmal in Ruhe arbeiten und prompt störte andauernd jemand. Er erhob sich von seinem Schreibtisch, schlurfte leicht genervt zur Tür und machte auf.

Frau Bauer, seine nette ältere Nachbarin, stand davor. Normalerweise brachte sie etwas zu Essen, wenn Sie bei ihm klingelte. Seit dem Tod seiner Eltern und seiner Tante hatte sie sich in den Kopf gesetzt, sich um ihn kümmern zu müssen. Ein Mann, der ganz allein wohnte, konnte ihrer Meinung nach sicher nicht kochen. Ganz unrecht hatte sie damit auch nicht. Er nahm ihr Angebot deshalb nur allzu gerne an. Aber diesmal konnte er weit und breit weder einen Gulaschtopf noch ein Backblech mit Kuchen darauf entdecken. Was mochte sie wohl von ihm wollen?

»Hallo, Frau Bauer. Schön, Sie zu sehen.« Er lächelte freundlich.

»Grüß Gott, Herr Raintaler. Ich habe etwas für Sie.« Sie sprach so leise, dass er sie kaum verstehen konnte.

»Wieso flüstern Sie denn? Haben Sie sich erkältet?«

»Dringende Geheimsache«, zischte sie, ohne auf seine Fragen einzugehen.

Max sah sie nur verwirrt an.

»Hier.« Sie reichte ihm eine prall gefüllte Aktentasche.

»Was ist das?«

»Das hat vorhin einer von Herrn Wurmdoblers Leuten für Sie abgegeben. So ein großer bärtiger Schwarzhaariger in Uniform. Er hatte eine sehr tiefe Stimme.«

Max hatte wirklich große Mühe, sie zu verstehen. Dann ging ihm ein Licht auf. »Ach so, das sind sicher die Personalakten aus dem Kultusministerium«, platzte es aus ihm heraus. Er fasste sich dabei an die Stirn.

»Ich will es gar nicht wissen, Herr Raintaler. Am Ende bekomme ich nur Schwierigkeiten. Oder schlimmer, sie sind hinter mir her.« Sie schloss die Augen, hob die Hände zum Kopf und hielt sich die Ohren zu.

»Alles gut, Frau Bauer. Niemand ist hinter Ihnen her«, brüllte er, dass es im ganzen Treppenhaus widerhallte.

Sie öffnete die Augen wieder und sah ihn fragend an.

Er zog ihre Hände von ihren Ohren weg. »Alles gut. Eine völlig harmlose Sache, Frau Bauer«, erklärte er ihr anschließend in leiserem Tonfall. Sein Blick glich dabei dem eines Arztes, der einem Patienten erklärte, dass er lediglich einen Husten habe. Nichts weiter. Weder eine Lungenentzündung noch Krebs.

»Wirklich?« Kleine Spuren von Misstrauen verblieben in ihren wasserblauen Augen.

»Wirklich. Es sind nur einige Personalakten. Sie haben mit dem Fall zu tun, an dem ich gerade arbeite.«

»Aber wieso sagte der Uniformierte dann, es wären streng geheime Geheimakten?« Sie riss verwundert die Augen auf.

»Der hat sie, glaube ich, ein bisserl auf den Arm genommen.« Max musste grinsen.

»Darf der das denn, obwohl er bei der Polizei ist?« Sie schien ihm nicht so ganz zu glauben, was er da sagte.

»Eigentlich nicht. Aber Sie wissen ja, es gibt überall schwarze Schafe.« Max musste sich schwer zusammenreißen, nicht auf der Stelle laut loszulachen.

Ein echtes Unikum, die alte Frau Bauer. Er liebte sie fast schon wie eine Verwandte. Behörde und Spaß. Offenbar passte das in ihren Augen nicht zusammen. Seiner Meinung nach hatte sie damit prinzipiell gesehen vollkommen recht. Aber wie überall, bestätigten auch hier die Ausnahmen die Regel. Menschen wie der kleine, meist frohsinnige Hauptkommissar Wurmdobler zum Beispiel oder der bärtige Uniformierte, der Frau Bauer vorhin die Aktentasche übergeben hatte.

»Na gut, Herr Raintaler. Ich habe getan, was mir aufgetragen wurde. Jetzt geh ich wieder zu meinem Bertram rüber. Sie bringen gerade eine lustige Serie im Fernsehen.« Sie drehte sich um und strebte ihrer eigenen Haustür entgegen.

»Vielen Dank und Gruß an den Gemahl«, rief ihr Max hinterher. »Da bin ich jetzt aber mal gespannt«, murmelte er vor sich hin, während er an seinen kleinen Schreibtisch im Wohnzimmer zurückkehrte.

Nachdem er sämtliche Akten gründlich studiert hatte, zog er seine schwarze Lederjacke über sein T-Shirt mit der Aufschrift »Heiratsschwindler«, schlüpfte in seine Cowboystiefel und zog los, um Franz und Josef im Biergarten zu treffen. Es war bereits kurz vor acht. Höchste Zeit.

»Hier sind wir, Max!« Josef und Franz winkten ihm von ihrem kleinen Stammtisch gleich beim Eingang aus zu.

»Servus, Männer. Braucht jemand noch ein Bier?«, fragte er, sobald er vor ihnen stand.

»Meins ist auf jeden Fall gleich leer.« Franz hob seinen halb vollen Masskrug in die Höhe.

»Meins auch.« Josef, der ebenfalls noch einen guten halben Liter Bier im Glas hatte, grinste. »In Afrika gab es keins. Daher der unbändige Durst«, fügte er erklärend hinzu. »Jedenfalls kein gescheites.«

»Alles klar. Da fahr ich nicht in den Urlaub hin. Das ist ja wie auf Hawaii.« Max grinste ebenfalls.

»Bis aufs Bier war aber alles super. Klasse Hotels und fröhliche Menschen. Auch die, die wenig hatten, waren den ganzen Tag am Lachen und Grinsen.« Josef lachte, wie zum Beweis dafür, selbst, bis die fein säuberlich hochgezwirbelten Enden seines überlangen Schnurrbarts wie Autoantennen im Wind wackelten.

»Braun gebrannt wie ein Afrikaner bist du auf jeden Fall«, bemerkte Max weitergrinsend. »Das Wetter war also auch noch gut.«

»Braun wie ein Neger, hat man früher gesagt«, mischte sich Franz ein.

»Sagt man aber heute nicht mehr.« Max hob, immer noch grinsend, den Zeigefinger.

»Ich fand ›Neger‹ gar nicht so schlimm. Was ist schon dabei? Negerküsse haben wir alle als Kinder gemocht. Das ist doch dann keine Diskriminierung.« Franz zuckte die Achseln. »›Schwarzer‹ soll man heute auch nicht mehr sagen. Was bleibt denn da noch?«

»Afrikaner. Ganz einfach.«

»Und in Amerika?«

»Amerikaner.«

»Das könnte aber auch ein Weißer sein.«

»Oder ein Latino. Na und?«

»Alles bloß ein riesen Schmarrn. Die sollen sich alle mal nicht so anstellen.« Franz machte eine wegwerfende Geste. »Bei uns nennt man einen von der CSU doch auch einen Schwarzen. Beschwert sich da vielleicht einer?«

»Das Wetter war jedenfalls perfekt«, meinte Josef, den das Thema nicht im Geringsten zu interessieren schien. »Allerdings fast ein bisserl zu heiß. Manchmal hatten wir über 40 Grad im Schatten.«

»Nix für mich«, winkte Franz ab. »Ist mir außerdem viel zu weit. Mir reicht es schon, wenn ich mit meiner Ehefrau und Diätberaterin Sandra an den Starnberger See fahren muss.«

»Du meinst deine Aufsichtskraft daheim?« Max lachte.

»Genau die.« Franz lachte ebenfalls.

»Also drei Bier insgesamt. Ich bin gleich zurück.«

Max entfernte sich in Richtung Schenke. Gott sei Dank. Das gute Wetter hielt an. Die Temperaturen zeigten sich frühsommerlich angenehm. Nicht weiter verwunderlich, dass nahezu alle Plätze in der kleinen Bier-Oase unter den ausladenden Kastanien von Menschen jeder Couleur besetzt waren.

»Ich habe mir gerade die Akten der Lehrer am Pasinger Gymnasium angeschaut«, berichtete Max, nachdem er mit drei gut gefüllten Masskrügen bei ihnen am Tisch zurück war.

»Äh, wie?« Josef schaute verwirrt zu ihm hinüber. Er wischte ein rosafarbenes Blütenblatt von seinem weißen Sommersakko. Es musste von dem riesigen Baum über ihnen heruntergefallen sein.

»Erkläre ich dir gleich genauer, Josef. Es geht um drei tödlich verunglückte Lehrer, die vielleicht gar nicht verunglückt sind.«

»Euer neuer Fall?«

Max und Franz nickten gleichzeitig.

»Jedenfalls entdeckte ich etwas Merkwürdiges in diesen Akten«, fuhr Max an Franz gewandt fort. »Alle drei Toten sowie der momentane stellvertretende Direktor, Stechert, arbeiteten bis vor drei Jahren gemeinsam am Gymnasium in der Au.«

»Ja und?«, erwiderte Franz. »So was kommt vor, Lehrer werden versetzt. Ich kann daran nichts Verdächtiges erkennen.«

»Na ja, stimmt schon«, gab Max zu. »Aber merkwürdig ist das schon. Alle an einer Schule. Damals schon. Habt ihr denn inzwischen mehr auf den Videos herausgefunden oder andere Spuren?«

»Leider nicht.« Franz blickte bedauernd in die Runde. Er knöpfte die grüne Wollweste auf, die er über seinem weißen Baumwollhemd trug. »Aber wir bleiben dran.«

»Darf man fragen, um was es geht?« Josef schaute neugierig von einem zum anderen.

»Logisch. Pass auf.« Max gab den beiden eine ausführliche Zusammenfassung der Ereignisse. Dabei teilte er ihnen auch seine bisherigen persönlichen Schlüsse und Vermutungen mit.

»Schau dir lieber diesen Sachsler noch mal genauer an.«, schlug Franz vor, nachdem Max fertig war. »Er kannte wie Stechert alle drei Opfer. Aber er hatte auch etwas mit Sabine Schüttauf im Sexklub. Ehrgeizig ist oder war er obendrein, wie du sagst. So einer geht schon mal über Leichen.«

»Mach ich.« Max nickte.

»Diese Regina Lechner scheint mir ebenfalls nicht gerade ein Unschuldslamm zu sein, nach allem, was du über sie erzählt hast. Sie schwärzt die anderen an. Sieht ganz so aus, als hätte sie etwas zu verbergen oder wollte von etwas ablenken. Vielleicht von sich selbst?«

»Das machen dort alle. Die anderen anschwärzen, meine ich. Ein Arbeitsklima! Unvorstellbar.« Max schüttelte den Kopf.

»Pass auf, dass dir nicht schwindlig wird.« Franz machte ein ernstes Gesicht.

»Was?«

»Einmal nicken, dann wieder Kopf schütteln. Da hat sich schon mancher das Genick verrissen.«

Alle drei lachten herzhaft.

»Trotzdem würde ich diese Lechner genauer beleuchten«, fuhr Franz anschließend fort. »Sie hat versucht, Stechert hinzuhängen. Den Vater von diesem Karl Weber solltest du dir auch vornehmen.«

»Mach ich. Wobei das mit der Lechner bestimmt schwierig wird. Sie gibt sich so, als hätte sie nie im Leben auch nur einen einzigen Fehler gemacht.«

»Sehr verdächtig«, wusste Franz.

»Findest du?«

»Allerdings. Jeder macht Fehler.«

»Stimmt. Und jeder lügt.«

»Eben. Nichts wie ran an die Dame.« Franz zündete sich eine Zigarette an. Er zog kräftig daran. Prompt wurde er dafür von einem lang anhaltenden heftigen Hustenanfall heimgesucht.

»Aber vielleicht pinkelten die drei Toten auch diesem

Sachsler irgendwie gemeinsam ans Bein und er hat sich nun dafür gerächt«, warf Josef derweil ein.

»Dann ist Stechert unter Umständen der Nächste«, meinte Max nachdenklich grinsend. Er war gleichzeitig amüsiert und begeistert davon, wie professionell sich sein Mannschaftskollege beim FC Kneipenluft einbrachte. Herrschaftszeiten, wirklich ein echtes kriminalistisches Talent unser Torwart, dachte er. Scheint so, als wären wir nicht nur beim Fußball ein gutes Team.

»Warum?« Franz bekam inzwischen wieder genug Luft, um weiterzureden.

»Weil es naheliegt«, wusste Max. »Schließlich war er bis Montag mit Sachsler und den drei Opfern im selben Volleyballverein. Außerdem ist und war Stechert ein Kollege der anderen.«

»Stimmt.« Franz nickte. »Guter Einwand, Josef.«

»Find ich auch«, stimmte Max zu.

»Danke.« Josef grinste stolz. Dann stand er auf und eilte zur Toilette.

»Kaum ist einer zwei Wochen in Afrika, schon verträgt er kein Bier mehr«, spottete Franz derweil.

»Vertragen tut er es schon«, widersprach Max. »Aber so wie es ausschaut, hat er dort unten seine Konfirmandenblase zurückbekommen.«

Beide lachten.

»Wir sollten Stechert auf jeden Fall warnen.« Franz hob seinen Masskrug. Sein Mund war total trocken vom vielen Reden und Husten.

»Mach ich gleich morgen.« Max hob ebenfalls sein Glas.

»Prost.«

»Prost.«

»Den Vater von diesem Karl Weber werde ich mir morgen als Ersten vornehmen«, fuhr Max fort, nachdem sie ihre Krüge wieder auf dem Tisch abgestellt hatten.

»Und die Rocker, diese *Bad Haters*?«

»Könnte man natürlich auch verhören. Charlie heißt der Typ, mit dem Karl Weber befreundet ist.«

»Weißt du, wo er wohnt?«

»Nein.«

»Hat er keinen Nachnamen?« Franz zog fragend die Brauen hoch.

»Keinen, den ich kenne.«

»Müsste doch rauszukriegen sein.«

»Logisch. Gib den Typen halt mal bei euch in den Computer ein.« Als Max das sagte, wusste er noch nicht, dass ihnen die Mühe, Charlies vollständigen Namen und seine Adresse herauszufinden, schon bald abgenommen werden sollte.

## 26

Zehn kräftig gebaute Männer in Lederjacken standen wie aus dem Nichts finster dreinblickend um ihren Tisch herum. Weder Max noch Franz oder Josef, der längst von der Toilette zurück war, hatten sie kommen hören.

»Lass meine Freunde in Ruhe, Alter«, forderte der Kräftigste von ihnen Max unmissverständlich auf. Der Ton, den er dabei anschlug, war alles andere als freundlich. Er schien der Anführer der Gang zu sein.

»Bei uns sagt man erst mal Grüß Gott, bevor man loslegt. Welche Freunde? Wer sind Sie überhaupt?« Max wusste im ersten Moment gar nicht recht, wie ihm geschah. Was wollten die Kerle bloß?

»Das weißt du ganz genau.«

»Wie kommst du darauf?«

»Weil du an Karls Schule warst.«

»Und was ist, wenn ich deine Freunde nicht in Ruhe lasse?« Herr im Himmel, Moment mal. Das muss dieser Rocker Charlie sein, den Karl Weber heute Nachmittag erwähnt hat, dämmerte es Max. Logisch. Auf dem Button an seiner Lederjacke stand es ja groß und breit: »Munich Chapter – *Bad Haters*«.

»Das willst du nicht wissen.« Der dunkelhaarige Rockerboss mit dem schmalen Oberlippenbart schnappte sich Max' Mass. Er schüttete das restliche Bier darin provozierend langsam auf den Boden.

»Sind Sie Charlie?« Max zeigte sich unbeeindruckt. Er wollte es jetzt genau wissen. Hatte Karl die Burschen etwa damit beauftragt, ihn einzuschüchtern? Wenn ja, war er dümmer, als er aussah. Es musste doch selbst einem 17-Jährigen klar sein, dass er damit samt seinem Vater an die erste Stelle der Verdächtigen im Fall der toten Lehrer rückte. Immerhin gab es heutzutage genug beispielhafte Thriller und Krimis im Fernsehen, in denen genau gezeigt wurde, wie man sich verdächtig machte oder nicht.

»Mein Name tut nichts zur Sache.«

»Sind Sie's oder nicht?«, beharrte Max.

»Und wenn?«

»Dann hätte ich einige Fragen an Sie.«

»Welche zum Beispiel?«

»Zum Beispiel, ob Ihnen die Namen Sebastian Langner und Gerhard Bockler etwas sagen? Oder Sabine Schüttauf?«

»Die ersten beiden habe ich schon mal gehört«, gab Charlie unumwunden zu. »Die Frau sagt mir nichts.«

»Sebastian Langner und Gerhard Bockler waren Lehrer von Karl Weber, den Sie ja gut kennen.«

»Na und? Wie geht's weiter?«

»Sie sind alle drei tot.« Max fixierte ihn mit einem durchdringenden Blick.

»Umso besser.« Charlies Miene war keinerlei Gefühlsregung anzusehen. »Wer braucht schon Lehrer? Sind eh bloß Wichser.«

»Wo waren Sie Montagabend zwischen 17 Uhr und 18 Uhr und gestern und heute früh?«, fragte Max weiter.

»Das geht dich einen Scheißdreck an.«

»Sagen Sie es mir lieber. Es gab drei Morde an Lehrern, und Sie gehören zu den Tatverdächtigen. Wenn Sie ein Alibi haben, müssen Sie nichts befürchten.« Max behauptete einfach mal, dass es wirklich Morde waren. Wissen konnte er das natürlich genauso wenig wie Franz. Ab und zu musste man jedoch auch mal einen Pfeil auf Verdacht abschießen. Gelegentlich traf er sogar ins Schwarze. Spätestens dann wäre es ein Fehler gewesen, es nicht getan zu haben.

»Ich muss so oder so nichts von dir Kaschperl befürchten. Du bist bloß ein billiger Privatdetektiv.«

»Woher wollen Sie das wissen?« Also hat ihn doch jemand geschickt. Es kann nur Karl Weber gewesen sein. Na warte, Bürscherl. Damit kommst du mir nicht davon.

»Geht dich nichts an. Was meinst du überhaupt mit ›Morde‹?«

»Sagte ich doch bereits. Karls Lehrer, sein Direktor und eine weitere Lehrerin mussten dran glauben. Also, wo waren Sie?«

»Habt ihr das gehört, Jungs?«, wandte sich Charlie mit dröhnender Stimme an seine Gangmitglieder. »Er will wissen, wo ich Montagabend und gestern und heute früh war. Sollen wir ihm sagen, wo wir waren?«

»Logisch, Boss«, erwiderte der lang gewachsene Blonde gleich neben ihm. Er öffnete seinen zahnlosen Mund zu einem grimmigen Lächeln. Die anderen nickten zustimmend.

»Also gut, Bulle. Wir waren bis vorhin in Österreich, unser Chapter dort besuchen. Seit Samstag. Frag doch die Bewohner von Graz. Die dürften sich sehr gut an uns und unsere Maschinen erinnern. Was, Jungs?«

»Logisch, Boss.« Lautes grölendes Gelächter wie von einer Piratenbande.

»Also, Botschaft angekommen? Lasst unsere Freunde in Ruhe. Sonst bekommt ihr mehr Ärger, als euch lieb ist.« Charlie ließ seinen Blick über die drei Freunde am Tisch schweifen.

Er schnappte sich nun auch noch Josefs Masskrug, nachdem er Max' ausgeleerten zuvor auf den Tisch zurückgestellt hatte.

»Hey, jetzt reicht's aber, Burschen«, beschwerte sich Franz, der bisher, ohne ein Wort zu verlieren, geduldig zugehört hatte. »In der Lederjacke um uns herumstehen und wilde Drohungen aussprechen, das ist eine Sache. Aber Bier ausschütten, da hört der Spaß auf. Das ist kulturlos. Hamma uns?« Er sprang zutiefst empört auf.

»Halt's Maul, fetter Zwerg!«, befahl ihm Charlie.

»Halt du lieber deins, Burschi.« Dass Franz sich generell nichts befehlen ließ, konnte Charlie natürlich nicht wissen. Der kleine Hauptkommissar zog seinen Dienstausweis aus der Tasche und hielt ihn dem siegessicheren Rockerboss vor die Nase. »Sonst unterhalten wir uns gleich auf dem Revier weiter. Ist dir das lieber?«

»Leck mich doch, Drecksbulle.« Charlie spukte ihm direkt vor die Füße.

»Hey, langsam.« Josef stand ebenfalls von seinem Platz auf. »So redet man nicht mit Erwachsenen.«

»Setz dich wieder, Arschloch. Von dir will keiner was. Schneid dir lieber deinen langen Schnurrbart ab. Schaut voll scheiße aus.«

»Schluss jetzt!« Max' Stimme schnitt wie ein eisiger Nordwind durch die Luft. Auch er stellte sich hin. »Haut endlich ab. Oder wollt ihr gleich in den Knast?«

»Das ist uns sozusagen scheißegal. Stimmt's, Jungs?« Zustimmendes Gemurmel der anderen.

Charlie machte aus heiterem Himmel einen Schritt auf Max zu und holte zum Schlag aus. Doch der kam ihm zuvor. Er traf ihn mit der Fast genau an dem empfindlichen Punkt am Kinn, an dem die meisten Nerven zusammenlaufen. Hart, knapp, direkt. Berufsboxer fürchteten nichts mehr als einen kräftigen Treffer dorthin. Meist endete das nämlich mit einem sofortigen K. o. So geschah es auch jetzt. Charlie kippte nach hinten um, wie von der Axt gefällt.

»Nehmt euren albernen Boss und haut endlich ab«, rief Max dem Rest der Bande zu. »Sonst sind in drei Minuten 100 Beamte in Uniform hier, die euch in Handschellen mitnehmen.«

Keiner von ihnen rührte sich vom Fleck. Sie blickten sich unschlüssig an.

»Wird's bald?« Max trat näher an sie heran. Er nahm erneut die tausendfach in der Polizeisporthalle geübte und in der Praxis erprobte Grundstellung eines Karatekämpfers mit dem schwarzen Gürtel ein.

»Alles klar, Chef«, meldete sich ein untersetzter Vollbärtiger mit kleinen Schweinsaugen zu Wort. »Für heute habt ihr gewonnen.« Er wandte sich an seine Kumpane: »Hebt Charlie auf. Wir hauen ab.«

Sie zogen ihren kampfunfähigen Boss zu mehreren vom Boden hoch, stellten ihn hin, packten ihn von links und rechts und entfernten sich so schnell wie möglich mit ihm.

»Woher wussten die bloß, wie ich aussehe und wer ich bin?« fragte Max seine Freunde, nachdem die *Bad Haters* verschwunden waren.

»Vielleicht ist dir dieser Charlie von der Schule aus gefolgt.« Franz zündete sich auf den überstandenen Schreck hin erst einmal eine Zigarette an. Natürlich musste er gleich nach dem ersten Zug erneut husten.

»Kann sein. Ich hatte eh das Gefühl, dass mir jemand folgt, als ich dort wegging.« Max trank einen großen Schluck aus Franz' Masskrug. Sein eigenes Bier war ja leider inzwischen längst in dem grauen Kiesboden zu ihren Füßen versickert.

»Aber woher wusste er, dass du Privatdetektiv bist?«, wandte Josef ein. »Es steht nicht auf deine Stirn tätowiert.«

»Er muss mich belauscht haben, als ich Sachsler im Chemiesaal verhörte.«

»Reicht nicht. Er sagte doch, dass du seine Freunde nicht in Ruhe lässt? Damit kann er nur diesen Karl Weber gemeint haben.«

»Sehr gut nachgedacht, Watson.« Max nickte grinsend. »Also hat Karl Weber Charlie beauftragt, mich einzuschüchtern. Daran habe ich vorhin auch schon gedacht.«

»Karl Weber hat ihn bestimmt angerufen, nachdem du ihn im Zimmer des Direktors fertig verhört hattest.«

»Genau. Auf dem Weg in sein Klassenzimmer. Dann kam dieser Charlie an die Schule und hat mich abgepasst, als ich dort wegging.«

»Und er ist dir bis hierher gefolgt. Anders geht es nicht. Dann weiß er wohl auch, wo du wohnst.« Josef machte ein ernstes Gesicht.

»Verdammte Scheiße, stimmt. Warum tut Karl bloß so etwas?«

»Vielleicht hat er Angst, dass du etwas über ihn herausfindest, was du nicht herausfinden sollst.«

»Schon. Aber er ist kein Mörder. Die sehen anders aus.«

»Jeder kann zum Mörder werden«, wusste Josef. »Das hast du mir jedenfalls mal gesagt. Schon vergessen?«

»Nein.« Max schüttelte den Kopf.

»Außerdem müssen es nicht unbedingt die Morde an den Lehrern sein, die Karl vertuschen will. Vielleicht dealt er mit Drogen oder hat sonst irgendwie Dreck am

Stecken. Oder er deckt jemanden, der die Morde begangen oder in Auftrag gegeben hat. Seinen Vater vielleicht. Wenn es denn überhaupt Morde waren.«

»Hast recht, Watson. Na warte. Den Burschen nehme ich mir auf jeden Fall gleich morgen früh noch mal gründlich vor. Mitsamt seinem Vater.« Max trank erneut von Franz' Bier.

»Soll ich dir eine neue Mass holen?«, erbot sich Franz.

»Würdest du das für mich tun?« Max sah seinen Freund erstaunt an. Der sonst immer fußkranke Franz ging freiwillig Bier holen? Da stimmte doch etwas nicht.

»Logisch. Wenn ich meine dafür selbst austrinken darf.«

»Ach so. Okay, sorry. Danke, Franzi.« Max grinste. Er stellte Franz' Krug auf den Tisch zurück. Ach du Schande, fiel es ihm gleichzeitig siedend heiß ein. Ich wollte mir doch noch Agnes' Nachbarn vornehmen. Zu spät für heute. Egal. Der Kerl wird mir schon nicht davonlaufen oder nach Griechenland auswandern. Morgen ist auch noch ein Tag.

»Beleidigt dieser hirnlose Sack doch glatt meinen schönen Schnurrbart«, beschwerte sich Josef. Er war immer noch aufgebracht. »Ich hätte ihm eine saubere Watschn verpassen sollen.«

»Der hatte auch so schon genug. Max sei Dank!« Franz stapfte eilig durch den grauen Kies zur Schenke hinüber.

»Bestimmt hat Franzi eine Heidenangst, dass von seinem Bier nichts mehr da ist, wenn er zurückkommt.« Josef grinste breit.

»Zu Recht.« Max nahm den inzwischen bereits halb leeren Krug seines kleinen glatzköpfigen Freundes und Exkollegen bei der Kripo erneut zur Hand und trank den nächsten großen Schluck daraus.

## 27

Wenn die anderen längst schliefen, kam der Mann an sein Bett und nahm ihn mit in sein Zimmer. Dort musste er sich dann nackt zu ihm auf die Couch legen und tun, was er ihm befahl. So lange, bis der Mann nicht mehr wollte. Danach bekam er jedes Mal eine Tüte Gummibärchen von ihm. Eine Tüte Gummibärchen! Gegen die andauernde Angst und den unendlichen Ekel hätten auch 1.000 Tüten nichts genützt.

Er hatte es wie die Pest gehasst, das tun zu müssen, und er hasste sich bis heute selbst dafür. Aber wenn er sich gewehrt hätte, hätte ihn der Mann in den Jugendarrest gebracht. Zumindest hatte er ihm das immer wieder angedroht, sobald er ihm nicht sofort gehorchen wollte. Die anderen im Zimmer hatten ihm erzählt, dass der Jugendarrest die reine Hölle sei. Vor allem wenn man erst 15 sei, wie er. Da würden ihn zehn Größere gleichzeitig vergewaltigen. Dagegen sei das Leben hier in der Wohngruppe das reinste Paradies. Er solle lieber tun, was von ihm verlangt wurde, möglichst wenig auffallen und die Schnauze halten.

Kurz nach Weihnachten, mitten im Winter wurde ihm einmal schlecht, gleich nachdem der Mann fertig war. Er hatte sich auf den Fußboden erbrochen. Der Mann hatte daraufhin seinen breiten Ledergürtel aus den Schlaufen seiner Jeans gezogen und ihn brutal damit geschlagen. Immer wieder. So lange, bis sein ganzer Körper von blutigen Striemen übersät war.

Danach hatte der Mann das Fenster weit geöffnet, hatte ihn halb ohnmächtig und nackt auf dem eiskalten Fußboden liegen gelassen und den Raum verlassen. Unter größten Anstrengungen war er eine Stunde später zu seinen Kameraden zurückgekrochen und hatte sich in sein Bett gelegt.

## 28

»Der Stechert war es schon mal nicht. Der ist vorhin selbst vor eine U-Bahn gestürzt«, meinte Franz.

Er hatte Max gerade geweckt, indem er dreimal hintereinander bei ihm angerufen hatte. Beim dritten Anruf hatte er es dann so lange klingeln lassen, bis der blonde Exkommissar endlich rangegangen war.

»Ach, du Scheiße.« Max, der gestern dummerweise vergessen hatte, seinen Anrufbeantworter einzuschalten, damit ihn niemand wecken konnte, stöhnte geschockt und genervt auf. »Das gibt es doch gar nicht.«

»Also los. Wer anderen das Bier wegsaufen kann, kann auch arbeiten.«

»Du bist so was von nachtragend, Franzi.« Max stöhnte erneut. Diesmal vor Kopfschmerzen. Herrschaftszeiten, Brainstorming im Biergarten konnte ganz schön anstrengend sein. Vor allem, wenn die Gehirnwindungen dabei mit Alkohol geölt wurden, damit sie noch besser funktionierten. »Und undankbar bist du auch. Wer hat denn diesen Charlie außer Gefecht gesetzt? Außerdem habe ich mir das Bier aus deinem Masskrug bloß geliehen. Du bekommst es zurück.«

»Da bin ich aber froh. Hoffentlich in einem eigenen Glas. Und hoffentlich ist es auch frisches Bier.«

»Was denn sonst, Depp? Zufall ist das jetzt jedenfalls ganz sicher nicht mehr.«

»Was? Die toten Lehrer? Nein. Schaut nicht so aus.«

»Bleiben nur unsere zwei ursprünglichen Theorien: Verabredeter Selbstmord oder Mord. Was sagen die Überwachungsvideos diesmal?«

»Bis jetzt noch nichts.«

»Mist. Ich schätze mal, dass es doch Sachsler war. Er muss es irgendwie hinbekommen haben, dass die Kameras ihn nicht aufnehmen konnten. Aber wie hat er das bloß gemacht?« Max setzte sich langsam in seinem Bett auf.

»Und sein Motiv?«

»Er hat seine Konkurrenten aus dem Weg geräumt und seine Herzensdame Sabine Schüttauf gleich dazu.

Wahrscheinlich aus lauter Hass und Wut. Eine typische Eifersuchtstat, würde ich sagen. Ich wollte Stechert noch warnen. Hätte ich es doch gleich gestern getan.«

Wäre Franz vor Max' Bett gestanden, hätte der deutlich gesehen, wie aufgewühlt und zerknirscht der blonde Exkommissar Raintaler gerade mit sich selbst haderte.

»Dazu hättest du vor viertel nach sieben wach sein müssen. Jetzt ist es acht.«

»Seitdem ist er tot? Wo bist du?«

»Seit halb acht hier unter dem Hauptbahnhof.«

»Bist du dorthin geflogen?«

»Nein. Ich war gerade sowieso auf dem Weg zur Arbeit. Ich wache in letzter Zeit immer so früh auf, wenn ich was getrunken habe. Dann kann ich auch gleich arbeiten gehen.«

»Stimmt. Geht mir ähnlich.«

»Merkt man.«

»Manchmal zumindest.« Max musste grinsen.

»Logisch.«

»Vier Tote Lehrer. Drei davon von derselben Schule. Das gefällt mir alles gar nicht.« Max schüttelte langsam den Kopf.

»Mir auch nicht. Aber darum geht es nicht.«

»Ach, echt?«

»Ja.«

»Hoffentlich finden deine Leute bald etwas Brauchbares auf den Videos. Sonst können wir den Fall ungelöst zu den Akten legen. Da nützen auch meine ganzen Verdächtigen nichts.«

»Aber vorher verhören wir noch ein paar von ihnen. Vielleicht gesteht ja doch noch einer.«

»Auf jeden Fall. Hast recht, Franzi. So schnell geben wir natürlich nicht auf. Sorry, ich bin einfach noch nicht ganz wach.«

»Ich muss gleich aufs Revier zurück. Geh du zu Karl Webers Vater und dann ans Pasinger Gymnasium. Nimm dir dort vor allem den Sachsler noch mal vor. Ich schicke dir auch Verstärkung, wenn du willst.«

»Alles klar.« Max nickte, obwohl Franz das natürlich nicht sehen konnte.

»Kümmere dich bitte auch noch mal um die anderen Verdächtigen wie die Lechner und diesen Karl Weber. Alles möglichst bald, bitte. Ich bekomme gerade einen Mörderdruck von ganz oben.«

»Alles klar, Franzi. Hast du die Adresse von Karls Vater für mich?«

»Ruf im Büro an. Die helfen dir weiter.«

»Okay.«

»Bitte beeil dich, Max. Das ist alles überhaupt nicht mehr lustig. Es rollen bestimmt bald einige Köpfe hier bei uns.« Franz hörte sich ängstlich an.

»Hoffentlich nicht deiner. Obwohl er bestimmt gut rollen würde. So ganz ohne Haare und kugelrund, wie er ist.«

»Sehr witzig.« Franz hörte sich nur selten humorlos an. Diesmal tat er es. Zweifellos.

»Ist ja gut. Ich mach mich sofort auf den Weg.«

»Gut, bis später.«

»Servus.« Da schau her, der Wurmdobler in vollem Einsatz und das auch noch in aller Herrgottsfrühe. Der Druck, der von oben kam, musste immens sein. Wahrscheinlich hatten sie ihm mit seinem Rausschmiss gedroht. So wie Max damals, als er in den vorgezogenen Ruhestand gehen musste. Aber das war eine andere Geschichte.

Er rief in Franz' Büro an und ließ sich vom Diensthabenden die Adresse von Karl Webers Vater geben. Dann stand er auf, duschte so lange, bis er wieder einigermaßen klar im Kopf war und zog sich an. Schwarze Jeans, weißes T-Shirt, Cowboystiefel, schwarze Lederjacke.

Eine gute Stunde später erreichte er das Haus des Architekten in Unterschleißheim. Er parkte direkt davor. Nachdem er seinen neuen Renault Kangoo abgesperrt hatte, eilte er zur Haustür.

»Herr Weber?«, fragte er den fast zwei Meter großen, blonden Hünen, der ihm auf sein Klingeln hin geöffnet hatte.

»Wer will das wissen?«, kam es in zweifacher Hinsicht von oben herab zurück.

»Max Raintaler ist mein Name. Ich arbeite als Berater für die Kripo in München und hätte einige Fragen an Sie in Zusammenhang mit diversen Todesfällen.« Max zeigte ihm seinen Detektivausweis. Der kann es eigentlich nicht gewesen sein, sagte er sich. So groß, wie er ist, wäre er auf den Videos der Überwachungskameras nicht zu übersehen gewesen.

»Todesfälle?« Weber gab sich überrascht. »Meinen Sie etwa die verunglückten Lehrer meines Sohnes?«

»Ja. Diese und mehr.« Alle Achtung, dachte Max. Wenn er lügt, dann macht er das bisher absolut perfekt.

»Na gut. Kommen Sie rein.« Weber trat zur Seite, um Max an sich vorbeizulassen.

»Vorweg muss ich Sie fragen, wo sie am Montag zwischen 17 und 18 Uhr waren, und wo am Dienstag, gestern und heute in der Früh zwischen sieben und neun«, begann Max, während sie sich in die großzügige Couchgarnitur aus schwarzem Nappaleder im generell schwarz und weiß eingerichteten Wohnzimmer der Webers setzten.

»Montag. Moment. Da muss ich kurz in meinem Organizer nachschauen.« Weber erhob sich wieder und trat an den kleinen Schreibtisch mit dem Notebook darauf, der gleich rechts neben der Tür stand. Er schaltete den Computer ein. »Wann genau sagten Sie noch mal war das?«

»Montag zwischen 17 und 18 Uhr, und am Dienstag, gestern und heute in der Früh zwischen sieben und neun«, wiederholte Max.

»Also, am Montag war ich um 17 Uhr mit einem Kunden hier in Unterschleißheim beim Essen«, las Weber vor. »Der Rest ist einfach«, fuhr er ohne zu lesen fort. »Vorgestern bis heute in der Früh war ich wie immer ab halb sieben im Büro. Ich bin Frühaufsteher.«

»Der frühe Vogel fängt den Wurm.« Max musste grinsen. Er hätte heute Morgen um halb sieben höchstens eine Schnecke gefangen. Und das auch bloß, wenn sie sehr groß gewesen wäre, neben seinem Bett geschlafen und deshalb absolut still gehalten hätte. »Kann das jemand bezeugen?«

»Sicher.« Weber nickte. »Das mit dem Essen kann mein Kunde bezeugen. Für die anderen Tage dürfen Sie gerne meine Assistentin fragen.«

»Steht die auch so früh auf?«

»Sicher.« Weber nickte erneut.

»Warum sind Sie dann noch hier?«

»Wie bitte?« Weber sah ihn verständnislos an.

»Sie sagten, Sie wären seit halb sieben in Ihrem Büro.« Max blickte ebenso verständnislos zurück.

»Ach so, jetzt fällt der Groschen.« Weber lächelte flüchtig. »Mein Büro ist hier, im ersten Stock.«

»Verstehe«, meinte Max. »Und Ihre Assistentin ist auch hier?«

»Sicher.«

»Würden Sie sie kurz herunterrufen?«

»Sie hat gerade jede Menge zu tun.«

»Sollen wir Sie lieber ins Revier bestellen? Das dauert ganz bestimmt noch länger.« Max machte ein unbeteiligtes Gesicht.

»Na gut. Moment.«

Weber telefonierte mit seiner Assistentin, die kurz darauf bei ihnen im Zimmer stand. Sie bestätigte seine Aussage mit einem professionell freundlichen Lächeln. Dann kehrte sie unverzüglich an ihre Arbeit zurück.

Gut gedrillt, dachte Max.

»Was kann ich sonst noch für Sie tun, Herr Raintaler?« Weber schaltete sein Notebook aus. Er setzte sich wieder zu ihm.

»Kennen Sie einen gewissen Charlie? Motorradfahrer?«

»Warum sollte ich?« Weber runzelte irritiert die Stirn.

»Er scheint ein Freund Ihres Sohnes zu sein.«

»Die Freunde meines Sohnes interessieren mich nicht. In seiner Freizeit darf er machen, was er will. Schließlich ist er kein kleines Kind mehr.«

»Aber seine schulische Karriere interessiert Sie schon?«

Aha. Karl durfte in seiner Freizeit machen, was er wollte. So war man also als erfolgreicher Architekt für seinen Sohn da. Warum gab Weber nicht geradeheraus zu, dass er schlicht keine Zeit und offenbar auch keine große Lust hatte, sich um ihn zu kümmern? Trotzdem verlangte er gute Leistungen an der Schule von ihm. Komischer Vogel.

»Natürlich. Er muss meine Firma eines Tage weiterführen. Da ist ein Architekturstudium unerlässlich.« Weber errötete unmerklich. Dieses Thema schien ihn emotional weitaus mehr zu beschäftigen als der Tod der Lehrer seines Sohnes. »Deshalb ist es auch wichtig, dass er sein Abi schafft. Sehr wichtig.«

»Wichtiger als das Leben seiner Lehrer?«

»Wie meinen Sie das?«

»So, wie ich es sage.« Max setzte ein undurchdringliches Gesicht auf.

»Natürlich nicht. Das ist doch Quatsch, Herr Raintaler.«

»Sie hatten also keinen Streit mit Herrn Langner und Herrn Bockler?«

»Doch. Sie haben Karl ungerecht behandelt und wollten sich durch nichts davon abbringen lassen.«

»Und weil das so war, haben Sie die beiden vor die U-Bahn gestoßen.« Max provozierte den selbstsicheren Architekten natürlich absichtlich. Oft genug gaben Verdächtige erst dann etwas zu, wenn sie emotional außer Kontrolle gerieten.

»Schwachsinn! Ich ermorde die Leute, mit denen ich streite, für gewöhnlich nicht gleich.«

»Sicher nicht? Sie schauen aber so aus«, provozierte Max weiter.

»Blödsinn.«

»Manches sieht zuerst wie Blödsinn aus, ist aber am Ende ganz anders! Haben Sie Frau Sabine Schüttauf und Herrn Stechert ebenfalls vor die U-Bahn geschubst?«

»Die beiden kenne ich gar nicht.«

»Ist das wirklich so?«

»Langsam, Herr Kripoberater. Das ist alles nichts weiter als ein einziger hanebüchener Schmarrn, was Sie mir da gerade andichten wollen, guter Mann.« Weber ließ seine selbstsichere Maske fallen. Er sprang erregt auf. »Sie haben meine Assistentin doch gerade gehört. Ich war zu allen Tatzeitpunkten hier und am Montag beim Essen. Wie hätte ich gleichzeitig in München in der U-Bahn sein können?«

»Keine Ahnung.« Max zuckte die Achseln. »Vielleicht lügt Ihre Assistentin. Oder vielleicht haben Sie auch nur den Auftrag für den Mord an den Lehrern gegeben. Ist es etwa nicht wahr, dass Sie Herrn Langner und Herrn Bockler lautstark mit ›schwerwiegenden Konsequenzen‹ drohten, als Sie das letzte Mal an der Schule waren?«

»Wer sagt das? Ich denke, die beiden sind tot.«

»Es gibt Zeugen.«

»Na schön, Herrgott noch mal. Es ist wahr«, gab Weber zähneknirschend zu. »Das sagt man halt so, wenn man wütend ist.«

»So, so, tut man das?«

»Ja.« Weber nickte. »Bei mir war es jedenfalls so. Aber ich meinte das Ganze eher karrieretechnisch gesehen.«

»Wie? Wollten Sie etwa für die Entlassung der beiden sorgen?« Herrschaftszeiten, heutzutage schien wirklich bald jeder jedem am Zeug flicken zu wollen.

»Nicht unbedingt. Aber ich wollte ihr ungerechtes Verhalten auf jeden Fall bei den zuständigen Stellen melden, damit sie einen Denkzettel verpasst bekommen. Habe ich übrigens längst getan.«

»Mit Erfolg?«

»Bis jetzt nicht.« Immer noch sichtlich aufgebracht, setzte sich Weber wieder. »Sonst noch etwas, Herr Kriminalist?«,

»Nein, Herr Architekt.« Max erhob sich. »Das war's. Einen schönen Tag noch. Ich finde alleine raus.« Er nickte Weber knapp zu. Dann drehte er sich um und ging geradewegs zur Haustür.

Draußen stieg er in sein schönes rotes Auto und fuhr zum Pasinger Gymnasium.

Es sah ganz so aus, als hätte Karl Webers Vater wirklich nichts mit den Todesfällen der letzten vier Tage zu tun. Außerdem hatte er für alle Tatzeitpunkte ein Alibi, von denen seine Assistentin drei an Ort und Stelle bestätigt hatte. Wie eine Lügnerin sah sie nicht unbedingt aus. Aber sagte er tatsächlich die Wahrheit? Max traute ihm nicht. Den Architekten von heute war generell nicht zu trauen. Da brauchte man sich bloß mal die Städte, die sie bauten, anzuschauen, weltweit. Grässliche Betonburgen und Straßenzüge, in denen nichts mehr zusammenpasste.

# 29

»Ich setz mich hin, wo ich will, Fotze.«

»Was war das?« Maria glaubte sich verhört zu haben. Als mollige graue Maus, die nicht so toll aussah wie die schlanken Kolleginnen, musste sie sich seit ihrem ersten Tag als Referendarin einiges gefallen lassen. Sowohl von ihren Schülern als auch von ihren Lehrerkollegen. Seit Jahren ging das nun schon so. Sie hatte es immer mehr oder weniger wehr- und klaglos hingenommen. Aber gerade wurde eine Grenze überschritten, die nicht überschritten werden durfte. »Geh sofort auf deinen eigenen Platz zurück, Jens.«

»Nein, du Opfer.« Jens Müller blieb neben seinem Kumpel Jörg Steiner in der letzten Reihe sitzen. Er legte provokativ seine Füße auf den Tisch.

»Füße runter, Jens!« Ihre Stimme klang klar und bestimmt. Dachte sie zumindest. »Bist du vollkommen verrückt geworden? Vielleicht solltest du lieber die Hauptschule besuchen. Für das Gymnasium bist du eindeutig zu primitiv.«

»Leck mich doch.« Jens zeigte ihr den ausgestreckten Mittelfinger. Er spuckte neben sich auf den Boden.

»Du lieber Himmel, Jens. Hör sofort auf damit. Willst du gleich einen verschärften Verweis?« Wieso spinnt er denn heute derart respektlos herum?, fragte sich Maria. Der Hellste war er noch nie gewesen. Aber so unverschämt und beleidigend wie gerade erlebte sie ihn zum ersten Mal. Überhaupt schien die ganze Bagage keine großartige Achtung vor ihr zu haben. Oder war das schon immer so? Sollte sie es bisher nur nicht bemerkt oder verdrängt haben?

»Nur her damit. Wir haben sowieso kein Klopapier mehr zu Hause.«

Lautes Gelächter der Mitschüler.

»Ruhe!« Maria schlug kräftig mit der flachen Hand auf das Pult. Herrje, und das alles bei dem schrecklichen Föhn heute. Schon beim Aufstehen hatte sie starke Kopfschmerzen gehabt. »Sonst passiert etwas!« Sie musste aufpassen, dass sich ihre Stimme vor Empörung und Aufregung nicht überschlug.

Jens, der die ganze Zeit über ausgiebig in seiner Nase gebohrt hatte, rollte das feuchte Ergebnis zu einer kleinen klebrigen Kugel zusammen. »Was willst du denn machen, wenn wir nicht ruhig sind?«

»Hör auf, mich zu duzen. Wir haben nicht zusammen die Schweine gehütet.« Maria wollte einfach nicht glauben, was gerade hier im Klassenzimmer ihrer 10b geschah. Sie kam sich vor wie in einem schlechten Film oder, noch schlimmer, wie in einem Albtraum. »Und wer von den anderen noch einen Ton von sich gibt, bekommt ebenfalls einen Verweis.«

»Fick dich doch! Ich lass mir nicht den Mund verbieten. Das ist ein freies Land. Du sagst auch andauernd Du zu mir. Wo ist der Unterschied?« Jens schnitt eine Grimasse. Er schnippte sein Rotzkügelchen breit grinsend in die Luft. Dann fasste er sich demonstrativ in den Schritt.

»So, Jens Müller. Das reicht. Aufstehen. Du kommst auf der Stelle mit mir zum Direktor.« Sie musste sich mit aller Kraft beherrschen, nicht laut schreiend und weinend aus dem Zimmer zu rennen. Doch diesen Gefallen würde sie den kleinen Monstern nicht tun. Niemals. Sonst bräuchte sie erst gar nicht mehr zurückzukommen. Der letzte Rest Respekt, den sie noch vor ihr hatten, wäre dann auch noch dahin. Herrgott noch mal. Mitten in der Pubertät waren sie wirklich am schlimmsten.

Jens rührte sich nicht vom Fleck.

»Ich sage es zum letzten Mal. Du stehst jetzt sofort auf und gehst mit mir ins Direktorat, Jens Müller. Hier geht's raus.« Sie zeigte auf die Tür des Klassenzimmers. »Oder muss ich erst die Polizei rufen?«

»Die Polizei! Das ich nicht lache.« Jens sah seine Mitschüler an. »Habt ihr das gecheckt? Die will die Polizei holen. Da mach ich ja gleich vor Angst in die Hosen.«

Erneutes grölendes Gelächter.

Maria sagte nichts mehr. Sie sah ihn lediglich mit strengem Blick an und zeigte dabei weiter auf die Tür.

»Na gut. Wenn du meinst. Gehen wir eben zum Direktor.« Jens erhob sich provozierend langsam. »Du und dieser fette Vollpfosten, ihr könnt machen, was ihr wollt. Meinem Vater seine Anwälte verklagen euch sowieso.« Er schritt mit bedrohlicher Miene und aufgerichtetem Oberkörper auf sie zu.

»Brauchen Sie Hilfe, Frau Singer?«, meldete sich eine spöttische Mädchenstimme hinter ihm zu Wort. »Mit dem werden Sie doch niemals allein fertig. Der macht sie auf dem Weg zum Direktorat glatt platt.«

Erneutes Gelächter.

»Ruhe, habe ich gesagt! Hefte raus! Ihr schreibt einen Aufsatz, bis ich wieder zurück bin. Thema: ›Was heißt Respekt vor meinen Mitmenschen?‹ Wer nichts Verwertbares hat, bekommt zwei mündliche Sechsen!« Maria öffnete die Tür und ließ Jens an sich vorbei.

»Das dürfen Sie gar nicht«, protestierte die spöttische Mädchenstimme von zuvor. Allerdings klang sie dabei schon wesentlich kleinlauter.

»Habt ihr eine Ahnung, was ich alles darf!« Maria knallte die Tür hinter sich zu.

Draußen auf dem Flur schien Jens der Mut zu verlassen. Es sah ganz so aus, als hätte er nicht damit gerechnet, dass Maria wirklich ernst machte. Leise vor sich hin fluchend trottete er hinter ihr drein. Dass der Schein allerdings trog, sollte sie bereits wenig später erfahren.

»Frau Singer, was gibt es? Ich habe gerade leider gar keine Zeit.« Direktor Rudolf Thalmeier sah ungeduldig von seinem Schreibtisch zu ihr auf.

»Jens Müller aus der 10b sitzt draußen im Vorzimmer. Er sollte meiner Meinung nach sofort streng bestraft werden«, erwiderte sie. »Vielleicht sogar ein Schulausschluss.«

»Wie kommen Sie darauf?«

»Er nannte mich ›Fotze‹ und ›Opfer‹ und er duzte mich. Er spukte im Klassenzimmer herum und legte nicht den geringsten Respekt an den Tag.« Marias Stimme zitterte vor Aufregung. »Dass er sich frech und respektlos benimmt, ist zwar nichts Neues. Aber heute war er besonders widerlich und beleidigend. Das muss ich mir nicht gefallen lassen. Hier sollte ein klares Exempel statuiert werden.«

»Ist das denn wirklich nötig, Frau Kollegin?« Thalmeier sah sie über den oberen Rand seiner Brille hinweg an. »Sie kennen unsere Schüler doch. Gut, sie schlagen gelegentlich ein wenig über die Stränge. Aber im Großen und Ganzen läuft doch alles wunderbar.« Er zuckte die Achseln. »Die Eltern sind zufrieden, das Kultusministerium ist zufrieden. Was will man mehr? Geben Sie dem Jungen halt einen verschärften Verweis. Das sollte doch reichen.«

»Ist es Ihnen etwa egal, dass er mich beleidigt? Wo sind wir denn hier eigentlich?« Mara schnaubte empört.

»Egal ist mir das sicher nicht.« Thalmeier, der sie nach wie vor nicht gebeten hatte, sich zu setzen, lehnte sich zurück und faltete die Hände vor seinem enormen Bierbauch zusammen. »Aber ein Schulausschluss ist ein aufwendiges Verfahren. Da müssen stichhaltige Begründungen geschrieben werden.« Er rollte seine kleinen Schweinsäuglein.

»Ist es nicht eher so, dass Sie nicht auf die großzügigen Spenden von Jens' Vater verzichten wollen?« Maria wurde rot. Was tust du da, blöde Kuh?, fragte sie sich. So hast du dich noch nie aufgemandelt. Du redest dich noch um Kopf und Kragen. Trotzdem machte sie weiter. »So ein toller Lehrerausflug mit den liebsten Kollegen ins Luxushotel in der Toskana, wie letzten Herbst, geht natürlich vor.«

»Also, das ist ungeheuerlich«, echauffierte sich Thalmeier. »Erstens stimmt das so nicht und zweitens hätten Sie mitfahren können. Ich hatte es Ihnen sogar angeboten.«

»Nur halbherzig. Nachdem Frau Seidler wegen ihrem kranken Mann abgesagt hatte.« Maria verschränkte trotzig die Arme vor der Brust.

»Nächstes Mal sind Sie von Anfang an dabei, Frau Singer. Versprochen.« Thalmeier nickte ihr beruhigend zu. »Soll ich mir Jens Müller mal zur Brust nehmen?«

»Natürlich, deswegen bin ich doch hier.«

»Ich dachte, weil Sie wollen, dass ich ihn rauswerfe.«

»Natürlich. Aber vielleicht genügt eine ordentliche Standpauke von Ihnen ja auch. Zumindest muss er sich ausdrücklich bei mir entschuldigen. Seinen Verweis bekommt er sowieso. Und wenn so etwas noch mal vorkommt, muss er endgültig gehen.«

»Schauen wir mal. Holen Sie den Burschen her. Mal hören, was er zu sagen hat.«

»Gern. Zumal er Sie auch noch beleidigt hat.«

»Was? Mich? Wirklich?«

»Er nannte Sie einen fetten Vollpfosten.«

»Da hört sich doch alles auf.« Thalmeier klang auf einmal gar nicht mehr so souverän wie bisher.

»Meine ich auch.«

»Rein mit ihm.«

Maria öffnete die Tür. Sie rief nach Jens. Wenig später stand er kaugummikauend neben ihr.

»Was war los, Jens?«, fragte ihn Thalmeier, nachdem er ihn unfreundlich begrüßt hatte. Er wollte das mit der persönlichen Beleidigung als Vollpfosten zwar immer noch nicht recht glauben. Aber wenn es wirklich so gewesen war, gab es keinen Grund, übertrieben nett zu sein.

»Nichts, Herr Direktor. Ich wollte bloß neben meinem Freund Jörg sitzen, weil es dem zurzeit so schlecht geht. Seine Mutter ist schwer krank geworden. Da schrie mich Frau Singer sofort an, dass ich auf meinen Platz zurückgehen solle.«

»Stimmt das, Kollegin Singer?« Thalmeier bedachte sie mit einem verwunderten Blick.

»Keineswegs«, erwiderte sie nicht weniger verwundert. Dass Jens wie immer versuchen würde, sich rauszureden, war ihr zwar von Anfang an klar gewesen. Aber dass er die Tatsachen derart dreist verdrehte, hätte sie nicht mal ihm zugetraut. »Erstens hatte ich es vorher bereits dreimal sehr höflich und sehr geduldig gesagt. Und dann hörte ich nur noch Ausdrücke wie ›Fotze‹, ›fick dich‹ und ›Opfer‹ in meine Richtung. Jens behauptete außerdem sitzen zu dürfen, wo er wolle. Ich hätte ihm diesbezüglich nichts zu sagen.«

»Was meinst du dazu, Jens?«

»Ich kann mir nur vorstellen, dass Frau Singer sich verhört hat.« Jens zuckte mit unschuldiger Miene die Achseln. »Solche beleidigenden Worte würde ich einem Lehrer gegenüber niemals in den Mund nehmen. Mein Vater würde mich glatt umbringen, wenn ihm etwas Derartiges zu Ohren käme.«

»Das glaube ich gern. Ich kenne deinen Vater recht gut.« Thalmeier nickte wissend. »Du hast diese abfälligen Worte, die ich nicht noch einmal wiederholen möchte, also ganz sicher nicht gesagt?« Er begutachtete Jens ausgiebig von oben bis unten, als hoffte er dabei, auf irgendeine tiefergehende Erkenntnis zu stoßen.

»Nein. Ich sagte so etwas ganz sicher nicht.« Jens hielt dem durchdringenden Blick seines Gegenübers freundlich lächelnd stand. »So etwas würde ich mich, wie gesagt, gar nicht trauen. Jörg und ich sprachen nur ganz leise über seine kranke Mutter.«

»Und du hast mich auch nie einen fetten Vollpfosten genannt?«

»Was? Ich? Sie? Nie im Leben.« Jens schlug sich mit perfekt gespieltem Entsetzen die Hand vor die Brust.

»Warum sollte ich das tun, Herr Direktor? Sie haben mir doch nie etwas getan. Mein Vater meint außerdem, dass Sie ein außerordentlich kluger Kopf wären. Er hat eine sehr hohe Meinung von Ihnen.«

»Das freut mich natürlich.« Thalmeier lächelte geschmeichelt. »Aber Frau Singer meint, es deutlich gehört zu haben«, fuhr er mit strengerer Miene fort.

»Da hat sie sich wohl auch wieder verhört. Es ist Föhn und Frau Singer hat bestimmt wieder ihre Kopfschmerzen. Wenn es ihr so schlecht geht, hat sie schon oft etwas in den falschen Hals bekommen, wenn ich das mal so sagen darf.«

»Das ist unerhört und glatt gelogen«, platzte es aus Maria heraus. Sie begann erneut vor Aufregung zu zittern.

»Moment, Frau Singer«, fuhr ihr Thalmeier grob über den Mund. »Ich bin noch nicht fertig. Was genau habt ihr geredet, Jens? Du und Jörg, meine ich.«

»Ich sagte, dass ich es zum Kotzen fände, wenn seine Mutter sterben müsste. Er meinte, er wolle in der Kirche eine Opfergabe für sie bringen. Eine Kerze anzünden. Vielleicht hat Frau Singer die Worte ›Kotzen‹ und ›Opfergabe‹ falsch verstanden. Keine Ahnung.« Jens zuckte erneut die Achseln. »Anders kann ich mir das gar nicht vorstellen. Ehrlich gesagt.« Er sah nun aus wie die Reinzeichnung des perfekten Unschuldslammes.

»Was? Aber das stimmt doch gar nicht. Du hast mich wüst beschimpft, du kleine miese Ratte. Sag endlich die Wahrheit.« Maria bekam kaum noch Luft vor Empörung.

»Moment mal, Frau Kollegin. Wer beleidigt denn gerade wen?« Thalmeier hob belehrend den Finger.

»Sehen Sie? So ist es immer«, meinte Jens. »Man sagt irgendetwas, das ihr nicht gefällt, und schon schreit sie einen an.«

»Ich fasse einfach nicht, was hier gerade passiert.« Maria meinte, jeden Moment zu kollabieren. Lieber Gott im Himmel. Wie dumm von ihr. Sie war diesem verlogenen Kerl geradewegs in die Falle getappt. Dennoch musste sie versuchen zu retten, was zu retten war. »Der Junge ist ein ganz ausgebuffter Lügner. Ich hoffe, Sie wissen, wem Sie glauben können, Herr Thalmeier.«

»Ehrlich gesagt, bin ich mir da gerade nicht ganz sicher.« Thalmeier hob bedauernd die Hände. »Was Jens erzählt hat, klingt zumindest recht glaubwürdig. Und dass Sie gelegentliche Wahrnehmungsprobleme haben, ist im ganzen Kollegium bekannt. Siehe Toskana. Das meine ich aber jetzt nicht böse.«

»Wie bitte?« Sie riss entsetzt die Augen auf. Wie konnte er nur so mit ihr reden? Noch dazu vor einem Schüler. Träumte sie das alles vielleicht nur? »Ist das Ihr Ernst? Glauben Sie, ich mache den Weg hierher zu Ihnen, weil ich Ihnen eine Lüge auftischen will? Einfach so, weil ich nichts Besseres zu tun habe?«

»Wie gesagt, ich bin mir nicht ganz sicher.« Thalmeier setzte ein sphinxhaftes Gesicht auf. »Könnten wir es nicht dabei belassen, dass sich beide Parteien darauf einigen, dass so etwas nicht wieder vorkommt?« Er schaute fragend von einem zum anderen.

»Wegen mir gerne«, meinte Jens. »Ich bin nicht nachtragend. Habe ich wohl von meiner Mutter geerbt. Mein Vater dagegen ist der reinste Elefant. Der vergisst nichts.«

»Also, Frau Kollegin, wie sieht es aus?« Thalmeier trommelte unruhig mit den Fingerspitzen auf der dunkelbraunen hölzernen Schreibtischplatte herum. Er schien die Sache auf einmal sehr dringend vom Tisch haben zu wollen.

»Alles klar, Herr Thalmeier. Ich weiß, was ich zu tun habe.« Sie presste ihre Lippen fest zusammen, nickte ihm knapp zu, drehte sich um, ging zur Tür und öffnete sie. »Jens, kommst du?«

»Gerne Frau Singer. Sofort.« Er eilte ihr nach.

Thalmeier atmete erleichtert auf. Dann ging er wieder an die Arbeit. Die Spendenquittungen der gut betuchten Eltern mussten dringend verschickt werden. Da gehörte es sich natürlich, dass er ein paar persönliche Dankesworte beifügte. Besonders an Jens Müllers Vater Gerhard, den Chef der Müllersoft, einer sehr erfolgreichen Computerfirma im Internetbereich, die letztes Jahr an die Börse ging. Er hatte sich auch diesmal wieder als äußerst großzügig erwiesen.

Draußen auf dem Flur musste sich Jens anstrengen, Maria hinterherzukommen.

»Mach mich noch einmal blöd an«, zischte er ihr zu, als er sie eingeholt hatte. »Dann mach ich dich endgültig fertig, du beschissene Fotze. Verstanden?«

Maria eilte schweigend weiter. Sie hatte dabei auf einmal wieder zwei alte Bekannte im Gepäck. Angst und Verzweiflung.

# 30

Während Max zum Pasinger Gymnasium unterwegs war, rief Franz erneut bei ihm an. Sachsler sei wohl aus dem Kreis der Verdächtigen auszuschließen. Er habe ab sofort für alle bisherigen Tatzeiten bestätigte Alibis. Die diesbezüglichen Anrufe der Kollegen aus Dresden waren gerade gekommen. Sachsler war auf der Beerdigung gewesen, wie er es angeben hatte. Natürlich könnte er die Morde in Auftrag gegeben haben, wie andere Verdächtige auch. Das müsste man ihm allerdings erst mal nachweisen.

Dann betonte Franz noch einmal explizit, dass der Staatsanwalt Hierlmeier mächtigen Druck machte. Die Öffentlichkeit wolle endlich Ergebnisse. Die Presse überschlüge sich bereits mit Schlagzeilen, die die absolute Unfähigkeit der Münchner Polizei zum Inhalt hatten. Max versicherte ihm, dass er sein Bestes tue. Zaubern könne er jedoch nicht.

Sie gingen nun beide eindeutig nicht mehr von zufälligen Ereignissen aus. Entweder die vier Opfer hatten sich definitiv zum gemeinsamen Selbstmord verabredet oder jemand hatte sie alle vier umgebracht. Daran war nun fast kein Zweifel mehr möglich. Stechert könnte sich natürlich auch selbst vor den Zug gestürzt haben, weil ihn sein schlechtes Gewissen wegen der drei Morde, die er vorher begangen hatte, nicht mehr weiterleben lassen wollte.

Verflixt noch mal. Vier Tage, vier Opfer. Warum landeten eigentlich alle woanders vor der U-Bahn? Und warum gab es an jedem neuen Tag einen neuen Toten? Das war die zweite Kardinalfrage, für die Max noch keine Antwort hatte, egal wie oft er darüber nachdachte. Mochte sein, dass der Täter den weiteren Opfern nach Gerhard Bockler damit Angst machen wollte. Sie sollten ordentlich leiden, bevor sie starben. Jeder von ihnen sollte noch einen besonders schlimmen Tag vor seinem Tod erleben. Das allerdings hätte vorausgesetzt, dass sie wussten oder zumindest ahnten, warum Bockler und die jeweils Folgenden sterben mussten. Sie hätten dem Täter demnach einen gemeinsamen Grund für die Morde an die Hand geben müssen.

Was verband die Toten miteinander? Ein weiterer Liebhaber von Sabine Schüttauf? Ein Vorfall in der Vergangenheit? Oder war es doch eine Eifersuchtstat von Herbert Sachsler, obwohl der Alibis für alle bisherigen Tatzeiten hatte? Was war mit Karl Weber? Hatte ein Max noch unbekannter Schüler die Taten begangen? Oder ging es um etwas ganz anderes? Alles war möglich. Herrschaftszeiten. Sachsler trotz seiner Alibis noch einmal gründlich abzuklopfen, konnte auf jeden Fall nicht schaden.

Nachdem er in einer Seitenstraße geparkt hatte, ging Max zum Schulhaus. Dort begab er sich direkt in den Chemiesaal und rief den Chemie- und Sportlehrer zu sich in den Gang hinaus.

»Wissen Sie, was passiert ist?«, fragte er ihn, sobald er bei ihm angekommen war.

»Nein.« Sachsler zuckte die Achseln. Er schloss die Tür hinter sich.

»Herr Stechert ist tot.« Max beobachtete ihn genau.

Nicht die geringste verdächtige Reaktion seines Gegenübers würde ihm entgehen.

»Was?« Sachsler riss erschrocken die Augen auf. »Etwa … noch ein … Unfall?«

Max nickte langsam.

»In der U-Bahn?«

»Wo waren Sie heute Morgen zwischen sieben und acht?«, fragte Max weiter, statt ihm zu antworten.

»Hier. Wie gewöhnlich. Ich bereite die Experimente für die erste Stunde immer schon etwas früher vor. Sie glauben doch nicht schon wieder, dass ich …« Sachsler zögerte.

»Was?« Max nickte ihm aufmunternd zu.

»Also, … dass ich ein Mörder bin.« Sachsler senkte die Stimme. Er blickte sich nervös im Flur um. Offensichtlich wollte er unbedingt vermeiden, dass irgendwer etwas hiervon mitbekam. Fragte sich nur, warum. Hatte er lediglich Angst um seinen guten Ruf oder hatte er doch etwas vor Max zu verbergen?

»Sind Sie einer?«

»Natürlich nicht. Genauso wenig wie die anderen. Sind Sie völlig verrückt geworden? Ich bringe niemanden um. Ich sagte Ihnen letztes Mal schon, dass ich Pazifist bin.« Sachsler zischte die Worte spuckend heraus. Sein Gesicht lief rot an. Die Adern an seinem Hals und an den Schläfen traten wie die Erhebungen auf einer Reliefkarte hervor.

Zeigte der Gymnasiallehrer gerade seine Angst oder seine Wut? War ihm die Sache nur aufs Äußerste peinlich oder steckte mehr hinter seiner Reaktion?

»Warum nicht?«, erwiderte Max. »Vielleicht taten Sie es aus Eifersucht auf Sabine Schüttauf. Ihre Emotionen scheinen Sie jedenfalls nicht im Griff zu haben, wie man sieht. Merkwürdig eigentlich für einen Chemielehrer. Da hätte ich mir einen rationaleren Charakter erwartet.«

»Entschuldigen Sie, dass mich der Tod meiner Kollegen aufregt, Herr Detektiv.« Sachsler ballte die Hände zu Fäusten. »Und bitte entschuldigen Sie auch, dass ich nicht Ihren Erwartungen und Vorurteilen entspreche. Aber ich war zu den Tatzeiten nicht einmal hier in München oder wenn ich in München war, war ich hier in der Schule. Unter Zeugen.«

»Waren Sie immer noch sauer auf Stechert wegen Sabine Schüttauf?«

»Was? So ein Unfug. Ich war nicht einmal richtig mit ihr zusammen. Sie stand ganz klar auf jüngere Männer, und ich bin generell kein eifersüchtiger Mensch.« Sachsler atmete laut hörbar aus. Die Sache schien ihm immer mehr an die Nieren zu gehen. »Außerdem habe ich für alle Tatzeiten ein Alibi, wie vor drei Sekunden zum x-ten Mal erwähnt. Hören Sie mir überhaupt zu, wenn ich etwas sage?«

»Vielleicht haben Sie die Morde gar nicht selbst begangen. So etwas kann man auch in Auftrag geben.«

»Sie spinnen doch, Herr Raintaler.« Sachsler zeigte Max den Vogel. »Aber komplett. Vier Auftragsmorde von einem kleinen Lehrergehalt. Suchen Sie sich jemand anderen, den Sie nerven können. Vielleicht die italienische Mafia. Mich lassen Sie ab jetzt bitte in Ruhe. Oder lassen Sie mich verhaften, wenn Sie beweisen können, dass ich Ihr Täter bin.«

»Na gut, Herr Sachsler. Nur eine letzte Frage noch. Gibt es Zeugen dafür, dass Sie heute Morgen um sieben hier ankamen?«

»Keine Ahnung.« Sachsler hob unwirsch die Hände.

»Denken Sie nach.«

»Herrgott noch mal. Ich war es nicht.« Sachsler wurde laut. »Wie oft denn noch?«

»Egal. Überlegen Sie trotzdem.«

»Moment.« Sachsler hob den Zeigefinger. »Unser Hausmeister müsste mich gesehen haben. Er schob gerade die Mülltonnen auf die Straße, als ich vor dem Schulhaus ankam.«

»Wo finde ich ihn?«

»Er dürfte gerade den Pausenverkauf vorbereiten. Gleich beim Eingang neben der Aula.« Sachsler atmete erleichtert auf. Eine zentnerschwere Last schien von ihm abzufallen. »Gott sei Dank ist mir das noch eingefallen.«

»Ja. Ihr Glück. Wiederschauen.« Max nickte ihm knapp zu.

»Ist es denn überhaupt sicher, dass Günther, Herr Stechert meine ich, ermordet wurde?«, legte Sachsler noch nach.

»So gut wie sicher. Wieso?« Max, der gerade gehen wollte, hielt inne. Er wandte sich Sachsler erneut zu.

»Ich frage nur, weil mir Günther in den letzten Tagen sehr merkwürdig vorkam. Er schien nicht er selbst zu sein.«

»Wie meinen Sie das?«

»Na ja, … er kam mir vor, wie jemand, der etwas Schlimmes getan hat und nicht damit fertig wird. Er schien auf jeden Fall große Sorgen zu haben.«

»Wollen Sie damit die Möglichkeit eines Selbstmordes andeuten?«

»Keine Ahnung. Sie sind der Detektiv.« Sachsler zuckte die Achseln.

»Gut, dass wir das beide wissen.« Herrschaftszeiten, war es am Ende doch so, wie Franz und er vorhin am Telefon neben den anderen Theorien bereits ebenfalls vermutet hatten? Hatte Stechert wirklich die drei anderen umgebracht und am Ende aus seinem schlechtem Gewissen heraus auch noch sich selbst? Aber wieso?

»Die Sache muss endlich aufgeklärt werden, Herr Raintaler. Unbedingt. Vier tote Lehrer diese Woche. Drei davon an unserer Schule. Am Ende bin ich der Nächste, der an der Reihe ist.«

»Nicht, wenn Stechert erst Ihre drei anderen Kollegen und dann sich selbst umgebracht hat.«

»Wie kommen Sie denn darauf?«

»Wir haben so unsere Quellen.« Max gab sich geheimnisvoll. »Außerdem sagten Sie doch gerade selbst, dass er große Sorgen zu haben schien.«

»Und wenn er es nicht getan hat?«

»Dann sollten Sie auf jeden Fall gut auf sich aufpassen. Sobald Ihnen etwas verdächtig vorkommt, melden Sie sich bei mir. Einverstanden?« Max gab ihm seine Visitenkarte.

»Na gut, Herr Raintaler.«

»Könnte jemand aus ihrem Volleyballverein etwas gegen Sie alle haben?«

»Aus unserem Verein? Nein. Nicht, dass ich wüsste. Höchstens die Gegner. Aber haben Sie schon mal gehört, dass eine Sportmannschaft regelrecht abgeschlachtet wird, weil sie gut spielt?«

»Eher nicht.« Max grinste flüchtig. »Höchstens wenn

man schlecht spielt, gab es bisher tödliche Konsequenzen. Beim Fußball in Südamerika zum Beispiel. Ein falscher Pass kann dort genügen und sie erschießen dich.«

»Da kann einem Angst und Bang werden.«

»Ach was. Südamerika ist weit weg. Außerdem spielen Sie Volleyball. Also dann, Herr Sachsler. Das war's erst mal. Bis später.«

»Ja, bis dann.« Sachsler kehrte in den Physiksaal zurück.

Max machte sich auf den Weg ins Direktorat. Agnes würde ihm sagen können, wo er Regina Lechner und Karl Weber fand. Die beiden würde er als Nächste befragen. Gerade was Karl und seine Beziehung zu Charlie betraf, gab es weiteren Erklärungsbedarf.

Als er im Vorzimmer ankam, saß eine andere junge Frau an Agnes' von Papierstapeln überschwemmtem Schreibtisch.

»Agnes ist heute einfach nicht zur Arbeit gekommen«, klärte sie ihn auf. »Ich bin die Vertretung.« Sie lächelte ihm freundlich zu.

»Sie fehlt unentschuldigt?«

»Ja. Zum ersten Mal. So was macht sie normalerweise nicht.«

»Aha.« Na so was. Ach, du Scheiße. Ich wollte mir doch längst ihren Nachbarn vorknöpfen. Habe ich heute Morgen glatt wieder vergessen. Egal, später. »Dann versuch ich es am besten einmal auf dem Handy.« Bei der Gelegenheit kann ich ihr auch gleich erklären, dass ich mir ihren nervenden Griechen später auf jeden Fall noch vornehme. Herrschaftszeiten, es würde mich schon sehr interessieren, wieso sie, ohne sich abzumelden, zu Hause bleibt. Hoffentlich ist ihr nichts zugestoßen.

»Die Mühe können Sie sich sparen. Ich habe es vorhin dreimal versucht. Nichts zu machen. Ich mache mir selbst schon die größten Sorgen.«

»Sie geht auch nicht ans Handy? Das ist merkwürdig.« Max legte nachdenklich die Stirn in Falten. »Egal, später. Können Sie mir inzwischen bitte weiterhelfen? Ich müsste wissen, wo sich Frau Regina Lechner und einer Ihrer Schüler, Karl Weber aufhalten.«

»Gerne. Ich suche es Ihnen heraus. Sie sind doch dieser Detektiv, stimmt's?«

»Stimmt. Raintaler heiße ich. Hängt hier etwa irgendwo ein Fahndungsfoto von mir?« Max lachte.

»Nein. Ich habe gestern Abend noch mit Agnes telefoniert. Sie hat Sie mir als sehr sympathisch und ziemlich gut aussehend beschrieben.«

»Ach, man spricht über mich. Interessant. Und? Hatte sie recht?« Max grinste. Er drehte sich einmal um die eigene Achse.

»Na ja, schon.« Sie hielt kichernd die Hand vor den Mund.

»Sie haben gestern Abend also noch mit ihr telefoniert. Kennen Sie sie näher? Ließ sie denn gar nichts darüber verlauten, was sie heute vorhatte?« Er sah sie neugierig an.

»Nein, leider nicht. Ich bin übrigens Isabell. Isabell Weihrauch. Agnes' beste Freundin.« Ihr bezauberndes Lächeln hätte garantiert die Polkappen zum Schmelzen gebracht, wären sie gerade in deren Nähe gewesen. Wobei es sich bestimmt nicht als einfach erwiesen hätte, an beiden Polkappen gleichzeitig zu sein.

»Freut mich, Isabell. Ich bin der Max.« Er reichte ihr

ebenfalls lächelnd die Hand. Respekt, Raintaler. Sie sieht mit ihren blonden Locken und den himmelblauen Augen noch um einiges besser aus als Agnes. Vielleicht solltest du *sie* mal zum Essen einladen. Könnte doch sein, dass sie keine Hintergedanken hat, falls sie zusagt. Ach was, Schmarrn. Konzentrier dich lieber auf deine Arbeit, alter Depp.

Verflixt noch mal, wo mochte Agnes nur stecken? Schon seltsam, dass sie nicht aufzutreiben war. Er ließ sich sicherheitshalber ihre Adresse von Isabell aufschreiben. Auf jeden Fall würde er später bei ihr vorbeifahren und nach dem Rechten sehen. Obwohl sie ihn im Biergarten so hinterfotzig ausgetrickst hatte, meinte er, es ihr schuldig zu sein. Einmal verliebt, immer verliebt?

## 31

Er drehte seinen Kopf stöhnend vor Schmerzen auf die rechte Seite. Sein ganzer Rücken tat weh. Bestimmt hatte er von oben bis unten blaue Flecken. Seine Beine konnte er so gut wie nicht mehr spüren. Die Wunden, die die Handschellen in seine Handgelenke gescheuert hatten, brannten höllisch.

Es war Sonntag. Der Rest der Wohngruppe war aufs Land gefahren. Der Mann, der ihn sonst immer nur nachts zu sich holte, wenn alle anderen schliefen, hatte einige seiner Freunde in seine kleine Wohnung im Parterre eingeladen. Sie hatten ihn dort gemeinsam ausgezogen, nackt auf den Bauch gedreht und mit den Handschellen an die Bettpfosten gefesselt. Dann hatten sie sich an ihm vergangen. Einer nach dem anderen. Immer wieder. Und dann alle gemeinsam.

Ihr Gewicht hatte ihm den Atem genommen, wenn sie auf ihm lagen. Obwohl sie gut gekleidet waren, hatten sie nach Schweiß und Urin gestunken. Ihr Atem nach Alkohol und Zigaretten. Er war einige Male kurz davor gewesen, sich zu übergeben. Aber er wusste nur allzu gut, was ihm dann drohte. Also schluckte er das Erbrochene, das sich den Weg in seinen Mund hinauf bahnen wollte, immer wieder herunter. Erstickte fast daran.

Er hatte an Früher gedacht, um sich von seinem Ekel und den unsäglichen Schmerzen in seinem Leib abzulenken. An die Zeit, als es ihm noch gut ging, als die Welt um ihn herum noch heil war. An die Schule, an seine Freunde, an die unendliche Schönheit der Natur, ans Fußballspielen und ans Herumtollen im Freien. An die unbeschwerte Fröhlichkeit, die man nur als unschuldiges Kind empfand, an die feierlich brennenden Kerzen am Weihnachtsbaum und auf Geburtstagstorten. An den tiefen Frieden, den er empfunden hatte, wenn er abends gemütlich in seinem warmen Bett lag und sich auf den nächsten Tag freute. An die Zeit ohne Angst.

Es machte ihm die unglaublichen Qualen, die sie ihn stundenlang erleiden ließen, etwas erträglicher. Verhindern tat es sie nicht. Genauso wenig, wie er der beängstigenden Situation entfliehen konnte.

# 32

Max war auf dem Weg zur 10b, die gerade im Physikunterricht bei Jürgen Klosteig saß. Isabell hatte ihm zuvor verraten, dass er Karl Weber dort antreffen würde, und natürlich hatte sie dabei erneut ihr unwiderstehliches Lächeln aufgesetzt. Hinreißend. Regina Lechner würde er in der Mittagspause ab kurz nach zwölf im Lehrerzimmer antreffen, hatte sie außerdem gemeint.

Die Tür des Physiksaals war verschlossen, als er davor ankam. Klosteigs Stimme schallte bis zu ihm auf den Flur hinaus. Er schien den Schülern noch Hausaufgaben mit auf den Weg zu geben. Dann klingelte es auch schon zum Stundenwechsel. Sobald er Karl Weber sah, schnappte ihn sich Max und zog ihn zur Seite.

»So, Bürscherl«, schnauzte er ihn unfreundlich an. »Jetzt reden wir zwei Tacheles. Und wenn du nicht spurst, sperre ich dich ins Gefängnis, bis du schwarz wirst. Hamma uns?«

»Ja, äh, wieso?« Karl blickte verwirrt zu ihm auf.

»Das weißt du ganz genau.«

»Nein, weiß ich nicht. Ich schwöre es.« Karl schüttelte mit ängstlicher Miene den Kopf.

»Du hast also deinem Freund Charlie nicht gesagt, dass er mir Druck machen soll?«

»Nein. Wieso?«

»Er hat mich also einfach so verfolgt und bedroht? Ohne mich zu kennen? Hör doch auf. Verarschen kann ich mich selbst.«

»Keine Ahnung.« Karl zuckte die Achseln.

»Was verbirgst du?«

»Wie meinen Sie das?«

»Verkaufst du vielleicht Drogen und willst deshalb nicht, dass man dir zu nahe kommt?«

»Nein. Ich habe Charlie wirklich nichts von Ihnen erzählt, Herr Raintaler.«

»Lüg mich nicht an, Bürscherl.« Max packte ihn am Kragen. Sein Gesicht kam dem von Karl immer näher. »Raus mit der Sprache. Warum hast du deine Rockerfreunde auf mich gehetzt?«

»Habe ich nicht, Herr Raintaler! Wenn ich es Ihnen doch sage!« Karl zitterte vor Angst. Tränen stiegen ihm in die Augen.

»Schwachsinn! Mach schon! Red endlich!« Max holte mit wutverzerrtem Gesicht zum Schlag aus.

»Also gut, also gut.« Karl hob die Hände, um anzuzeigen, dass er aufgab.

»Also was?« Max lockerte seinen Griff. Er richtete sich wieder zu voller Größe auf.

»Ich habe Charlie gesagt, dass Sie mich über Herrn Langner und die anderen toten Lehrer ausgequetscht haben.«

»Und das war alles? Hältst du mich für blöd?«

»Das war alles. Ich schwöre es Ihnen. Ich konnte doch nicht wissen, dass er Sie deshalb gleich verfolgt.«

»Woher wusste er überhaupt, wie ich aussehe?«

»Er kam gestern in die Schule, um mich abzuholen. Da hat er sie wohl zufällig aus dem Chemiesaal kommen gesehen. Hat er zumindest gesagt.«

»Er hat gesagt, dass er mich zufällig aus dem Chemiesaal kommen gesehen hat? Das macht doch keinen Sinn. Er wusste doch gar nicht, wer ich bin.«

»Nein, er hat mich aber gleich angerufen und mich gefragt, ob Sie blonde Haare hätten.«

»Er sieht einen Blonden und ruft dich sofort an, um zu fragen, ob ich das bin? Was ist das denn für ein ausgemachter Schmarrn?« Max schüttelte den Kopf. Verarschen kann ich mich selbst, dachte er.

»Er hat sie und Herrn Sachsler wohl vorher belauscht, als er am Chemiesaal vorbeikam. Da muss er Ihren Namen aufgeschnappt haben.«

»So, muss er das? Warum war er überhaupt an der Schule?«

»Ich habe ihm gleich nach unserem Gespräch beim Direktor am Telefon erzählt, dass mich ein Detektiv verhört hat. Da wollte er mich unbedingt abholen. Habe ich doch gerade schon gesagt.«

»Und dann wollte er mich unbedingt kennenlernen?« Max zog ungläubig die Brauen zusammen. Der Bursche hier tischt dir lauter unausgegorenen Schmarrn auf, Raintaler. Obwohl, vielleicht sagte er doch die Wahrheit. Konnte gut sein, dass dieser halb kriminelle Charlie Fracksausen bekam, weil ein Ermittler, der für die Polizei arbeitete, über Karl in seine Nähe geriet.

»Nein. Er hat mich gefragt, ob ich etwas verraten hätte.«

»Was verraten?«

»Ich mache manchmal kleinere Botengänge für ihn.«

»Ja und?«

»Er will nicht, dass jemand davon erfährt.«

»Verstehe.« Also doch. Charlie hatte ihn nicht wegen der Sache mit den toten Lehrern verfolgt. Er hatte definitiv Angst um seine illegalen Geschäfte. Logisch. Das machte allerdings Sinn. Max ließ Karl wieder los. »Alles klar. Hau ab.«

»Echt?« Karl staunte ihn ungläubig an.

»Ja. Mach schon.« Max vollführte eine schnelle wegscheuchende Handbewegung. An illegalen Botengängen und Bandenkriminalität war er nicht interessiert. Zumindest im Moment nicht. Er musste einen Mörder finden.

Karl sah zu, dass er Boden gewann. Im selben Moment tauchte Jürgen Klosteig in der Tür des Physiksaals auf.

»Sie schon wieder«, motzte er los, sobald er Max erblickte. »Verdächtigen Sie immer noch Unschuldige?«

»Wie meinen Sie das?«

»So, wie ich es sage.« Klosteig schien wegen irgendetwas wesentlich aufgebrachter als die letzten Male zu sein.

»Bin ich Ihnen irgendwie zu nahegetreten?«, wollte Max wissen.

»Nein. Aber diese andauernden Störungen. Das ist ja wie in einem Polizeistaat.«

»Wer nichts zu verbergen hat, hat auch nichts zu befürchten. Wozu also die Aufregung, Herr Physiklehrer?« Max zuckte die Achseln.

»Mich ärgert so etwas prinzipiell«, polterte Klosteig grantig weiter. »Ich mag es nicht, wenn mir die verlängerten Staatsorgane allenthalben auf den Pelz rücken. Das widerspricht meiner Vorstellung von einem selbstbestimmten Leben in einer Demokratie. Wir sind hier doch nicht bei den Russen oder in Afrika.«

»Seien Sie froh. Dort säßen Sie mit Ihrer vorlauten Art längst im frostigen Sibirien oder ohne Kopf im Dschungel.« Max grinste humorlos. »Haben Sie wirklich nichts vor mir zu verbergen? Wissen Sie nicht doch etwas über den Tod Ihrer Kollegen, was ich noch nicht weiß?« Er zeigte sich völlig unbeeindruckt von Klosteigs Schimpftirade. Mit den gesellschaftlichen Verhältnissen in der Bundesrepublik Deutschland musste jeder für sich selbst klarkommen. Genauso wie mit lästigen Fragen, wenn es um Mordermittlungen ging. Da biss die Maus keinen Faden ab.

»Natürlich nicht. Alles hierzu wurde bereits gesagt.« Klosteig errötete vor Ärger.

»Dann ist doch alles bestens. Auf Wiederschauen, Herr Klosteig. Machen Sie's gut. Und achten Sie auf Ihren Blutdruck. So ein Herzinfarkt kommt schneller, als man meint.«

Max nickte ihm knapp zu. Dann drehte er sich um. Regina Lechner war die Nächste. Er war schon gespannt darauf, ob sie genauso aus dem Häuschen geriet, wie ihr Kollege, wenn sie ihn sah. Sehr verdächtig, dieser Klosteig, und ziemlich schrullig.

Auf dem Weg ins Lehrerzimmer rempelten ihn zwei kaugummikauende Schülerinnen in hautengen schwarzen Jeans und Bomberjacken an. Die eine blond, die andere dunkelhaarig. Beide in voller Kriegsbemalung. Greller Lippenstift, schwarz umrandete Augen. Sie konnten höchsten 16 sein.

Beide grüßten ihn freundlich.

Na also, dachte er. Es gibt auch noch nette Jugendliche. Hätte mich auch gewundert, wenn die auf einmal alle nur noch unausstehlich wären.

Regina Lechner konnte ein einwandfreies Alibi für den Morgen vorweisen. Sie war bis halb neun wegen einer Nachuntersuchung im Krankenhaus gewesen und benannte aus dem Stand vier Zeugen dafür. Darunter der Chefarzt. Auf Max' weitere Fragen bezüglich Stechert fiel ihr lediglich ein, dass er für sie in letzter Zeit weder depressiv oder nach einem besonders schlechten Gewissen ausgesehen habe. Eher giftig und arrogant wie immer. War sie selbst über jeden Zweifel erhaben? Wohl eher nicht. Immerhin hat sie ursprünglich versucht, Stechert als Mörder hinzuhängen, um damit gegebenenfalls von sich selbst als Täterin abzulenken. Aber ein hieb- und stichfestes Alibi hatte sie auch. Außerdem sprach ihre heutige Aussage für sie, indem sie Stechert eindeutig nicht die Stimmungslage für einen Selbstmord attestierte, den er aus einem schlechten Gewissen heraus begangen haben könnte.

Als Max aus der Schule herauskam, holte er zunächst einmal tief Luft. Die Atmosphäre im Schulgebäude drückte ihm auf die Stimmung. Auch wenn der eventuelle Mörder der Toten dort wohl eher nicht zu finden war. Er ging zu seinem schönen neuen roten Renault Kangoo und fand ihn total verkratzt und mit bunter Farbe besprüht und beschmiert vor. »Rache ist süß«, stand in ungelenken Buchstaben auf der Fahrertür.

»Verdammte Scheiße! Das können doch nur diese hirnlosen ›Bad Haters‹ gewesen sein«, fluchte er laut vor sich hin. »Na warte. Die dürfen sich ab sofort warm anziehen.«

Er rief Franz an, um ihn über die letzten Verhöre zu informieren.

# 33

Maria sperrte die Haustür auf, trat ein, hängte ihre Jacke an den Garderobenhaken und verschwand, ohne ihre Mutter Gerda und Florian zu begrüßen, in ihrem Zimmer. Dort fiel sie erschöpft auf ihr großes Doppelbett und ließ ihren Tränen laut schluchzend freien Lauf.

Zu allem Übel hatten sie vorhin auch noch die Kollegen wieder mal in der Mangel gehabt. Wie so oft war sie von ihnen ausgiebig im Lehrerzimmer verspottet worden. Ob sie Hilfe brauche im Unterricht, hatten sie sie gefragt. Offensichtlich sei sie nicht in der Lage, so einen frechen Kerl wie Jens Müller alleine in den Griff zu bekommen. Sie solle sich aber nichts daraus machen, dass sie als Pädagogin völlig unfähig sei. Es müsse schließlich auch Verlierer geben, nur Gewinner auf der Welt ginge sowieso nicht. Man könne sich gerne auch abwechselnd an ihrer Seite in ihr Klassenzimmer stellen, wenn sie das wolle. Gelächter.

Wo sie ihre neue graue Bluse gekauft habe, wurde sie

dann gefragt. Vom Flohmarkt? Ja, ja, es sei eine Schande, wie wenig man einer Lehrerin heutzutage bezahle. Nicht einmal anständige Klamotten könne sie sich von den paar Kröten anschaffen. Ein Friseurbesuch schien ebenso nicht drin zu sein. Kein Wunder, wenn man sein ganzes Geld in die Figur steckte, lach, in die *Figur*! Essen, ha, ha, ha. Dafür schien sie mehr Geld als genug zu haben. Na logo! Noch dazu für die ganzen ungesunden Sachen wie Schokolade, süßes Gebäck, Nudeln, fette Wurst und Käse. Wo heutzutage jeder wüsste, dass Salat, Gemüse und Obst die wichtigsten Lebensmittel waren. Aber bloß keinen Sport treiben, gell? Sport sei schließlich Mord. Am Ende nähme man dabei sogar noch ab. Das müsse ja ganz schrecklich sein.

Ja mei, ein Landei aus den Bergen wisse von diesen Dingen ganz offensichtlich eben nichts. Da müsse sich das mollige Landei dann aber auch nicht großartig wundern, wenn es von den Schülern nicht ernst genommen wurde. Die röchen es eben gleich, wenn jemand seine eigenen Schwächen nicht im Griff hatte.

Beim gesamten Kollegium seien sture Eigenbrötler, die nicht einmal gemeinsame Fahrten mitmachten, wie beispielsweise letzten Herbst in die Toskana, ebenfalls nicht gerade besonders beliebt. Nur mal so nebenbei bemerkt.

Bisher waren die Gemeinheiten der anderen größtenteils noch immer an Maria abgeperlt wie Regentropfen an einem Autodach. Heute hatten sie es jedoch geschafft, damit bis auf den Grund ihrer Seele durchzudringen, und sie schwerer als je zuvor verletzt.

Florian kam zu ihr ins Zimmer geschlichen. Er legte

sich schweigend neben sie und streichelte sanft ihren Kopf.

»Hallo, mein Schatz«, seufzte sie nach einer Weile. Sie drehte sich zu ihm um. »Ich sag es dir, manchmal würde ich am liebsten alles hinschmeißen.«

»Du schaffst das schon, Mama. Oma und ich, wir halten zu dir. Zusammen sind wir stark.« Er lächelte ermutigend.

»Das ist schön, mein Schatz.« Sie nahm ihn in den Arm und drückte ihn fest. »Ach Gott, wenn ich dich nicht hätte.«

»Haben dich die Schüler wieder geärgert?«

»Ja.« Sie nickte. »Aber vor allem meine Kollegen«, fuhr sie mit tränenerstickter Stimme fort. »Warum sind die bloß so gemein zu mir? Nur weil ich dick bin? Ich verstehe es einfach nicht. Manchmal glaube ich schon, dass mich jemand verflucht hat oder dass ich in einem früheren Leben etwas Schreckliches verbrochen habe. Vielleicht war ich ein Mörder oder eine Mörderin.«

»Bin ich dann auch verflucht, Mama?« Er sah sie beunruhigt an.

»Nein«, beruhigte sie ihn schnell. »So ein Fluch kann sich nicht vererben. Außerdem bin ich bestimmt gar nicht verflucht. Man könnte es manchmal nur meinen.«

»Du bist auch nicht dick, Mama. Ich find dich schön. Und eine Mörderin bist du ganz bestimmt nicht.«

»Natürlich nicht.« Sie drückte ihn erneut fest an sich. »Alles wird gut.« Sagte sie das gerade zu ihm oder zu sich selbst? Egal. Auf jeden Fall musste es gesagt werden.

Nachdem sie gemeinsam mit Oma Gerda zu Abend

gegessen hatten, brachte sie Florian ins Bett. Anschließend setzte sie sich noch mit ihrer Mutter zu einem Glas Wein vor den Fernseher.

»Lass dir diese dummen Menschen doch nicht so zu Herzen gehen, Maria.« Gerda bedachte sie mit einem langen Blick. »Die können dir doch allesamt egal sein.«

»Weiß ich, Mama. Sind sie mir aber nicht. Es sind immerhin meine Kollegen. Wen kenne ich denn sonst noch in dieser riesigen anonymen Stadt?« Erneut stiegen heiße Tränen in ihre Augen.

»Du musst halt öfter mal ausgehen und andere Leute kennenlernen.«

»Ach, hör doch auf. Wer will mich fetten Trampel schon kennenlernen?« Maria stierte stur auf den Parkettboden zu ihren Füßen. »Höchstens irgendein Perverser.«

»Das ist Unsinn, Kind, und du weißt es.« Gerda schüttelte vehement den Kopf.

»Ist es nicht, Mama. Wenn du heute als Frau dick bist und dann auch noch vom Land stammst, hast du schon verloren.« Maria packte die Speckröllchen an ihren Hüften und quetschte sie demonstrativ zwischen ihren Fingern zusammen.

»Das stimmt erstens nicht«, widersprach Gerda. »Zweitens bist du nicht dick, sondern höchstens etwas mollig und drittens kommst du nicht vom Land, sondern aus Garmisch-Partenkirchen. Das ist eine Stadt.«

»Eine kleine Stadt in den Bergen.«

»Na und? Stadt ist Stadt.«

»Eben nicht, Mama.«

»Und was war das mit diesem frechen Schüler?«

»Jens? Der dreht langsam offenbar völlig durch. Er hat vor nichts und niemandem mehr Respekt, wird beleidigend und lügt wie gedruckt.« Maria blickte nachdenklich ins Leere.

»Du musst ihn einfach härter anfassen.«

»Bringt nichts, Mama. Meiner Meinung nach leidet er an beginnendem Größenwahn. Sein Vater ist ein sehr erfolgreicher Geschäftsmann, so eine Art bayerischer Oligarch.«

»Kannst du nicht um seine Versetzung in eine andere Klasse bitten?« Gerda trank einen Schluck Weißwein. Dann stellte sie das Glas wieder auf dem gläsernen Couchtisch vor ihnen ab.

»Wenn ich einen vernünftigen Direktor hätte, schon. Aber der Thalmeier kriecht Jens Müllers Vater leider in den Arsch, so tief er nur kann.«

»Aber Kind, was sind denn das für Ausdrücke?« In Gerdas Gesicht spiegelten sich Empörung und Belustigung zu gleichen Teilen.

»Nichts als die Wahrheit, Mama. Nichts als die traurige Wahrheit.« Maria trank ebenfalls einen Schluck Wein.

»Und wenn du alle mit einem neuen Äußeren überraschst?«

»Wie meinst du das?«

»Du könntest dir zum Beispiel eine modernere Frisur zulegen.«

»Meinst du?«

»Natürlich. Trau dir doch einfach mal was zu. Du stellst dein Licht immer viel zu sehr unter den Scheffel.«

»Hm. Vielleicht hast du recht.« Marias Miene hellte sich auf. »Was richtig Verrücktes wäre gut.«

»Aber nicht zu verrückt. Sonst gehen sie nur wieder auf dich los.«

»Ich weiß schon, was ich tue, Mama.« Maria lächelte zum ersten Mal seit langer Zeit.

# 34

Max empfand zunehmend Beunruhigung darüber, dass Agnes nicht an ihr Handy ging. Nach seinem Telefonat mit Franz fuhr er deshalb mit seinem verschandelten Auto direkt zu ihr. Dort wollte er sich, angesichts des leichenreichen Falls mit den toten Lehrern, unbedingt vergewissern, dass ihr nichts zugestoßen war.

Während er von der Landsberger Straße aus auf den Mittleren Ring Richtung Süden einbog, fragte er sich, ob nicht vielleicht doch irgendwelche Schüler sein Auto beschmiert hatten. Oder steckte Karl Weber dahinter? Schmarrn, der hatte doch seine Motorradgang für solche Aufgaben.

Ein unangenehmes Kratzen machte sich in seinem Hals bemerkbar. Er räusperte sich einige Male. Dann begann er in regelmäßigen Abständen zu husten. Erst nur ganz leicht, in der Folge immer heftiger.

»Hoffentlich habe ich mir nichts Schlimmeres geholt«, murmelte er vor sich hin, wobei er nicht hätte konkretisieren können, was er unter »etwas Schlimmerem« verstand. Es war eher diese ganz gewisse unbestimmte allgemeine Befürchtung, die gerade wieder einmal Besitz von ihm ergriff. Der Fachbegriff für Ängste dieser Art war Hypochondrie. Natürlich wusste er das. Monika hatte es ihm oft genug erklärt. Andererseits war man nie vor tödlichen Krankheiten gefeit. Jeden konnte es jederzeit treffen. Das war auch klar. »Ist doch bekannt, dass Schulen der reinste Bakterienhort sind«, fügte er beunruhigt hinzu.

Wenig später stellte er seinen verunstalteten Kangoo vor Agnes' Haus ab. Sein Husten wurde eher schlechter als besser. Zuweilen keuchte er nun regelrecht.

»Herrschaftszeiten, was ist das bloß?«, fragte er sich ängstlich. »Dabei rauche ich doch gar nicht wie Franzi.«

Er stieg in den zweiten Stock und klingelte bei Stecherts hübscher Assistentin. Besser gesagt, bei der Assistentin des neuen Direktors des Pasinger Gymnasiums. Stechert selbst war ja seit heute Morgen nicht mehr unter den Lebenden.

Sie öffnete nicht.

Nachdem er noch zweimal geläutet hatte, öffnete sich die Tür hinter ihm. Er drehte sich um. Eine mollige ältere Dame trat einen Schritt weit ins Treppenhaus hinaus. Unter ihrem Hauskittel trug sie Gummistiefel. Wahrscheinlich wollte sie gerade in den Garten hinter dem Haus gehen, den man vom Fenster aus sah. Sie betrachtete ihn neugierig.

»Sie wollen zur Frau Bichler?«, erkundigte sie sich.

»Ja. Kennen Sie sie?«

»Natürlich. Hier im Haus kennt jeder jeden. Sie ist aber leider nicht da.«

»Wo ist sie?«

»Das darf ich nicht sagen.« Sie machte ein wichtiges Gesicht.

»Auch nicht, wenn ich für die Polizei arbeite?« Max zückte seinen Detektivausweis und hielt in ihr vor die Nase. »Max Raintaler.«

»Ach so, Polizei. Das ist natürlich etwas anderes.«

Sie lächelte verbindlich, schien regelrecht erleichtert darüber zu sein, ihr Geheimnis nun doch nicht für sich behalten zu müssen. Wahrscheinlich tratschte sie so oder so gerne. Und was eine echte Tratsche war, ließ nur sehr ungern Gelegenheiten aus, sich mitzuteilen. Das lag in der Natur der Sache.

»Mein Name ist Gerda Riedberger. Ich bin die Nachbarin von der Agnes«, fuhr sie mit gesenkter Stimme fort.

»Da schau her. Das dachte ich mir fast.« Max grinste amüsiert. »Also, wo ist sie denn jetzt, die Agnes?«

»Im Krankenhaus.«

»Um Himmels willen. Was ist denn passiert?« Der Schreck fuhr Max durch alle Glieder.

»Ich fand sie gestern Abend hier im Treppenhaus, als ich noch den Müll runterbringen wollte. Mein Richard ist sich zu gut für solch niedrige Arbeiten.«

»Und dann?«, wollte Max ungeduldig wissen. Was um alles in der Welt ging ihn ihr Richard an? Sollte sie ihn halt besser abrichten, wenn sie unzufrieden mit ihm war.

»Sie lag dort drüben auf dem Boden, hat geblutet.« Sie zeigte auf die Treppenstufen, die von Agnes' Tür aus weiter nach oben führten. »Und gejammert hat sie andauernd. ›Mein Kopf, mein armer Kopf‹. ›Jetzt hat er mich doch noch erwischt, der miese Kerl‹, sagte sie auch noch.«

»Das hat sie wirklich gesagt?« Ob sie ihren stalkenden Griechen damit gemeint hatte? Konnte natürlich gut sein. Musste eigentlich so sein, wenn man logisch darüber nachdachte.

»Wortwörtlich.« Gerda nickte. Ihre mit viel Haarspray festbetonierte Ponyfrisur wackelte dabei wie ein locker sitzender Helm auf ihrem Kopf herum.

»Wissen Sie, wen sie damit gemeint haben könnte?«

»Nein. Leider.«

»Warum haben Sie nicht sofort die Polizei verständigt?«

»Sie wollte es nicht. ›Keine Polizei‹, sagte sie.« Gerda nickte mit wichtiger Miene zu ihren Worten.

»Hier im Haus soll ein Grieche wohnen«, fuhr Max fort. »Kennen Sie den auch?«

»Den Jorgo? Klar kenne ich den. Er wohnt direkt über Agnes, ist aber heute nicht da.«

»Wo ist er denn?«

»Bei einem Freund in Regensburg.«

»Das hat er Ihnen gesagt?«

»Ja. Vor zwei Tagen.«

»Aha. Aber gestern war er noch da?«

»Das weiß ich nicht.«

»Soso. Na gut.« Wenn der Grieche der Täter war, musste sich Max auf jeden Fall selbst die größten Vorwürfe machen. Er hatte Agnes' Bedenken nicht ernst genommen. Wer weiß? Hätte er gestern Abend nicht vergessen, herzufahren und diesem Jorgo die Meinung zu geigen, wäre er vielleicht gerade noch rechtzeitig da gewesen, um sie zu retten.

Verdammter Mist. Im Moment kam wirklich eins zum anderen. Er keuchte erneut. Seine Bronchen brannten höllisch. Als er sich an die Stirn fasste, spürte er Schweißtropfen darauf. Kalter Schweiß. Der Hypochonder in ihm meldete sich erneut zu Wort. Herrgott noch mal, Raintaler. Geh lieber gleich zu einem Arzt. Das könnte eine Lungenentzündung werden oder Asthma oder noch schlimmer Krebs.

»Haben Sie sich einen Virus eingefangen?«, erkundigte sich Gerda. »Das klingt gar nicht gut.«

»Ja, mei.« Er zuckte die Achseln. Bloß nicht darauf eingehen, sagte er sich. Am Ende kommt sie dir noch mit irgendeiner gruseligen Geschichte von einem Bekannten, bei dem es genauso anfing und der jetzt tot auf dem Ostfriedhof liegt. Das fehlte gerade noch. »In welchem Krankenhaus ist sie denn, die Agnes?«

»Im Harlachinger, glaube ich.«

»Glauben Sie es oder wissen Sie es?« Herrschaftszeiten, was sollte das denn schon wieder für eine halbscharige Auskunft sein? Entweder lag Agnes im Harlachinger Krankenhaus oder nicht. Wenn sich manche Menschen nur selbst bei dem Schmarrn, den sie daherredeten, hören könnten.

»Doch, doch. Es war das Harlachinger. Ich meine, das zumindest so verstanden zu haben.« Sie nickte entschlossen. »Aber Sie können ja dort gleich mal anrufen und nach ihr fragen. Zur Sicherheit, meine ich.«

»Eine super Idee. Da wäre ich von alleine gar nicht

darauf gekommen. Vielen Dank.« Max verdrehte unmerklich die Augen. Schon merkwürdig, dass einen gerade die dümmsten Leute immer wieder für genauso dumm hielten, wie sie selbst es waren. Vielleicht lag es daran, dass sie stetig an ihrem eigenen geistigen Limit agierten und sich aufgrund der Anstrengungen, die das für sie bedeutete, nicht vorstellen konnten, dass darüber noch irgendetwas hinausging. Ach was, vielleicht! Bestimmt war es so. Wie hätte es denn sonst sein sollen?

»Gern geschehen, Herr Raintaler. Ich helfe, wo ich kann.« Gerda grinste geschmeichelt über beide Backen.

»Danke noch mal für die Auskünfte, Frau Riedberger. Sie dürfen jetzt in ihren Garten gehen.« Er schüttelte ihr die Hand zum Abschied.

»Garten? Ach so, wegen der Gummistiefel.« Gerda lachte. »Nein. Die ziehe ich immer an, wenn ich meinen Flur durchwische. Jeden Tag mache ich das. Und zwar gründlich. Sie glauben gar nicht, wie viel Staub wir hier im Viertel haben. Aber was rede ich da nur wieder. Einen feschen jungen Mann wie Sie interessiert das bestimmt nicht. Sie haben sicher eine Putzfrau, stimmt's?« Sie blinzelte ihm keck zu.

»Ja, nein, äh.« Max nickte hektisch. Nichts wie weg hier, dachte er. Am Ende will sie bei mir putzen oder noch schlimmer, sie bittet mich herein und bietet mir Kaffee und Kuchen an. »Ja, dann. Auf Wiederschauen.«

»Auf Wiederschauen, Herr Raintaler. Bitte verraten sie Agnes nicht, dass ich alles ausgeplaudert habe. Es soll eine gute Nachbarschaft zwischen uns bleiben.«

»Mach ich. Versprochen.« Max hob die rechte Hand zum Schwur.

Nachdem sie ihre Tür hinter sich zugezogen hatte, ging er auf Spurensuche im Treppenhaus und vor Agnes' Tür. Leider ergebnislos. Alles war blitzblank geputzt. Wahrscheinlich hatte Gerda Riedberger Treppendienst. Sie sah so aus, als würde sie die Stufen einzeln mit der Zahnbürste reinigen. Wie auch immer. Er fand jedenfalls nichts, was auf den Täter hätte schließen lassen. Weder Blutspuren noch Haare oder Stofffetzen. Falls es sich wirklich um ein Verbrechen handelte, würde er Franz auf jeden Fall noch Bescheid geben. Der konnte dann die Spurensicherung herschicken. Die hatten ganz andere Möglichkeiten, etwas zu finden.

Hustend und keuchend steuerte er seinen zerkratzten Kangoo über den Mittleren Ring und den Tierpark ins Harlachinger Krankenhaus hinauf. Er bekam immer schwerer Luft. Verdammter Mist. Wenn das so weitergeht, bleibe ich am besten gleich hier, dachte er, während er auf den Parkplatz bog.

Agnes lag allein in einem Zweierzimmer im ersten Stock in dem Bett direkt neben dem Fenster. Offensichtlich war ihre Mitbewohnerin gerade unterwegs. Sie sah noch schlimmer aus, als er befürchtet hatte. Ihre Augen waren nahezu vollständig zugeschwollen. Ihr Mund blutverkrustet. Ihre Arme bandagiert. Überall auf ihrer Haut zeigten sich Hämatome und weitere Schwellungen.

Max zog sich einen Stuhl heran. Er setzte sich neben sie.

»Agnes?« Er berührte sanft ihre Hand.

»Max?« Sie wandte ihm ihr Gesicht zu. »Was machst du hier?«

Da sie nur ein schwaches Flüstern zustande brachte, hatte er große Mühe, sie zu verstehen. Er beugte sich nah zu ihrem Gesicht hinunter.

»Dich besuchen.«

»Er hat mich erwischt, Max.«

»Wer?«

»Er.«

»Dieser Jorgo, von dem du mir erzählt hast?«

Sie nickte. Dicke Tränen traten aus ihren winzigen Augenschlitzen.

»Weißt du, wo er ist?«

Sie schüttelte langsam den Kopf.

»Na warte. Den erwische ich, und dann gnade ihm Gott.«

»Ja.« Sie versuchte, dankbar zu lächeln. Gab es aber sofort wieder auf. Offenbar waren die Schmerzen dabei zu groß. »Er hat mir … in einer Seitengasse … aufgelauert«, fuhr sie stockend fort. »Dann hat er … mich hinter … ein Gebüsch gezogen.« Sie schloss erschöpft die Augen.

»Und dann?« Max begann zu zittern. Rachelust und eine gehörige Portion Wut auf sich selbst machten sich in ihm breit. Hätte er ihr doch nur geglaubt, als sie ihn gestern im Hirschgarten gebeten hatte, ihr zu helfen. Nichts als unverzeihliche Arroganz war so etwas. Herrschaftszeiten.

»Er hat mich ver…« Sie sprach das Wort nicht zu Ende.

Egal. Max wusste auch so, was sie sagen wollte.

»Warum hast du denn nicht die Polizei gerufen?«

»Ich habe mich … geschämt. Dachte, sie glauben mir nicht.«

»Das war dumm.«

Sie nickte nur schwach.

»Alles klar, Agnes. Ich finde den Burschen.« Er tätschelte ihre Hand.

»Danke.« Sie atmete lang aus. Dann schlief sie von einer Sekunde auf die andere ein.

Max erhob sich. Diese scheiß Vorschriften, die man im Kopf hat, fluchte er inwendig. Ein Polizist durfte nicht einschreiten, bis jemand das Gesetz brach. Das schien aus seiner eigenen Zeit bei der Kripo immer noch tief in ihm verankert zu sein. Zu tief. Genau betrachtet, war es doch völlig blödsinnig. Gerade wenn man überlegte, wie viele Straftaten man verhindern könnte, wenn man im Vorfeld einschritt.

Während er das Krankenhaus verließ, ereilte ihn ein lang anhaltender Hustenanfall. Er fühlte sich zusehends schwächer und beschloss deshalb, erst einmal zu sich nach Hause zu fahren, um sich kurz hinzulegen. Der Husten wäre bald wieder besser, sobald er sich etwas entspannte.

Gerade als er es sich mit Pfefferminztee und Wolldecke auf seiner roten Couch gemütlich gemacht hatte, spielte sein Handy das *Lied vom Tod*. Er sprang wie von der Tarantel gestochen auf. War etwas mit Agnes?

»Franzi hier. Servus, Max. Wo bist du?«

»Ich hab mich gerade hingelegt. Mein Husten wird immer schlimmer. Zum Kotzen.«

»Husten? Du rauchst doch gar nicht.«

»Sommergrippe, was weiß ich.« Max trank einen

Schluck Tee. Dann stellte er die Tasse auf seinem Couchtisch ab.

»Hoffentlich hältst du durch. Der Druck von oben nimmt zu. Wir brauchen Ermittlungsergebnisse.«

»Dann findet halt endlich raus, ob jemand die Opfer geschubst hat oder nicht. Vorher ist jedes Ermittlungsergebnis für die Katz.« Max wischte ungeduldig mit der Hand durch die Luft.

»Außer es gesteht jemand.«

»Wer sollte das sein?«

»Keine Ahnung. Das müsstest du besser wissen als ich.«

»Weiß ich aber nicht.« Max hustete anhaltend. Sein Kopf lief dabei puterrot an. Er bekam kaum noch Luft.

»Scheiße. Das klingt nicht gut.«

»Sag ich doch.«

»Warst du schon beim Arzt?«

»Damit der mir Lungenkrebs attestiert?«

»Schmarrn. Aber er könnte dir beispielsweise einen Hustensaft verschreiben.«

»Du meinst, das hilft?« Max legte sich hin. Er ließ seinen Kopf aufs Kissen sinken.

»Warum nicht.«

»Na ja. Weiß nicht. Hustensaft ist eher was für Kinder, oder?«

»Schmarrn.«

»Gut. Dann hol ich mir gleich welchen.«

»Hoffentlich bist du schnell wieder fit. Ich brauch dich wirklich.« Franz hörte sich beinahe panisch an.

»Lass mich einfach eine halbe Stunde ausruhen. Dann geht's wieder weiter, Franzi. Versprochen.«

»Der Staatsanwalt Hierlmeier gibt keine Ruhe mehr«, fuhr Franz aufgeregt fort. »Alle fünf Minuten steht er hier bei uns im Büro auf der Matte.«

»Glaub ich gern.«

»Der will meinen Kopf, Max.«

»Glaub ich auch.«

»Wir brauchen einen Täter.«

»Weiß ich.«

»Ich muss dich sonst von dem Fall abziehen. Das heißt, kein Geld mehr.«

»Aha.«

»Tut mir leid. Ist aber so. Der Hierlmeier konnte dich früher schon nicht leiden. Das hat sich bis heute nicht geändert.«

»Ja mei.« Max hustete erneut. Noch länger und heftiger als zuvor. »Ich kann auch nichts dafür, dass wir keine Tatzeugen haben«, sagte er, sobald er wieder Luft bekam.

»Hast ja recht.« Franz klang wieder etwas wohlwollender und verbindlicher. »Aber was hilft's?«

»Ich tue, was ich kann. Zur Not auch vom Bett aus. Aber ich brauche auch deine Hilfe, Franzi.«

»Inwiefern?«

»Ich suche einen Griechen.«

»Dann flieg nach Griechenland.«

»Depp. Einen, der hier in München wohnt. Er hat eine Bekannte von mir vergewaltigt und ist verschwunden.«

»Was? Im Ernst?«

»Im Ernst. Sie liegt mit schweren Verletzungen im Harlachinger Krankenhaus.«

»Wie heißt der Grieche?«

»Jorgo.«

»Wie noch? Jorgos gibt es etliche. Jeder zweite Grieche heißt so.«

»Seinen Nachnamen weiß ich nicht. Er wohnt im selben Haus wie Agnes. Direkt über ihr. Sein Name sollte auf dem Klingelschild stehen. Oder du fragst beim Einwohnermeldeamt nach.«

»Ja, ja. Ich kenne meinen Job. Agnes? Die Vergewaltigte?«

»Ja, Agnes Bichler.« Max gab ihm ihre Adresse durch.

»Ich schaue, was ich tun kann«, versprach Franz. »Aber die Morde gehen im Moment vor. Das muss dir klar sein.«

»Agnes war Stecherts Assistentin am Pasinger Gymnasium«, klärte ihn Max auf. »Und zuvor die von Bockler.«

»Das ändert allerdings alles. Hängt sie in der Sache mit unseren U-Bahn-Toten drin?«

»Nein«, erwiderte Max mit fester Stimme. »Sicher nicht.«

»Wir werden uns trotzdem sofort um diesen Griechen kümmern. Vielleicht gibt es einen Zusammenhang mit den Geschehnissen, von dem wir noch nichts ahnen.«

»Alles klar. Danke, Franzi.«

Zehn Minuten nachdem sie aufgelegt hatten, klingelte es an Max' Haustür. Er schlurfte hin und öffnete.

»Frau Bauer? Was gibt's?«

»Man hört sie im ganzen Haus husten, Herr Raintaler. Das ist ja schrecklich.« Seine alte zerbrechliche Nachbarin sah ihn neugierig an.

»Stimmt.« Wie zur Bestätigung ihrer schlimmsten

Befürchtungen, ereilte ihn sogleich sein nächster lauter Hustenanfall.

»Sie Ärmster. Ich habe Ihnen eine Hühnersuppe aufgetaut. Die hilft am besten bei Erkältung.« Sie hielt lächelnd einen kleinen Topf hoch. »Ich wärme Sie schnell für Sie in Ihrer Küche auf und Sie gehen husch, husch wieder ins Bett zurück.«

»Aber ich muss gleich wieder los«, protestierte er. »Die Arbeit ruft. Der Staatsanwalt Hierlmeier …«

»Keine Widerrede. Auf geht's! Den Doktor rufen wir auch. Sie sehen fürchterlich aus. Wollen Sie eine Lungenentzündung riskieren?«

Max ergab sich in sein Schicksal. Natürlich hatte sie recht. Was hatte die Welt davon, wenn er hier allein in seinem kleinen Wohnzimmer wegen einer schlimmen Krankheit starb? Nichts. Eben. Also erst mal abwarten, was der Doktor meinte. Er legte sich wieder auf seine Couch und döste vor sich hin.

»So, die Suppe kommt.« Frau Bauer saß auf einmal wie aus dem Nichts neben ihm auf dem Sofa. Sie machte ein strenges Gesicht und schob einen Löffel mit siedend heißer Flüssigkeit in seinen Mund.

»Autsch, das tut weh, Herrgott noch mal.« Er schaute ärgerlich zu ihr auf.

»Papperlapapp. Mund auf!«

# 35

»Leiden die Münchner Friseure neuerdings unter totaler Geschmacksverirrung?«

Die Stimme kam vom hinteren Ende des Lehrerzimmers. Maria konnte sie nicht genau zuordnen. Julia oder Sabine mussten es gewesen sein. Oder doch Cornelia? Egal, die drei nahmen sich nicht viel. Sie waren allesamt nur selten ätzende Exemplare ihrer hirnlosen Schickimicki-Gattung.

»Sieht ganz so aus«, brummte eine Männerstimme amüsiert. »Schlimmer geht es echt nicht. Den Prozess gegen den Friseur gewinnst du, Maria. Jede Wette.«

»Genau, Maria. Den Friseur solltest du verklagen.«

»Wahnsinn. Wie kann man sich nur so verunstalten lassen? Noch dazu, wenn man eh schon Übergewicht hat.«

»Lady Gaga aus Garmisch.«

»Ein Walfisch mit lila Locken! Moby Dick würde vor Scham auf ewig im Meer versinken.«

Allgemeines schadenfrohes Gelächter.

»Ihr habt doch alle keine Ahnung.« Maria versuchte, Haltung zu bewahren.

Der Starfigaro in der Innenstadt hatte ihr gestern den Kurzhaarschnitt mit den breiten violetten Strähnen darin extra empfohlen. Nachdem er fertig geschnitten hatte, war sich der gesamte Salon darin einig gewesen, dass sie sehr gut, ja sogar außerordentlich gut damit aussähe. Genauso stolz, wie sie aus dem Friseursalon herausspaziert war, hatte sie gerade das Lehrerzimmer betreten und, vom selben Moment an, nichts als Hohn und Spott geerntet.

»Mag sein«, kam es zurück. »Dafür haben wir wenigstens anständige Frisuren. Und schlank sind wir auch.«

Erneutes Gelächter.

Maria packte ihr Pausenbrot im Eiltempo in ihre Schultasche zurück. Sie stürmte aus dem Raum. Das Lachen der anderen klang ihr in den Ohren nach, bis sie in der Lehrertoilette angekommen war.

Dort spritzte sie sich kaltes Wasser ins gerötete Gesicht, um sich zu beruhigen. Aber es nützte nichts. Irgendetwas in ihr zerbrach gerade endgültig. Nie wieder würde sie auf das achten, was andere zu ihr sagten. Nie wieder würde sie sich um die Freundschaft von jemandem bemühen. Nie wieder würde sie jemanden auch nur auf einen Meter Nähe an sich herankommen lassen. Nie wieder würde sie zum Friseur gehen.

Mit diesem heiligen Rundum-Schwur auf den Lippen machte sie sich geradewegs zur nächsten Stunde in ihr Klassenzimmer auf.

»Frau Singer. Sie schauen aber lustig aus. Wie ein Kanarienvogel«, ging es dort ansatzlos weiter.

Schrilles Spottgelächter der übrigen Schüler.

»Sei still, Melanie. Sonst bekommst du einen Verweis.«

»Aber …«

»Nichts aber. Ab sofort wird hier nur noch geredet, wenn ich etwas gefragt habe. Ist das klar?« Marias Stimme zitterte vor Wut, Angst und Aufregung.

»Geht es Ihnen nicht gut, Frau Singer?« Jens Müller hatte denselben spöttischen Unterton in seiner Stimme, den er immer darin hatte, wenn er mit ihr sprach.

»Habe ich dich etwas gefragt, Jens?« Sie taxierte ihn mit einem strengen Blick.

»Nein.« Er schüttelte unschuldig den Kopf.

»Warum redest du dann?«

»Ich dachte …«

»Du dachtest? Dass ich nicht lache.« Maria lachte nun ihrerseits spöttisch auf. »Jens Müller dachte. Den Tag werde ich mir rot im Kalender anstreichen. Ein hirnloser verwöhnter Miesling, mit nicht mehr als einer einzigen Gehirnzelle im Kopf, will mir erzählen, dass er dachte. Das ist wirklich lustig. Zum Wiehern. Findet ihr nicht?« Sie kicherte schrill. Immer lauter. Immer intensiver. Hielt sich den Bauch, krümmte sich.

Die Schüler im Klassenzimmer lachten nicht mit. Niemand gab auch nur einen Mucks von sich. Sie sahen sich lediglich verwundert gegenseitig an.

»Es tut mir leid, Frau Singer.« Melanie senkte reumütig den Kopf.

»Habe ich dir erlaubt zu reden?« Maria brachte die Worte kaum heraus. Immer wieder platzte sie fast vor Lachen.

»Nein.« Melanie presste die Lippen aufeinander.

»Na also, dann halt gefälligst deine Klappe, du jämmerlicher Wurm.« Maria hob den Zeigefinger. Eine Sekunde lang sah sie sehr streng und sehr gefährlich aus. »Sonst frisst dich der Storch«, fügte sie hinzu. Dann begann sie erneut hemmungslos zu gackern.

»Jetzt haut es ihr total den Vogel raus«, flüsterte Jens seinem Banknachbarn Jürgen zu.

»Das habe ich gehört, Jens Müller. Verweis.« Maria trat an seinen Tisch. Sie schlug mit dem Zeigestock darauf, dass es nur so knallte. »Verweis, Verweis, Verweis!« Sie zeigte in die Runde. »Jeder bekommt heute einen Verweis. In Zukunft könnt ihr das jeden Tag haben. So lange, bis ihr einer nach dem anderen von der Schule fliegt. Und zwar alle! Na, was haltet ihr davon?« Sie lachte nun nicht mehr.

Ängstliches Schweigen.

»Ihr jämmerlichen Gestalten. Euch sollte man alle ins Boot Camp schicken. Oder nach Sibirien. So lange, bis ihr gelernt habt, euch zu benehmen, verdammte Höllenbrut.« Sie schlug erneut mit dem Zeigestock auf Jens Müllers Tisch. »Hefte raus! Wir schreiben eine nicht angesagte Probe. Auf der Stelle.«

Niemand traute sich zu widersprechen.

»Thema: ›Warum ich eine hirnlose Amöbe bin‹«, fuhr Maria fort. »In einer halben Stunde ist Abgabe. Besser, ihr beeilt euch. Wer nicht mindestens zwei Seiten hat, bekommt eine Sechs.« Sie setzte sich hinters Pult, holte eine Zeitung heraus und begann, darin zu lesen.

Nachdem die halbe Stunde vorüber war, sammelte sie die Hefte ein und ging nach Hause. Für sie war heute früher Schluss. Das hatte sie so beschlossen und genauso machte sie es auch. Was die Schüler den Rest des Unterrichtstages taten, war ihr herzlich egal.

Daheim begrüßte sie kurz ihre Mutter, ging anschließend geradewegs in ihr Zimmer, sperrte von innen zu, legte sich auf ihr Bett und weinte hemmungslos.

Als Florian wenig später nach Hause kam, wollte er zu ihr gehen, um sie wie so oft zu trösten. Doch diesmal blieb ihre Tür verschlossen. Er würde ihr also ein anderes Mal von dem Video auf You Tube erzählen, das einer ihrer Kollegen ins Internet gestellt haben musste. »Dicker Kanarienvogel im Lehrerzimmer«, war die Überschrift. Kurz darauf sah man Maria, wie sie vor Scham ihren frisch frisierten Kopf senkte und rot wurde. Im Hintergrund waren Stimmen zu vernehmen, die ihre neue Frisur durch den Kakao zogen. Dann sah man nur noch, wie sie eilig ihre Tasche packte und tränenüberströmt aus dem Zimmer rannte.

## 36

»Stell dir vor, Herbert Bader hat etwas entdeckt!« Franz hielt sich gar nicht erst lange mit einer Begrüßung auf.

»Die Welt ist doch eine Scheibe.« Max musste trotz seines quälenden Hustens und des hohen Fiebers, das ihn inzwischen ereilt hatte, lachen.

»Schmarrn, Depp.«

»Was dann? Ein Heilmittel gegen die Dummheit?« Max hielt das Telefon ein Stück weit von sich weg, weil Franz so laut sprach. Sogar wenn man gesund war, konnte einem das schallende Organ des kleinen Hauptkommissars unvermittelt Kopfschmerzen bereiten. Wenn man krank darniederlag, war es schlichtweg nicht auszuhalten.

»Nichts von alledem. Er hat sich sämtliche Videos der Unfälle mehr als hundertmal durchgesehen, bis ihm etwas auffiel.«

»Mach's nicht so spannend, Franzi. Der Arzt hat mir absolute Bettruhe verordnet. Vor allem keine Aufregung und keine Anstrengung.« Max wurde von einem nicht enden wollenden Hustenanfall geschüttelt.

»Der Arzt? Ist das dein Ernst?«

»Mein voller Ernst. Er war vorhin da. Ich stehe rasiermesserscharf vor einer Lungenentzündung.« Max räusperte sich kräftig, bevor er weitersprach. Nur damit auf keinen Fall irgendwelche Zweifel an seiner Schilderung aufkamen. »Mit der ist in unserem Alter bekanntlich nicht zu spaßen. Das kann durchaus tödlich ausgehen.«

»Willst du mir etwa erzählen, dass du dabei bist, zu sterben?« Franz hörte sich so an, als würde er kein Wort von dem glauben, was ihm sein alter Freund und Exkollege gerade auftischte.

»Noch nicht, Franzi. Aber wenn ich mich nicht schone, kann das durchaus passieren. Hat der Arzt jedenfalls gesagt. Ich kann da nichts dafür.« Max hustete erneut.

»Und wie willst du weiter für mich arbeiten? Etwa vom Bett aus?«

»Wenn's sein muss. Warum nicht?«

»Herrgott, Max. Du hättest damit auch wirklich bis nach der Lösung des Falls warten können.«

»Das wäre aber nur halb so lustig. Schau dich doch an. Allein schon zu sehen, wie sensibel und fürsorglich du Anteil nimmst, ist mir die ganze Sache wert. Außerdem reicht's völlig, wenn du mich Max nennst. Den Herrgott darfst du gerne weglassen.«

»Du bist gern krank, bloß weil es mich vielleicht ärgert?«

»Logisch. Was dachtest du denn?« Er kapiert wieder mal nichts, der Wurmdobler. Herrschaftszeiten, warum muss er sich selbst bloß andauernd so wichtig nehmen? Kann er nicht einmal einen kleinen Schritt zurücktreten, wenn sein bester Freund todkrank ist?

»Na gut. Dann brauch ich ja gar nicht weiterzureden.«

»Beleidigte Leberwurst.« Max schüttelte langsam den Kopf. Unmöglich, dieser Mensch.

»Na ja.«

»Also, komm schon. Hab dich nicht so. Raus damit. Was hat dein Frischling Herbert Bader herausgefunden?« Max trank einen Schluck von dem Kamillentee, den ihm Frau Bauer vorhin noch gemacht hatte, bevor sie in ihre Wohnung zurückgekehrt war. Dann ließ er seinen Kopf wieder in sein Kissen zurücksinken.

»Wozu sollte ich einen Todkranken über einen Mordfall informieren?«

»Um ihn aufzuheitern. Jetzt mach schon.«

»Na gut«, gab Franz nach. »Weil du es bist. Es ist wohl so, dass jedes Mal kurz vor den Unfällen eine bestimmte Person in der Nähe des Opfers stand. Bisher war das niemandem aufgefallen, weil wir immer nach der gleichen Kleidung und somit der gleichen Person suchten. Es ist aber vielmehr so, dass dieselbe Person jedes Mal anders angezogen war.«

»Na also. Ein Serientäter. Es war also ganz klar Mord. Hab ich dir doch gleich gesagt, Franzi. Aber auf mich hört ja keiner.« Max hustete ausgiebig.

»Doch, jetzt schon. Also pass auf. Einmal trug die Person einen hellgrünen Parka mit tief ins Gesicht gezogener schwarzer Kappe, dann einen schwarzen Mantel und einen grünen Hut, dann einen hellgrauen Anorak mit Kapuze und zuletzt einen grauen Mantel mit roter Kappe.«

»Wie kommt es, dass ihr das auf einmal so genau wisst?«

»Herbert ist ein echter Computerfreak, wie die meisten jungen Leute heutzutage. Er ist also hergegangen und hat die Aufnahmen einer Kamera, die wir bisher außer Acht gelassen hatten, weil sie sehr weit vom Geschehen weg war, vergrößert.«

»Nicht blöd. Muss man ehrlich zugeben.« Max nickte, ohne es zu merken. »Wie ging's weiter?«

»Dabei fiel ihm auf, dass die verschieden gekleideten Personen, die jedes Mal kurz vor den Unfällen in der Nähe der Opfer standen, allesamt ein Muttermal auf der Handoberfläche der linken Hand hatten. Und zwar immer das gleiche. Größe und Körperbau stimmten ebenfalls überein. Das konnte unmöglich ein Zufall sein.«

»Sehr richtig.«

»Also war es eindeutig jedes Mal dieselbe Person, die vor dem Einfahren der U-Bahn in der Nähe der Opfer gestanden hatte. Sie muss es gewesen sein, die ihnen einen Schubs verpasst hatte. Das sieht man zwar auf den Aufnahmen nicht, aber es kann gar nicht anders gewesen sein.«

»Und wer ist es?«

»Keine Ahnung.«

Max konnte vor seinem inneren Auge sehen, wie Franz, trotz seiner momentanen Begeisterung, genervt und hilflos zugleich die Achseln zuckte.

»Wie das?«, fragte er verwundert.

»Man erkennt die Person nicht. Auch nicht auf den Aufnahmen der Kameras, die näher dran waren. Wir haben nur das Muttermal.«

»Mist. Das ist zu wenig. Oder?«

»Schaut so aus.«

»Und ich dachte schon, wir hätten endlich unseren Serienkiller.« Max hustete erneut.

»Leider nicht.«

»Wie geht's jetzt weiter?«, wollte Max wissen, als er wieder sprechen konnte.

»Gute Frage. Ich hatte gehofft, du kannst mir das sagen.«

»Ich bin krank.«

»Leider.«

»Habt ihr das Muttermal, die Größe des Verdächtigen und seine Umrisse schon mit dieser neuen Bilderkennungssoftware bearbeitet und mit euren bekannten Datensätzen verglichen?«

»Ja. Keine Übereinstimmung.«

»Das ist ungut. Ich denke von meinem Krankenlager aus über weitere Schritte nach. Versprochen.«

»Das wär hilfreich.«

»Sind weitere Zeugen aufgetaucht?«

»Nein.«

»Herrschaftszeiten aber auch.«

»Genau.«

»Ich schlaf wieder, Franzi. Bin ziemlich fertig.«

»Alles klar. Gute Besserung.«

»Danke.«

»Mach dir wegen deinem Honorar keine Sorgen. Das kriegen wir schon irgendwie hin.«

»Echt? Ich dachte, da geht nichts mehr. Der Hierlmeier …«

»Wir sind Freunde. Schon vergessen?«

»Danke, Franzi.« Er sorgte wirklich gut für seine Freunde, der Wurmdobler. Respekt.

Im selben Moment als sie auflegten, hörte Max, wie seine Wohnungstür aufgesperrt wurde.

# 37

Endlich. Monika war da. Sie würde ihn versorgen, pflegen und trösten, wie es sich bei einem Schwerkranken gehörte.

»Moni? Bist du das?«, rief er sicherheitshalber. Es hätte schließlich auch ein Einbrecher sein können, der sich an seinem Schloss zu schaffen gemacht hatte. Mist. Gegen so einen würde er sich in seinem Zustand kaum zur Wehr setzen können. Zu allem Überfluss lag seine Pistole weit weg, drüben im Schlafzimmer. Gut versteckt zwischen den Laken im Schrank.

»Hast du etwa noch andere Geliebte neben mir?«, kam es aus dem Flur.

»Im Moment nicht.« Gott sei Dank, sie war es wirklich.

»Was machst du denn für Sachen?«, fragte sie, als sie frisch und fesch in Jeans, Turnschuhen und roter Lederjacke bei ihm im Zimmer stand.

»Es ging total schnell. Vielleicht habe ich mich in einer der Schulen angesteckt. Diese Kinder dort sind die reinsten Krankheitsherde. Weiß man ja.«

Max setzte das mitleidserregendste Gesicht auf, das ein Mann aufsetzen konnte. Eine Frau hätte es nicht einmal in die Nähe seiner schauspielerischen Leistung gebracht. Frauen waren härter im Nehmen als Männer. Vor allem was Krankheiten betraf. Keine Frage.

»Zuerst müssen wir hier drinnen lüften. Deck dich gut zu.«

»Wozu lüften? Es ist doch schön so.«

»Es stinkt. Außerdem brauchst du frische Luft.«

»Wie, es stinkt?«

»Es muffelt nach Krankheit und alten Socken.«

»Unverschämtheit. Ich habe frische Socken an. Aber nicht zu lange das Fenster aufreißen. Sonst hol ich mir wirklich noch den Tod.« Er sah sie panisch an.

»Ja, ja. Mach einfach die Augen zu und ruh dich aus. Ich putz derweil den Staub und den Schmutz weg.«

»Aber es ist doch gar nicht staubig.«

»Es ist total staubig. Kauf dir mal eine Brille. Du scheinst nichts mehr zu sehen.«

»Du meinst, ich werde auch noch blind?« Max starrte fassungslos in ihr Gesicht.

»Schmarrn. Aber schärfer sehen würdest du dann. Zum Beispiel den ganzen Staub hier.« Sie zeigte auf seine braunen Holzregale und den Couchtisch.

»Aber ich habe vor drei Wochen erst Staub gewischt.«

»Vor drei Wochen? War ich so lange nicht mehr hier?« Monika legte nachdenklich die Stirn in Falten. »Dann wundert mich allerdings gar nichts. Wann hast du das letzte Mal deinen Staubsauger in die Hand genommen?«

»Auch vor drei Wochen. Wieso?« Max blickte verwundert drein.

»Schau deinen Teppich an, dann weißt du es, du Ferkel.«

»Was?«

»Nichts.«

Monika trat ans Fenster und öffnete es weit. Anschließend holte sie ein Mikrofasertuch und wischte die münzdicke Staubschicht von den Möbeln. Zu Max' Leidwesen sang sie dabei unentwegt, obwohl sie seit jeher nicht singen konnte. Seinen empfindsamen Musikerohren fügte das zusätzliche Schmerzen zu. Selbst wenn er sich die Ohren zuhielt, drangen ihre seltsamen Geräusche, die eher an eine Kreissäge als an Melodien erinnerten, noch zu ihm durch.

Nachdem sie mit den Möbeln fertig war, schnappte sie sich gut gelaunt seinen alten Staubsauger und fegte damit quer durch die Wohnung. Das laute Geräusch des Staubsaugermotors und ihr fortwährender gruseliger Gesang brachten ihn dabei an die Grenzen seiner momentanen Belastbarkeit. Immer noch stand das Fenster sperrangelweit offen. Er wollte sie darauf aufmerksam machen. Doch sie hörte ihn nicht. Logisch bei dem Radau, den sie veranstaltete. Also ergab er sich in sein Schicksal, zog die gelbe Wolldecke, mit der er sich vorhin zugedeckt hatte, über seinen Kopf, und hoffte inständig, dass sie bald damit aufhörte, es ihm »schön« machen zu wollen.

»So, und jetzt waschen wir dich ein bisschen, ziehen frische Socken an, messen deine Temperatur und danach gibt es ein schönes Hühnersüppchen.« Monika hatte den Staubsauger wieder im Schlafzimmer verstaut und die Fenster geschlossen. Sie war bereit zu neuen Taten.

»Schon wieder Hühnersuppe?« Max blickte sie entsetzt an. »Frau Bauer hat mich vorhin schon damit traktiert.«

»Hühnersuppe ist aber gesund.« Sie lächelte ihm wissend zu. »Ich hab dir extra eine gekocht.«

»Na gut, wenn du meinst, Moni. Aber mach sie bitte nicht zu heiß. Ich hab mir bereits an Frau Bauers Suppe die Lippen verbrannt.«

»Mach ich, Max. Die Hühnersuppe nicht zu heiß. Brauchen wir sonst noch etwas?« Er konnte sich des Gefühls nicht erwehren, dass sie ihn nicht für voll nahm. War man automatisch ein unselbstständiger Mensch, wenn man sich einen Infekt eingefangen hatte? Ein armer Irrer, der nicht mehr selbst wusste, was gut für ihn war?

»Kannst du mir die Fernbedienung für den Fernseher geben?«, fragte er.

»Fernsehen ist gar nicht gut, wenn man krank ist.« Sie hob streng den Zeigefinger.

»Gibst du sie mir trotzdem?«

»Na gut. Aber auf deine Verantwortung.«

»Vielen Dank.« Er war offensichtlich vom Regen in die Traufe geraten. Hätte er sie bloß nicht angerufen, nachdem die alte Frau Bauer endlich weg war. Das hatte er jetzt von seiner albernen Angst vor dem Alleinsein als vermutlich Todgeweihter. Hirnrissiger Volldepp, schimpfte er sich selbst. Da starb er doch lieber einsam und verlassen, als unentwegt in seiner eigenen Wohnung herumkommandiert zu werden.

## 38

Das Geschrei im Klassenzimmer verstummte jäh, als Maria mit einem hellgrauen Kopftuch bekleidet eintrat. Von ihrer lila gestreiften Frisur war nichts mehr zu sehen.

»Was ist los? Hat's euch die Sprache verschlagen? Das war ja noch nie da.« Sie knallte mit versteinerter Miene ihre Tasche aufs Pult. Wenn ihr Krieg wollt, bekommt ihr Krieg, hatte sie sich heute Morgen beim Frühstück gesagt und sich geistig dementsprechend für den Tag gewappnet. Wer sie heute beleidigte oder auch nur ansatzweise frech wurde, durfte sich auf umgehende Konsequenzen freuen.

»Das Kopftuch, Frau Singer.« Der Oberchaot und Superklugscheißer Jens Müller konnte sich natürlich wieder nicht zurückhalten. »Sie sehen aus wie eine Araberin.«

»Was dagegen?«

»Ja.« Er nickte. »Das geht nicht. Kopftücher dürfen nur die echten Moslems tragen. Also die Frauen von denen.«

»Wer sagt das?«

»Das weiß jeder.«

Beifälliges Gemurmel der anderen.

»Er hat recht«, meldete sich der kleine dicke Hakan aus der Türkei zu Wort. »Christenschlampen sollen keine Kopftücher tragen.«

»Wie bitte? Was hast du da gerade gesagt?« Maria spitze gespannt die Ohren.

»Christenschlampen dürfen kein Kopftuch. Nuschle ich etwa?«

»Meinst du mich mit ›Schlampe‹?«

»Nein.« Er schüttelte den Kopf. »Sie sind die Frau Lehrerin.«

»Wen meinst du dann?«

»Alle Christenfrauen sind Schlampen.«

»Wer sagt das?«

»Mein großer Bruder.«

»So, so.« Maria schnaubte verächtlich. Nicht zu fassen. Was tat sie hier eigentlich? Ihr erschien auf einmal alles nur noch völlig sinnlos. Diesen hohlen kleinen Dummköpfen würde sie niemals Benehmen oder Kultur beibringen. Nicht in 1.000 Jahren. Vom vorgeschriebenen Lehrstoff einmal ganz zu schweigen.

Sie begann damit, die Hefte zu verteilen, die sie gestern eingesammelt hatte.

»Aber wieso habe ich eine Sechs?« Melanie schaute entsetzt zu ihr auf.

»Themaverfehlung, glatte Sechs.« Maria zuckte gleichmütig die Achseln.

»Aber das Thema war doch: ›Warum ich eine hirnlose Amöbe bin.‹«

»Und?«

»Ich habe zwei Seiten geschrieben.«

»Von einer hirnlosen Amöbe, die sich durch einen Wald frisst.«

»Ja. Was ist daran falsch?«

»Du solltest über dich schreiben.«

»Aber ich bin keine hirnlose Amöbe.«

»Doch, glaube es mir. Melanie. Ihr alle seid hirnlose Amöben. Jeder von euch ist ein Einzeller. Dumm wie Brot und unglaublich arrogant.« Maria setzte ein dämonisches Grinsen auf. Sie wusste natürlich, dass es pädagogisch gar nicht ging, was sie gerade tat. Aber es war ihr vollkommen egal. Der ganze Frust, den sie seit Jahren angestaut hatte, musste raus. Egal wie. Dass sie sich damit in letzter Konsequenz nur selbst schadete, war ihr zwar irgendwie bewusst, aber mindestens genauso egal, wie wenn in China ein Sack Reis umfiel.

»Ist das gerade eine neue Unterrichtsmethode aus Amerika?«, wollte Jens wissen.

»Wie kommst du darauf?« Der Kerl ist wirklich dümmer, als die Polizei erlaubt, dachte sie.

»Na ja. Da gibt es doch so komische Methoden, wo man Leute provoziert, damit sie nachdenken.«

»Nachdenken? Du? Tu dir das nicht an, Jens. Du könntest einen Dauerschaden davontragen.« Sie lachte höhnisch.

»Hey, was soll das? Willst du mich vielleicht ficken, Alte?« Jens erhob sich von seinem Stuhl. Er machte bedrohlich die Schultern breit.

»Setzen, Müller. Verschärfter Verweis wegen Respektlosigkeit.« Maria nahm in aller Ruhe hinter ihrem Pult Platz. Sie beachtete ihn nicht weiter.

»Ich setze mich, wann ich will, kapiert?« Jens reckte aggressiv seinen Kopf nach vorne.

»Von mir aus. Dann bleibst du halt stehen. Aber fall nicht um.«

»Hä?«

»Du bist doch sogar zu blöd, um gerade stehen zu bleiben.«

Schallendes Gelächter der anderen. Ja, ja. So schnell wechselte der Mobb die Seiten.

»Das büßt du mir, du Schlampe.« Jens setzte sich. Er sagte kein Wort mehr. Warf ihr nur noch giftige Blicke zu.

»Ich hab jetzt schon Angst.« Sie lachte erneut. Sonst nichts. »So, und jetzt die Hefte aufgeschlagen. Wer von euch weiß eigentlich, was eine Amöbe ist?«

Die Stunde war beendet. Maria hatte der Klasse erklärt, was es mit einem Einzeller auf sich hatte. Jens Müller hatte die ganze Stunde lang hartnäckig geschwiegen. Herrlich.

Jetzt war sie auf dem Weg ins Lehrerzimmer. Sie zeigte sich dabei höchst zufrieden mit sich selbst. Endlich hast du dich mal erfolgreich gegen die Unverschämtheiten von diesem Jens gewehrt, sagte sie sich. Du hast ihn richtiggehend dumm aussehen lassen. Jetzt kannst du deine Pause seit langer Zeit wieder richtig genießen.

Sie öffnete die Tür und trat gut gelaunt ein. Viele ihrer Kollegen und Kolleginnen waren da.

»Schau dir die Singer an. Kopftuch statt lila Haaren.«

»Achtung, die Moslems kommen! Jetzt wird es gefährlich.«

»Maria Singer. Eine Fee aus *Tausendundeine Nacht* lässt grüßen.«

»Drehst du jetzt völlig durch, Frau Kollegin? So etwas hat man bei uns in den 60er-Jahren getragen. Oder als Magd auf dem Land.«

Zustimmendes spöttisches Gelächter der restlichen Anwesenden.

»Wisst ihr was?« Maria sprach mit leiser Stimme. »Ihr könnt euch alle mal gründlich in eure dämlichen Spießerärsche ficken. Kapiert?«

Schockierte Stille. Da schau her. Das Landei probte den Aufstand. Das war doch nicht die Möglichkeit. Moment mal. Das ging ja gar nicht.

»Habe ich da gerade richtig gehört?« Gerhard drehte sich langsam zu ihr um. Er baute sich bedrohlich vor ihr auf.

»Wenn du deine Ohren ausnahmsweise mal gewaschen hast, ja.« Maria wunderte sich nur noch über sich selbst. Ihre übliche Angst vor den anderen schien verflogen zu sein. Mutig wie eine Löwin blieb sie aufrecht stehen. Sie sah ihrem Herausforderer geradewegs ins Gesicht.

»Pass bloß auf, Landei. Übernimm dich nicht.« Er hob den Zeigefinger.

Zustimmendes Gemurmel.

»Lass doch die alberne Kuh, Gerhard«, war zu hören. »Die mag sich doch selbst nicht.«

»Genau«, meinte jemand anderes. »Hässliche und böse Menschen sollte man links liegen lassen. Die ziehen einen nur runter.«

»Wer ist denn hier hässlich und böse?« Maria schrie es heraus. Sie konnte nun doch nicht mehr an sich halten. Ihre ganze gut zurechtgelegte Verteidigungsstrategie für diesen Tag brach wie ein Kartenhaus zusammen. Ihre gerade noch gute Laune ebenfalls. Nie gekannte übermächtige Gefühle des Hasses, der Wut und der Verzweiflung überkamen sie blitzschnell wie aus dem Nichts. »Seit Jahren verspottet ihr mich, ihr miesen Arschlöcher. Merkt ihr eigentlich noch was?«

»Oh Gott. Madame aus den Bergen ist wieder mal empfindlich.«

»Empfindlich? Ihr Wichser macht jemanden systematisch kaputt und nennt ihn dann empfindlich? Das ist doch alles nicht mehr zu fassen. Was seid ihr denn bloß für Menschen?« Sie zitterte vor Empörung. Ihr war klar, dass es aus ihrem Dilemma keinen Ausweg mehr gab. Zumindest solange sie mit aller Macht versuchte, ein Teil des Ganzen zu sein. Sie würden sie immer nur ablehnen. Aus welchem Grund auch immer. Es war müßig, sich weiter Gedanken darüber zu machen. Hier half nur noch ein glatter, endgültiger Schnitt. Egal wie.

»Ganz normal sind wir.« Gerhard hob arrogant das Kinn. Er schaute von oben auf sie herab. »Wir schreien nicht kindisch herum, lassen uns die Haare nicht mit albernen Farben färben, tragen keine Kopftücher und fahren mit den Kollegen auf Ausflüge.«

Erneutes zustimmendes Gemurmel der anderen. Niemand machte auch nur die geringsten Anstalten, sie zu trösten oder zu beruhigen.

»Ihr seid gewissenlose Schweine. Sonst nichts.« Maria schnappte sich ihre Tasche. Sie verließ den Raum und das Schulhaus.

Als sie wenig später tränenüberströmt am Marienplatz

auf die einfahrende U-Bahn wartete, wusste sie genau, was sie als Nächstes zu tun hatte. Nie zuvor waren ihre Gedanken so klar gewesen.

# 39

»Autsch! Das ist ja eiskalt! Willst du mich umbringen? Aaahh!« Max brüllte aus Leibeskräften.

»Stell dich nicht so an. Das sind bloß lauwarme Wadenwickel.« Monika schüttelte verständnislos den Kopf. Männer! Wie die Kinder. Nein. Schlimmer. Kinder hatten wenigstens irgendwann ein Einsehen.

»Ist mir egal. Nimm sie weg. Sie tun mir weh.« Er warf seinen Kopf wild auf dem Kissen hin und her.

»Soll ich den Arzt holen?« Vielleicht befindet er sich bereits im Fieberdelirium, spekulierte sie. Wunder wäre es keins, so hirnrissig wie er sich aufführt.

»Nein, bloß keinen Arzt. Ich will keinen Arzt. Ich will gar niemanden. Ich nehme meine Tabletten und meinen Hustensaft, und ich trinke meinen Kamillentee. Ansonsten will ich bloß meine Ruhe.« Max fuchtelte wild mit den Armen in der Luft herum.

»Na gut, wie du meinst. Aber ein paar Löffel Suppe isst du wenigstens noch.« Hoffentlich bekommt er mir keine Psychose, dachte Monika. Das fehlte gerade noch.

»Von mir aus. Aber danach will ich endlich meine Ruhe.«

»Ist ja gut.« Sie verließ leicht verschnupft das Zimmer, um die Hühnersuppe aus der Küche zu holen. Nichts als Undank gab es auf dieser Welt. Das hatte man nun davon, wenn man sich selbstlos um die anderen kümmerte. Nie wieder.

Nachdem sie ihn gefüttert und das Geschirr gespült hatte, zog sie ihre Lederjacke an und verabschiedete sich von ihm. Sie musste los, um ihre Kneipe für den Abendbetrieb vorzubereiten. Frau Bauer war informiert. Sie würde später noch einmal nach ihm sehen.

»Endlich wieder allein. Gott sei Dank«, stöhnte er auf, nachdem sie die Wohnungstür hinter sich zugezogen hatte. Nichts gegen Monika als Freundin. Aber als besserwisserische putzende Krankenpflegerin ging sie ihm gehörig auf den Geist.

Er nahm sein Telefon zur Hand und rief Franz an.

»Mir ist was eingefallen, Franzi. Wie wäre es denn, wenn du deinen Herbert Bader in die Archive der Zeitungen schickst?«

»Wozu?«

»Er könnte dort und im Internet nach Gemeinsamkeiten der Opfer in der Vergangenheit recherchieren. Vielleicht kommen wir so an unseren Täter. Dass alle vier Opfer bis vor drei Jahren zusammen beim Gymnasium in der Au angestellt waren, wissen wir ja bereits aus den Schulakten. Aber was damals vorgefallen ist, habe ich noch nicht recherchiert.«

»Warum nicht?«

»Keine Zeit. Stell dir vor.«

»Aha. Gar nicht dumm, Max. Seit Langem die beste Idee.« Franz hörte sich hocherfreut an. »Wenn du mir damit den Arsch rettest, hast du unbedingt was gut bei mir.«

»Schon gut. Schick deinen Nachwuchsstar erst mal los, dann sehen wir schon, was dabei rauskommt.«

»Alles klar. Servus.«

Sie legten auf. Max ließ seinen Kopf ins Kissen zurücksinken. Wenig später schlief er ein.

Abends kam Frau Bauer mit einer frisch zubereiteten Gulaschsuppe vorbei. Monika hatte ihr ihren Wohnungsschlüssel gegeben. Max hatte jedoch überhaupt keinen Hunger. Im Gegenteil. Er hatte das Gefühl, sich sofort übergeben zu müssen, sobald er etwas aß.

»Dann bekommen Sie die Suppe halt später. Sie müssen bald wieder zu Kräften kommen«, meinte sie. »Ich stelle den Topf in Ihre Küche.«

»Tun Sie das, Frau Bauer.«

»Haben Sie Ihre Temperatur gemessen?«, wollte sie wissen, als sie wieder bei ihm im Zimmer stand.

»Passt alles, Frau Bauer. Wenn es mir wieder schlechter geht, rufe ich gleich den Notarzt. Mein Telefon habe ich ja hier.« Er zeigte auf sein Handy, das neben ihm auf dem Couchtisch lag.

»Fernsehen ist gar nicht gut, wenn man krank ist.« Sie zeigte auf den Bildschirm seines neuen Fernsehers, wo gerade die Tagesschau lief.

»Stimmt. Aber es macht Spaß.« Er blickte sie herausfordernd an.

»Na gut, Herr Raintaler. Ich wollte bloß noch mal nach Ihnen schauen.« Sie lächelte verständnisvoll. »Dann geh ich mal wieder rüber zu meinem Bertram. Der hat bestimmt auch schon Hunger.«

»Hat er heute Abend noch nichts bekommen? Fütterung der Raubtiere ist doch sonst immer schon um 18 Uhr bei Ihnen.«

»Nein. Er wollte unbedingt erst ein Buch fertig lesen. Stellen Sie sich vor, einen spannenden Kriminalroman. Er spielt sogar hier bei uns in München.«

»Das ist recht, Frau Bauer. Mit einem Kriminalroman kann man nichts falsch machen.« Max nickte, ebenfalls lächelnd. »Und keine Angst. Ich komme zurecht. Falls etwas sein sollte, rufe ich bei Ihnen an.«

»Unsere Nummer haben Sie?«

»Logisch.«

»Gut. Auf Wiederschauen, Herr Raintaler. Und gute Besserung.« Sie drehte sich um und ging hinaus, ohne sich noch einmal nach ihm umzublicken.

»Auf Wiederschauen, Frau Bauer.« Er winkte ihr kurz nach, obwohl sie es nicht sehen konnte. Dann konzentrierte er sich auf die Meldungen. Im Fall der Münchner U-Bahnunfälle gäbe es nichts Neues, sagte der Sprecher gerade. »Tatsächlich?«, murmelte Max. »Kommt mir irgendwie bekannt vor.«

Es klingelte. Herrje, sicher Frau Bauer. Was hatte sie wohl vergessen? Und warum sperrte sie nicht auf? Sie hatte doch Monikas Schlüssel. Ächzend erhob er sich und schlich mit schweren Schritten zur Tür. Er musste sich dabei immer wieder mit den Händen an den Wänden abstützen.

Als er öffnete, stand Josef vor ihm.

»Na so was. Du bist ja gar nicht Frau Bauer.«

»Nein. Bis auf Weiteres ist auch keine Geschlechtsumwandlung geplant«, erwiderte Josef breit grinsend. »Franz hat gemeint, dass du krank bist. Da wollte ich mal nach dem Rechten sehen.«

»Das ist nett von dir. Komm schnell rein. Es zieht.« Max hustete.

»Klingt nicht gut«, meinte Josef, während er sich an ihm vorbeidrückte. »Hoffentlich steckst du mich nicht an.«

»Kein Ahnung. Ist dein eigenes Risiko.« Max zuckte die Achseln. Dann schlurfte er hinter seinem Freund und Mannschaftskollegen beim FC Kneipenluft ins Wohnzimmer zurück.

»Ich habe Bier mitgebracht.« Josef hielt eine Einkaufstasche hoch.

»Superidee. Kannst du mir eins davon heiß machen?«

»Heißes Bier? Spinnst du?« Josef starrte ihn entsetzt an.

»Das soll gut gegen Krankheiten sein.«

»Wer sagt das?«

»Alle.«

»Ich nicht.«

»Hast du etwa noch nie davon gehört?«

»Nein.« Josef schüttelte den Kopf, während er sich in Max' Fernsehsessel fallen ließ. Die Enden seines aufgezwirbelten Schnurrbartes zitterten dabei wie kleine Äste im Wind. »Für mich klingt das wie ein Sakrileg. Bier trinkt man kalt oder gar nicht.«

»Machst du mir nun eins heiß oder nicht?« Max legte sich hin und deckte sich bis zum Hals zu.

»Na gut. Wenn du darauf bestehst.« Josef erhob sich wieder von seinem gemütlichen Sitzplatz. »Aber auf deine Verantwortung. Nicht dass mir nachher Klagen kommen.«

Er stiefelte in die Küche hinüber und waltete seines Amtes als offiziell bestellter Biererhitzer.

Als er zurückkam, war Max eingeschlafen. Josef stellte den kleinen Topf mit dem heißen Bier schnell in die Küche zurück. Dann schlich er auf Zehenspitzen hinaus. Die restlichen gut gekühlten Flaschen ließ er samt Öffner neben Max' Bett stehen. Vielleicht bekam der nachts Durst, was bei seinem hohen Fieber kein Wunder wäre. Dann hätte er gleich etwas zur Erfrischung. Heißes Bier! Hatte man so was schon gehört? Unglaublich.

Am nächsten Vormittag wurde Max um kurz nach zehn durch das *Lied vom Tod* geweckt. Er griff verschlafen nach seinem Handy.

»Franzi hier. Ich habe gute Nachrichten.«

»Aha. Da schau her.« Der schon wieder. Max gab sich große Mühe, die Augen zu öffnen. Seine verklebten Lider erlaubten es jedoch nur teilweise.

»Wir haben etwas gefunden. Vielmehr unser Herbert Bader.«

»So? Und was?« Max versuchte sich aufzusetzen, war aber zu erschöpft. Er fiel umgehend in sein Kissen zurück.

»Du hast doch gesagt, ich soll ihn in die Zeitungsarchive schicken.«

»Ja. Damit er herausfindet, ob die vier Toten etwas in der Vergangenheit verbindet.«

»Genau. Und das hat er gleich heute Früh getan.«

»Und?«

»Du wirst es nicht glauben.«

»Sag schon.«

»Der Staatsanwalt Hierlmeier war auf jeden Fall höchst zufrieden mit ihm.«

»Dann brauchst du mich ja bald nicht mehr, mit einem so ausgewiesenen kriminalistischen Talent an deiner Seite.«

## 40

Er hatte einen Film gesehen, in dem sich der Held nichts gefallen ließ. Obwohl sie ihn ins Gefängnis gesteckt hatten, rebellierte er weiter. Gegen die Aufseher, gegen den Gefängnisdirektor. Immer wieder stand er auf, wenn sie versuchten, seinen Widerstand zu brechen.

Am liebsten wäre er selbst dieser Held gewesen. Ein aufrechter, unglaublich starker Kämpfer, der von nichts und niemandem kleinzukriegen war. Doch er hatte panische Angst. Vor den Schlägen des Mannes, der ihn nachts aus seinem Zimmer holte. Vor dem Spott seiner Kameraden. Vor ihren Schlägen.

Er konnte keine Schmerzen mehr ertragen. Also begann er, sich in eine andere Welt hineinzuträumen, ein riesiges Paralleluniversum, in dem er der unumschränkte Herrscher über alles war. Ein gekrönter Potentat, dem alle gehorchen mussten. Der über Wohl und Wehe entschied sowie über Leben und Tod. Ein Wort von ihm genügte und ganze Völker verloren ihr Leben. Nicht einmal die stärksten Gegner konnten ihn bezwingen. Nur die schönsten Prinzessinnen aus nah und fern begehrten ihn. Alle nannten ihn »Herr und Meister«. Alle wollten in seiner Nähe sein, um sich ein Stück seiner Allmacht zu eigen zu machen.

Anfangs träumte er davon nur vor dem Einschlafen oder wenn der Mann und seine Freunde sich an ihm vergingen. Später auch tagsüber, egal welche Verrichtungen gerade anstanden. Er begann immer mehr in dieser anderen Welt zu leben. Sein Traum wurde seine Realität. Die Realität wurde für ihn zum Traum.

Eines Tages tauchte eine wunderschöne Prinzessin in seinem Palast auf, die vom Gesicht her seiner Mutter ähnelte. Sie erzählte ihm, dass ihre gesamte Familie gestorben war. Barbaren hatten sie dahingeschlachtet. Ob er ihr helfen und die Übeltäter bestrafen könne. Er hatte Ja gesagt. Ein Wort von ihm genüge und alle Barbaren mussten sterben, ließ er sie wissen. Sie dankte ihm unter Tränen dafür.

# 41

»Also, pass auf, Max. Folgendes stand im Archiv: Eine Maria Singer, ursprünglich aus Garmisch Partenkirchen, die wie unsere vier Opfer Lehrerin am Gymnasium in der Au war, hat ziemlich genau vor drei Jahren Selbstmord begangen.«

»Da schau her.«

»Wart's ab. Es kommt noch besser. Sie warf sich wohl aus lauter Verzweiflung vor die U-Bahn. Den Zeitungartikeln nach wurde sie offenbar an ihrer Schule von Lehrern und Schülern gleichermaßen gemobbt und war deshalb völlig verzweifelt. Was sagst du dazu?«

»Mobbing unter Kollegen. Das ist höchst interessant. Schaut fast aus, als hätten unsere vier toten Lehrer in den letzten Tagen für ihre damalige Bosheit büßen müssen.« Max hustete.

Es tat aber längst nicht mehr so weh wie gestern, stellte er erleichtert fest. Er fasste sich schnell an die Stirn. Kein Schweiß. Wunderbar. Hatte er Josefs heißes Bier nun getrunken oder nicht? Wohl eher nicht. Außer seiner halb vollen Teetasse stand kein Trinkgefäß auf seinem Couchtisch. Er musste vorher vor Erschöpfung eingeschlafen sein. Trotzdem. Auch ohne heißes Bier schien er auf dem Wege der Besserung zu sein. Jetzt hieß es nur, gut aufpassen, dass er sich keinen Rückfall einfing. Die waren bekanntermaßen am schlimmsten. Der Körper kannte so gut wie keine Gegenwehr, wenn sie ihn erst einmal im Griff hatten. Das hatte ihm einmal ein Arzt verraten, der sich zufällig auf ein Bier zu ihnen in Monikas kleine Kneipe verirrt hatte.

»Du solltest besser mit dem Rauchen aufhören.«

»Sehr witzig, Franzi.« Herrschaftszeiten. Kaum hat der Bursche durch mich einen kleinen Erfolg vorzuweisen, wird er schon wieder übermütig.

»Sorry, Max. War zu verführerisch.« Franz kicherte albern. »Aber offensichtlich lebst du ja noch. Also darf man doch ein wenig scherzen.«

»Hat diese Maria Singer damals jemanden hinterlassen?«, wollte Max wissen, ohne weiter auf den Schmarrn seines alten Freundes und Exkollegen einzugehen. »Einen Mann, Kinder?«

»Einen Sohn. Er wurde vor vier Wochen volljährig und zog keine Sekunde später aus der Wohngruppe aus, in die ihn das Jugendamt nach dem Tod seiner Oma gesteckt hatte«, erwiderte Franz. »So ein Haus mit Kindern und Jugendlichen in Trudering draußen. Dort wird gut für die Kleinen gesorgt.«

»Woher weißt du das?«

»Die Pressestelle von denen sagt das. Jugendamt, was weiß ich.«

»Mutter tot und Oma tot. Das ist schon ein Hammer.« Max versuchte sich vorzustellen, wie es gewesen wäre, wenn er selbst ohne Eltern aufgewachsen wäre. Es gelang ihm nicht.

»Seine Oma starb, kurz nachdem sich die Mutter umgebracht hatte«, fuhr Franz in geschäftsmäßigem Kripotonfall fort. »Herzinfarkt. Sieht so aus, als wäre der Kummer wegen des Selbstmordes ihrer Tochter zu viel für sie gewesen.«

»Der arme Kerl. Wo ist sein Vater?«

»Maria Singer hatte sich Jahre zuvor von ihm scheiden lassen. Er verschwand gleich darauf spurlos. Wahrscheinlich ins Ausland.«

»Was geschah mit dem Bub nach dem Tod seiner Oma?«

»Kein Verwandter oder Bekannter der beiden wollte ihn zu sich nehmen. Also blieb nur die Wohngruppe, in die man ihn, wie gesagt, gebracht hatte. Dieses Haus in Trudering.«

»Von wo sie ihn vor vier Wochen entlassen haben.«

»Genau. Der frühere Anwalt der Familie übergab ihm kurz vor seiner Entlassung noch die Hinterlassenschaft der Mutter.«

»Wie heißt er?«

»Der Anwalt?«

»Der Bub.«

»Florian, Florian Singer.«

»Habt ihr ihn zu seiner Mutter und unseren Opfern befragt?«

»Nein.«

»Warum nicht?«

»Scheint so, als wäre er nach Südamerika ausgewandert.«

»Wie das?«

»In der Wohngruppe meinten sie, dass er das tun wollte, sobald er volljährig wäre. Er hätte einige Male davon geredet. Daraufhin haben wir die Passagierlisten am Flughafen draußen überprüft.«

»Und?«

»Er ist gestern tatsächlich geflogen. Müsste bald in Rio landen.«

»Da schau her. Ihr wart ja echt fleißig. Schnell und effizient. Und das alles ohne mich.« Max konnte sich ein Grinsen nicht verbeißen.

»Schon. Aber leider haben wir unseren Mörder immer noch nicht.« Franz räusperte sich. Dann hustete er.

»Wirst du auch krank?«

»Schmarrn, ich rauche gerade eine am Fenster.«

»Ach so.« Max lachte. »Na so was. Ein Waisenkind hat also genug Geld, um auszuwandern. Wie geht denn das?«

»Seine Mutter hat ihm eine beträchtliche Summe vererbt, 400.000 Euro plus Zinsen für einige Jahre.«

»Verdient man so viel als Lehrer?« Max zog erstaunt die Brauen hoch.

»So wie es ausschaut, hat sie es wiederum von ihrer Mutter bekommen. Die hatte wohl ihr Haus in Garmisch verkauft, bevor sie zu Tochter und Enkel nach München zog.«

»Könnte dieser Florian nicht unser Täter sein?«, spekulierte Max. »Vielleicht wollte er seine Mutter rächen.« Er versuchte erneut, sich aufzusetzen. Diesmal klappte es. Er nahm seine Tasse mit dem kalten Tee vom Couchtisch und trank daraus.

»Es stand zumindest in der Zeitung, dass sich diese Maria ein paar Tage vor ihrem Tod wegen Mobbing offiziell beim Kultusministerium beschwert hatte.«

»Na also. Davon muss der Junge doch etwas mitbekommen haben.«

»Dann hätte er sich aber auch schon viel früher rächen können. Oder?«

»Stimmt.« Wo er recht hatte, hatte er recht, der

Wurmdobler. Max machte ein nachdenkliches Gesicht. »Obwohl, er war doch in dieser Wohngruppe.«

»Da darf man doch auch nach draußen.«

»Echt? Wusste ich nicht.«

»Vielleicht erfuhr er die Namen der Peiniger seiner Mutter aber auch erst jetzt«, räumte Franz ein. »Sie könnte zum Beispiel ihrem Nachlass einen Brief mit ihren Namen beigefügt haben, den er vor vier Wochen zu seiner Entlassung bekommen hat.«

»Logisch, Sherlock. Könnte alles sein. Heute bist du aber wieder mal in Hochform.« Max schürzte anerkennend die Lippen. »Das würde zumindest erklären, warum die Morde erst jetzt, so kurz vor seiner Abreise stattfanden.«

»Die Namen Bockler und Schüttauf tauchen auf jeden Fall in der damaligen Anzeige der Mutter beim Kultusministerium auf.«

»Also war er es nun? Unerkannt? In unterschiedlicher Verkleidung? Was meinst du?« Max musste erneut husten. Obwohl es ihm heute bereits etwas besser ging, schien die Sache mit der drohenden Lungenentzündung noch nicht aus der Welt zu sein. Mist, verdammter.

»Keine Ahnung.« Franz hörte sich ratlos an. »Kann gut sein. Wenn, dann ist er allerdings ganz schön raffiniert für sein Alter. Wie er es angestellt haben soll, kann ich mir aber immer noch nicht vorstellen.«

»Schnell muss er auf jeden Fall gewesen sein. Verdammt schnell.«

»Und so gut wie unsichtbar. Bestimmt hat er sich hinter andere Wartende gebückt, um der Kamera zu entgehen, als er es tat.«

»Das muss so gewesen sein. Kann sein, er hat eine Krücke oder einen Stock verwendet. Das würde seinen Abstand zu den Opfern erklären.«

»Und das soll niemandem aufgefallen sein?«

»Wenn er schnell genug war.«

»Hm. Ich weiß nicht so recht …«

»Aber selbst wenn es so war. Beweisen könnten wir es ihm sowieso nicht, stimmt's?« Max wurde immer nachdenklicher. Wer weiß, was unsere U-Bahn-Opfer der Mutter von diesem Florian angetan haben, dachte er. Vielleicht hatten sie es ja alle vier sogar verdient gehabt zu sterben. Moment mal. Durfte er so etwas als neutraler Beobachter überhaupt denken? Doch, doch. Denken durfte er es auf jeden Fall. Warum auch nicht? Es hatte keine Folgen für irgendjemanden. Er war schließlich kein Richter.

»Höchstens anhand des Muttermals auf der Hand unseres vermeintlichen Täters. Aber ob das reicht, keine Ahnung.«

»Vielleicht kann man anhand der Bilder der einen Überwachungskamera auch noch seine Körpergröße und so weiter berechnen und das mit den Videos am Flughafen vergleichen.«

»Schon. Aber trotzdem schwierig.« Franz räusperte sich erneut. »Man sieht schließlich nirgends, dass er jemanden geschubst hat. Gesehen hat es auch niemand der Umstehenden. Das liefe dann wohl eher auf einen reinen Indizienprozess hinaus. Wenn überhaupt. Er müsste schon gestehen, damit er verurteilt wird.«

»So schaut's aus. Aber dazu müsste man ihn erst mal hier haben. Liefert Brasilien Straftäter an Deutschland aus?«

»Wenn er dort schnell ein Kind macht, normalerweise nicht. Aber finde ihn, abgesehen davon, mal dort drüben. Brasilien ist verdammt groß. Außerdem ist er bisher nur ein Verdächtiger. Da kannst du höchstens allein auf eigene Kosten hinfliegen, um ihn zu suchen. Unsere Behörde macht sicher kein Geld dafür locker.«

»Vielleicht hat es ja auch nicht unbedingt die Falschen erwischt«. Max sprach laut aus, was er schon die ganze Zeit gedacht hatte.

»Wie meinst du das?«

»Eine Lehrerin bringt sich um, weil sie gemobbt wurde. Da muss doch damals Einiges vorgefallen sein, am Gymnasium in der Au. Die Frau muss doch völlig verzweifelt gewesen sein.«

»Da könntest du natürlich recht haben.« Franz hörte sich nachdenklich an.

»Was ist eigentlich mit diesem Griechen, diesem Jorgo? Habt ihr ihn?«

»Leider nicht. Er ist spurlos verschwunden. Vielleicht nach Griechenland. Da kann man wohl nichts mehr machen.«

»Griechenland ist nicht so weit weg wie Brasilien.«

»Stimmt.«

»Eben.«

Max legte auf. Er ließ sich erschöpft auf seine Couch zurücksinken. Die Sache mit den U-Bahn Opfern war gelaufen. Akte zu und ab damit zu den ungeklärten Fällen. Hoffentlich war er bald wieder fit, dass er sich Agnes' Vergewaltiger selbst vornehmen konnte. Er würde den Mistkerl auf jeden Fall erwischen. Selbst wenn er dafür nach Griechenland fahren musste.

Er öffnete eine von Josefs Bierflaschen und trank sie in einem Zug halb leer. Keine Minute später fiel er in einen langen tiefen Schlaf.

# 42

Florian goss mehr Tomatensaft in seinen Plastikbecher. Er gab Salz und Pfeffer dazu und rührte gründlich um. Es war das erste Mal in seinem Leben, dass er in einem Flugzeug saß. Genial, dass ihm seine Mutter die 400.000 Euro seiner Großeltern hinterlassen hatte. Seine geliebte Mutter, die immer alles für ihn getan hatte, solange sie am Leben war.

Auch genial, dass dieser Rechtsanwalt ihm, zusammen mit Mutters schriftlichem Nachlass, ihr Tagebuch in die Wohngruppe mitgebracht hat. Darin waren ihre Feinde alle fein säuberlich von ihr notiert gewesen, mitsamt den Gemeinheiten, die sie ihr angetan hatten. Er hatte sie endlich für alles büßen lassen. Dank Opas Spazierstock, den ihm der Anwalt ebenfalls übergeben hatte. Ein kurzer kräftiger Stoß in den Rücken damit, als niemand hersah, und schon waren sie gefallen. Was standen sie auch so nah am Gleis? Es war doch allgemein bekannt, wie gefährlich das war, kurz bevor der Zug einfuhr. Tja, einem unumschränkten Herrscher entkam man nun mal nicht.

Dass sie sein eigenes Leben ebenso zerstört hatten wie das seiner Mutter, war ihm fast schon egal. Klar, letztlich waren sie dafür verantwortlich, dass er in die Wohngruppe in Trudering ziehen musste. Er hatte aber längst vergessen, wie oft der Mann dort mit seinen Freunden über ihn hergefallen war. Er wollte es auch nicht mehr wissen. Wen interessierten längst vergangene Albträume? Den Herrscher über eine ganze Welt jedenfalls nicht.

Mutters ehemalige Kollegen hatten ihre Strafe bekommen. Beim nächsten Mal wären die Schüler aus Mutters Klasse dran. Doch zunächst war es wichtig, Gras über die Sache wachsen zu lassen. So lange, bis die irdischen Behörden seine Existenz vergessen hatten. Beizeiten käme er zurück. Mit einem neuen Namen. Garantiert. Dumm war er schließlich nicht. Wie hätte er sonst auch die vielschichtigen Aufgaben als Oberhaupt seiner Welt bewältigen sollen.

Der Lautsprecher über ihm quäkte: »Die Passagiere werden gebeten, ihre elektronischen Geräte auszuschalten und sich für die Landung in Rio de Janeiro anzuschnallen.«

Er kratzte sich auf dem linken Handrücken. Sein Muttermal juckte wieder einmal. Dann tastete er mit beiden Händen nach dem Sicherheitsgurt.

ENDE

*Weitere Krimis finden Sie auf den folgenden Seiten und im Internet:*

**WWW.GMEINER-SPANNUNG.DE**

**MICHAEL GERWIEN**
Krautkiller

978-3-8392-1670-5 (Paperback)
978-3-8392-4617-7 (pdf)
978-3-8392-4616-0 (epub)

## »Kann eine Gemüsediät im schönen Chiemgau tödlich sein?«

Die halbe Küchenmannschaft des herrlich gelegenen Chiemgauer Seehofs in Bad Endorf wird auf grausame Weise umgebracht. Hotelchefin Maria Hochfellner beauftragt den Exkommissar und jetzigen Privatdetektiv Max Raintaler mit der Aufklärung des mehr als rätselhaften Falls. Das passt gut, denn sein Freund, Hauptkommissar Franz Wurmdobler befindet sich ausgerechnet hier auf Diät-Kur. Beide stürzen sich beherzt in den Fall mit vielen Verdächtigen und wenig brauchbaren Spuren.

**MICHAEL GERWIEN**
Alpentod

978-3-8392-1522-7 (Paperback)
978-3-8392-4339-8 (pdf)
978-3-8392-4338-1 (epub)

## »Kann Sport tödlich sein?«

Exkommissar Max Raintaler und sein Freund Josef Stirner finden im Mittenwalder Dammkar zwei tote junge Männer vom Mittenwalder Skiklub unter einer Lawine, die sie selbst gerade fast das Leben gekostet hätte. Ein Anschlag? Wenn ja, wem hat er gegolten? Wo steckt die vermisste Sylvie Maurer? Und warum wird Max' Freundin Monika daheim in München von einem Unbekannten bedroht? Gemeinsam mit Josef und dem aufrechten Polizeichef Rudi Klotz macht sich Max auf die Suche nach Antworten.

**MICHAEL GERWIEN**
Wer mordet schon am Chiemsee?

978-3-8392-1505-0 (Paperback)
978-3-8392-4305-3 (pdf)
978-3-8392-4304-6 (epub)

»Kurzkrimis und Freizeittipps aus einer der schönsten Urlaubsregionen.«

Ob im Strandbad am Chiemsee, in einer Hütte in den Bergen oder auf dem Weihnachtsmarkt, ob Mord, Betrug oder Diebstahl. Babs Bauer legt den kleinen und großen Gaunern das Handwerk. Da sie selbst keine Polizistin ist, sondern lediglich begeisterte Hobbydetektivin, tut sie das meistens als freie Assistentin ihres Bruders Sepp, einem gestandenen Hauptkommissar bei der Kripo Traunstein. Zwölf spannende Kurzkrimis in einer der schönsten Urlaubsregionen Bayerns, viele wertvolle Freizeittipps inbegriffen.

# Das Neueste aus der Gmeiner-Bibliothek

## Unser Lesermagazin

Bestellen Sie das kostenlose Krimi-Journal in Ihrer Buchhandlung oder unter www.gmeiner-verlag.de

## Informieren Sie sich …

**www** … auf unserer Homepage:
www.gmeiner-verlag.de

@ … über unseren Newsletter:
Melden Sie sich für unseren Newsletter an unter www.gmeiner-verlag.de/newsletter

f … werden Sie Fan auf Facebook:
www.facebook.com/gmeiner.verlag

## Mitmachen und gewinnen!

Schicken Sie uns Ihre Meinung zu unseren Büchern per Mail an gewinnspiel@gmeiner-verlag.de und nehmen Sie automatisch an unserem Jahresgewinnspiel mit »mörderisch guten« Preisen teil!